HOLGER J. AUGUST

BOMBENJAHRE

SÜDTIROL-THRILLER

ATHESIA VERLAG

1. Teil

BOMBENJAHRE

Auch Fiktion enthält manchmal
ein Fünkchen Wahrheit.

Für Sarah

Samstag, 16. März

Um 19.20 Uhr durchbohrte ein 9-Millimeter-Geschoss aus einer Beretta 92 das Genick von Alfred Kerschbaumer aus Gossensass. Kerschbaumer wurde 83 Jahre alt. Gehirnmasse und Knochensplitter verteilten sich an der Wand und auf der Anrichte gegenüber dem alten Tisch, an dem er fast sechzig Jahre morgens, mittags und abends gesessen hatte. Immer seiner Frau Rosa gegenüber. Die letzten zweiundzwanzig Jahre davon war sie nur noch in Schwarz-Weiß bei ihm – als Bild. Jetzt war ihr Foto, aufgenommen bei der Heuernte, irgendwo an einem Berg, voller Blutspritzer. Das Jausenbrettl mit dem Käse, dem Speck und den Gurken war auf den Boden gefallen, eine Gurke unter die Anrichte gerollt.

Stolz war er gestorben. Stolz, denen das Leben schwer gemacht zu haben, die ihm jetzt das Leben genommen hatten. Stolz, ihnen nicht das gegeben zu haben, was sie von ihm wollten. Damals nicht, als sie ihn in der Kaserne in Eppan gefoltert hatten. Ihn tagelang mit einem starken Scheinwerfer wachgehalten hatten. Nicht, als sie Strom durch seinen Penis gejagt hatten. Auch nicht, als sie seine Erschießung arrangierten – die Pistole in seinem Nacken jedoch nur »Klick« gemacht hatte.

Jahrelang hatte er sie, die Walschen*, an der Nase herumgeführt. Hatte denen geholfen, die sich gegen sie aufgelehnt hatten. Er war geblieben, war nicht vor ihnen geflohen. Hatte getan, was in seiner Macht stand. Dabei konnte ein einziger Mann aus dem Pflerschtal kaum etwas ausrichten.

Seine Rosa hatte ihm bis zuletzt geholfen, alle Geheimnisse zu bewahren. Er, »der Alte«, wie man ihn hier in Gossensass nannte, hatte etwas in Gang gesetzt, das die Welt in Südtirol verändern sollte – in ganz Italien. Nach seinem Tod. Davon ahnte er nichts, als das Projektil seinen Schädel durchschlug, Knochen splittern ließ und wieder austrat.

Sonntag, 17. März

»Herby, für mich noch einen Roten, den letzten für heute«, rief Tom Bauer dem Wirt der kleinen Vinothek in Sterzing zu. Das Lokal lag mitten in der Altstadt, direkt am Marktplatz mit dem Zwölferturm, dem Wahrzeichen der Fuggerstadt.

»Was ist denn aus dieser Frau geworden, dieser ...«

»Frag nicht, bring den Roten«, brummte Bauer.

»Sì Signore. Johanna macht sich so ihre Gedanken«, nahm Wirt Herbert einen neuen Anlauf.

»Deine Schwester ist nicht für mein Liebesleben verantwortlich.« Herberts Schwester kümmerte sich seit fast zwei Jahren um Toms Haushalt, seit er in Sterzing hängengeblieben war. Er hatte in den Süden gewollt, Toskana vielleicht. Kurz hinter dem Brenner war die »Flucht« vorbei, weil der alte Jaguar mal wieder eine Panne hatte. Sterzing hatte ihm auf Anhieb gefallen, also war er geblieben.

»Hast du weitergeschrieben?«, erkundigte sich Herbert.

»Bisschen was«, antwortete Bauer knapp, blätterte dabei weiter durch den Stapel Sonntagszeitungen.

»Noch immer dieses ...«, er malte mit den Zeige- und Mittelfingern Anführungszeichen in die Luft, »... Projekt über den Erzabbau am Schneeberg?«

»Was ist mit dem Roten?« So beendete Tom die meisten Ausfragerunden mit Herbert. Der Wirt ging als Urgestein durch. Er kannte einfach jeden, notfalls über drei Ecken. Er wollte aber auch immer alles wissen.

»Siehst du die Kleine da?«, er deutete auf eine junge Frau, die neugierig zu ihnen hinübersah. Ihre Knie drückten sich durch die Löcher in der engen Jeans. »Sie schreibt auch.« Dabei machte er tippende Bewegungen in der Luft mit der freien Hand, denn in der anderen hielt er ein übervolles Glas Rotwein.

»Interessant.« Bauers Aufmerksamkeit galt weiterhin der Zeitung. So sah er auch nicht, wie der Wirt der Frau zunickte. Er sah auch nicht, wie sie zu ihm herüberkam.

»Hallo, ich heiße Marie. Sie sind also Tom Bauer, der große Journalist«, kam sie gleich auf den Punkt und kletterte umständlich auf den Hocker neben ihm. »Herbert meinte, ich sollte mich mal mit Ihnen unterhalten.« Dabei fuhr sie sich immer wieder mit den Händen durch die schulterlangen dunklen Haare. Ab und zu wischte sie sich Strähnen aus der Stirn, die sie kurz zuvor erst dorthin gewischt hatte.

»Aha, sagt er das?«, murmelte Bauer, ohne die junge Frau auch nur länger als kurz anzuschauen. Er bemerkte aber, dass Herbert hinter der Theke in Deckung ging und eifrig ein schon sauberes Weinglas erneut spülte.

»Ich bin da an einer Geschichte dran. Irgendwie stecke ich fest. Ich komme da zwar schon wieder raus, das weiß ich, aber mit Ihrer Hilfe, meint Herbert, würde es vielleicht schneller gehen.«

Bauers Blick traf den Wirt wie ein Pfeil, während er langsam die Zeitung zusammenlegte. Sie wischte derweil über den Bildschirm ihres Handys und las eine WhatsApp-Nachricht. Sie presste die Lippen aufeinander.

Tom beobachtete das kommentarlos. Er wollte gerade ansetzen, etwas zu sagen, als sie weitersprach.

»Mist. Muss leider wieder los«, sagte sie. »Oben in Gossensass ist ein Mord passiert. Ich muss für die Zeitung hin. Ein Informant hat gerade geschrieben.« Sie sagte nicht, dass es sich bei dem Informanten um einen jungen Carabiniere handelte. Eilig schlüpfte sie in ihre Jacke, fummelte Geld aus der zu engen Jeans und warf sich ihre Tasche über die Schulter. »Ich melde mich«, sagte sie noch, hielt sich dabei Daumen und kleinen Finger wie einen Telefonhörer an den Kopf. Weg war sie.

Tom sah erstaunt erst zur Tür, dann zu Herbert. »Was war das denn? Woher kennt die mich? Wobei soll ich ihr helfen? Vor allem, wie will sie sich bei mir melden?«

»Vier Fragen aus deinem Mund. Hol mal Luft, alter Grantler«, wischte Herbert das Fragenbombardement seines Stammgastes weg, als wäre es ein Rotweinrand auf dem Holz der Theke. »Ich habe ihr neulich von dir erzählt, kenne die Familie aus Brixen schon ewig. Die Kleine will sich unbedingt nach oben kämpfen. Die hat was auf dem

Kasten. Die scheut auch kein Risiko. Von sich aus würde sie nie um Hilfe bitten. Kleiner Dickkopf ist sie. Ich musste sie ein bisschen überreden, damit sie dich anspricht. Diese Geschichte, an der sie arbeitet, könnte was werden.«

»Jetzt hol du mal Luft. Weißt du, wie viele junge Schreiber an Knallergeschichten dran sind? Wie viele davon in meinem Büro standen? Legen alle los wie die Feuerwehr. Platz da, hier komm ich. Schmutzen auf ihren Plattformen im Internet irgendetwas runter, ohne Hand und Fuß, eilen zur nächsten Story ...«

»Verstanden. Du musst ihr nicht helfen. Deine Sache. Obwohl sie es verdient hätte. Zwingen kann ich dich nicht. Macht zweiundzwanzig Euro, nett gerundet, Kassenbon gibt's nicht.«

»Los, es ist gleich Mitternacht. Du wolltest mir doch was sagen über den Toten«, bohrte Marie bei dem jungen Carabiniere nach, der dicht neben ihr stand. »Ich sollte sofort kommen. Carlo, spiel dich jetzt nicht so auf. Ich warte locker seit zwei Stunden hier in der Scheißkälte.« Dabei tippelte sie demonstrativ von einem Bein aufs andere.

»Viel weiß ich nicht. Die warten auf den Staatsanwalt aus Bozen«, dabei deutete er kurz zu dem Haus, das abgelegen auf einem riesigen Grundstück stand. Drumherum viel Wiese und noch mehr Wald. »Der Alte ist schlimm verprügelt worden – bevor sie ihn erschossen haben. Vermutlich gestern. Irgendwann abends.«

»Sie? Mehrere Täter? Eine Bande?«

»Hör auf! Wir wissen nichts«, antwortete der junge Carabiniere, blickte sich dabei unsicher um.

»Warum bist du überhaupt hier, reichen die Carabinieri aus Gossensass nicht?«

Er nickte. »Ich muss wieder rüber zum Haus.«

Im Hintergrund trugen Männer in weißer Schutzkleidung Kisten in das Haus. Die Nacht war tiefschwarz und regenfeucht. Gossensass und das Pflerschtal waren in Maries Augen die ungemütlichsten Orte, an denen man sich an einem unfreundlichen Märztag in Südtirol aufhalten konnte. Selbst an einem sonnigen Tag waren das enge Tal und der leicht angestaubte Ort an der Brennerstraße nicht gerade Hotspots in Maries Augen. Die Riesenpfeiler der Brennerautobahn empfand sie immer als bedrohlich. Nur die Pfarrkirche und die alten Knappenhäuser hatten was, fand sie. Der mächtige Tribulaun* über dem Talende war auch beeindruckend, wirkte aber gerade in der düsteren Jahreszeit doppelt mächtig und bedrohlich. Am Rande der Zufahrt, einem seit Langem nicht mehr gepflegten Kiesweg, beobachtete Marie eine ältere Frau. Sie stand dort wie angewurzelt, kaum zu erkennen in der Dunkelheit.

»Schlimm. Kannten Sie den Mann?« Marie sprach die Frage aus, kaum dass sie bei der Frau angekommen war. Die wendete ihren Blick nicht vom Haus ab, wo gerade ein Leichenwagen vorgefahren war. Die Frau trat einen Schritt zur Seite. Marie dachte schon, sie würde weggehen.

»Jetzt haben sie ihn doch gekriegt«, sprach sie mit leiser Stimme, schüttelte dabei den Kopf, »so musste es ja kommen.«

»Wer? Was meinen Sie?«, fragte Marie. »Hatte er Probleme?«

Die Frau sah Marie lange an. »Wissen Sie, der Kerschbaumer, der ist nur so alt geworden, weil er nie viel geredet hat. So mach ich das auch. Wir alle. Hoffentlich hält seine Frau dicht.« Sie ging den Kiesweg entlang und war weg. Ihr schwarzer Mantel ließ sie praktisch mit der Nacht verschmelzen. Marie blieb ratlos zurück.

Bauers Abend verlief deutlich angenehmer. Charlotte Schneiderhans, eine frühere Kollegin aus seiner Zeit als Chefredakteur eines privaten Fernsehsenders, war zu Besuch. Sie war mit kurzer Vorwarnzeit hereingeschneit – unterwegs zu einem Urlaub in der Toskana. Die Stelle hatte er damals angenommen, weil er nach vielen Jahren bei Zeitungen und Magazinen einen Tapetenwechsel brauchte. Neue Inhalte, neue Darstellungsformen. Das Fernsehen war finanziell die Insel der Glückseligen. Je länger er dort arbeitete, desto mehr hatte er jedoch das Gefühl, hinter seinem Schreibtisch zu verstauben. Die Mechanismen einer Fernsehproduktion unterschieden sich außerdem gewaltig von denen einer Zeitung. Selbst das Ego der Kollegen war grundlegend anders.

»Hast du noch ein Glas Wein?«, fragte Charlotte nicht mehr ganz so taufrisch, denn die erste Flasche hatte sie praktisch im Alleingang geleert. Dabei spielte sie mit ihren goldenen Ohrhängern, die wie immer perfekt zu ihrer Kette passten.

»Ich habe nur noch Roten.«

»Wein ist Wein. Wie hast du dich denn hier eingelebt?«, fragte sie, schaute sich dabei um. Ihr Blick glitt durch den Raum. Von einem übervollen Bücherregal über eine riesige Plattensammlung hin zu einer Bilderwand. Pressefotos in Schwarz-Weiß aus aller Welt von wichtigen Ereignissen: der Mauerfall, der Boxkampf Muhammad Ali gegen George Foreman, der Start des ersten Space Shuttles – eine Tapete zur Zeitgeschichte.

»Hier lebt es sich um Klassen entspannter als in Schickeria-München. Außerdem trifft man nicht dauernd Menschen, die man kennt.«

»Außer sie legen auf der Durchreise einen Stopp ein«, sagte sie lächelnd. »Von dir aus meldest du dich ja nicht. Man musste dich immer zu deinem Glück zwingen.«

»Dieses Glück bist du?«, antwortete Tom, der sich wieder auf dem Sessel niedergelassen hatte, der dem Sofa gegenüber stand. Mit Abstand zu seinem Gast.

Charlotte stand auf, drehte eine Runde im Wohnzimmer, bewunderte die große englische Standuhr, schaute kurz durchs Fenster auf die leere Gasse und landete wie durch Zufall auf der Armlehne von Toms Sessel.

Eine perfekte Choreografie.

»Du musst mehr unter Leute«, hauchte sie und berührte dabei seine Schulter. »Wir haben uns alle nach deinem Abgang beim Sender große Sorgen gemacht. So richtig verstanden hat dich auch keiner.«

»Ich habe es nicht mehr ertragen. Der Programmchef hat was mit dem blonden Püppchen und drei Tage später muss ich dem Team erklären, warum sie ab sofort die Primetime moderiert. Ich bin Journalist und kein Zuhälter oder Sklavenhändler«, sagte Tom, während er versuchte, seine Schulter aus Charlottes Reichweite zu bewegen.

»Dieses ganze Multimediazeug … bringt Klicks, kostet Geld, mehr aber auch nicht. Ich darf gut ausgebildeten Journalisten sagen, dass wir kein Geld mehr für sie haben«, sprudelte es aus ihm heraus. »Da hock ich lieber hier, schreib ein Buch, gebe meine Abfindung aus und genieße das Leben.«

»Frauen?«

»Lotte, das geht dich nichts an. Warum interessieren sich immer alle für mein Liebesleben?« Toms Blick glitt von Charlotte in die Ferne.

»Der Gentleman genießt und schweigt«, ärgerte ihn Charlotte.

»Der Gentleman hält sich da raus. Gentlewoman sollte das genauso tun.«

»Du hast die Sache mit deiner Familie immer noch nicht verdaut, stimmt's?« Krasse Themenwechsel waren Charlottes Spezialität.

Toms Hände verkrampften sich. In einem schlechten Film wäre das Weinglas zersprungen. Zum Glück war es aus Kristallglas, das hätte selbst Hollywood nicht geschafft.

Charlotte drückte ihm einen Kuss auf die Wange. »Ich mag deinen Dreitagebart«, flüsterte sie ihm ins Ohr. »Der neue Look des großen Tom Bauer, sehr sexy.« Sie nahm seinen Kopf in die Hände, ihre Lippen berührten sich.

»Lass gut sein, Charlotte.« Er drehte sich von ihr weg. »Ich bring dich schnell zum Hotel, es ist spät.«

»Keine Mühe, Herr Bauer, ist ja nur die Straße hoch«, sagte sie und kippte den Rest des Weins in einem Zug hinunter. »Übrigens ein schönes Hotel mit viel Holz.«

»Muss sowieso noch mal mit Luna raus«, sagte Tom, während er sich langsam erhob. Da war wieder die Last der Vergangenheit auf seinen Schultern. Luna stand schwanzwedelnd an der Tür.

Kurze Zeit später, Charlotte hatte er zum Hotel gebracht, sie leerte bestimmt gerade ein Fläschchen aus der Minibar, saß er an seinem Schreibtisch. In der Hand das Bild seiner Familie. Eine Träne bahnte sich ihren Weg durch die Bartstoppeln.

Montag, 18. März

»Luna, komm. Runde«, rief Tom der alten Beagle-Hündin zu, die ihn schon so viele Jahre begleitete. Seit kurz nach acht wirbelte seine Haushälterin Johanna durch die Wohnung. Zu früh in seinen Augen. »Damit sich der Tag lohnt, soll man früh aufstehen«, war ihr Credo. »Wenn Sie nachher putzen, bitte nicht im Arbeitszimmer«, rief Tom schnell in die Küche, wo Herberts Schwester mit dem Frühstücksgeschirr klapperte. »Nehmen Sie doch endlich die Spülmaschine.«

»Die braucht kein Mensch für Ihre zwei Teller und die eine Tasse«, echote es zurück. »Und die Weingläser«, schob sie mit einem verschmitzten Unterton nach.

»Ach, Johanna, und bitte verschonen Sie mich und andere künftig mit Mutmaßungen über mein Liebesleben, das geht Sie nichts an – Ihren Bruder mal gar nicht.«

»Ich kann Sie nicht hören, das Radio ist so laut«, kam als Antwort. Erst danach wurde die Musik aus dem Küchenradio lauter. Irgendetwas Volkstümliches hatte sie eingestellt.

Tom gab auf. »Wir gehen jetzt.« Umständlich zog er sich die alten Winterstiefel an. Das Futter war seit Jahren durchgelaufen – er mochte die Schuhe einfach. »Johanna, Finger weg vom Arbeitszimmer!« Das war sein Heiligtum. Zentral am Fenster stand ein großer alter Schreibtisch aus Kirschbaumholz, voll mit Büchern und Zeitungen. Der Ausblick: eher langweilig, ein typischer Sterzinger Innenhof, der von außen mit prächtigen Giebelfassaden die Touristen begeisterte. Dazu ein Computer aus den Anfangsjahren der Digitalisierung. In einer Ecke des Arbeitszimmers lagen sorgfältig aufgereiht einige alte Taschenuhren und zahllose Armbanduhren. Aus einer Zeit, in der man Uhren noch von Hand aufzog. Vor allem da konnte Johanna mit ihrem Staubwedel großen Schaden anrichten.

»Rrvqv Kmuflhr löeeg Ffie qu Qmkfe iür Oplffmv«, buchstabierte Marie in ihr Handy. Am anderen Ende: Mario, ein Freund aus Kindertagen, der nun in London arbeitete. Dort verdiente er sich mit irgendwelchen Banksachen dumm und dämlich. Zumindest zog ihn Marie damit immer auf. Beide telefonierten oft miteinander. In erster Linie hörte er Marie zu, wenn sie wieder ein Problem hatte – mit Geld, dem Chef oder mit Männern. Gerne mal alle Probleme gleichzeitig.

»Hä?! Warum bekommst du so was? Von wem?«

»Alter, ich habe keine Ahnung. Ist das gleiche Papier wie der Brief neulich.«

»Aber da standen normale Sätze drauf. Schick mir mal ein Bild davon. Ich schau mir das mal an. Zahlen sind zwar mehr meins …«

»Vielleicht zeig ich den Zettel mal diesem Journalisten. Gestern habe ich das nicht mehr geschafft. Dieser Mord in Gossensass ist dazwischengekommen. Vierzig Zeilen Print und Online. Bild kommt in einer Sekunde, bye.«

Blick auf die Uhr: wieder zu spät dran. Sie wollte sich in drei Minuten mit dem jungen Carabiniere treffen, der ihr gestern den Tipp gegeben hatte. Also wieder mal zu schnell fahren, wieder mal falsch parken. *Was soll's. So ist es nun mal.* Sie eilte zu ihrem kleinen Fiat Uno.

»Nein, ich weiß nicht, wann ich fertig bin. Nein, ich will mich auch nicht festlegen. Ja, du bist mein Verleger. Ja, ich bin dein Freund«, rief Tom Bauer genervt in sein Handy, während sich Luna an ihrer Leine durch die Sterzinger Altstadt schnupperte. Die übliche Runde führte sie schnurstracks bis zum Deutschhaus bei der Marienpfarrkirche. Tom ärgerte sich jedes Mal, dass er seinem Verlegerfreund schon von seiner Romanidee erzählt hatte. Aus dem Feuer in der Arbeiterkaue* im Schneeberger Bergwerk 1967 wollte er eine schöne Geschichte stricken – voller Drama, Herz und Schmerz. Auf die Idee war er bei einer Führung im Bergbaumuseum im Ridnauntal gekommen. Herbert hatte ihn letzten Sommer dorthin mitgeschleppt. »Ich melde mich bei dir, dauert aber noch«, beendete Bauer das Gespräch. Er klappte das Handy zu.

Allein mit der Benutzung eines Klapphandys sorgte er immer wieder für Aufsehen. Sogar bei einem alten Mann, der hier auf einem wackeligen Schemel saß und malte. Den Rand seines abgewetzten Sitzkissens zierten Hunderte Farbkleckse. Der Maler richtete seinen Blick wieder auf den Zwölferturm. Kurz blieb Tom stehen. Die aufgestellten Bilder zeigten alle das gleiche Motiv: den Turm, das Wahrzeichen der Stadt.

»Interesse?«, murmelte der Mann durch seinen ungepflegten Vollbart.

»Echt schön, aber nicht mein Ding.« Tom war sicher, in seinem ganzen Leben keine hässlicheren Bilder gesehen zu haben. »Malen Sie immer nur den Turm?«

»Nicht nur.« Seine Augen blitzten kurz auf.

Der Beagle wollte weiter. »Wir müssen los, frohes Pinseln«, wünschte Tom und ging.

»Wir sehen uns bestimmt bald mal wieder«, hörte er den alten Mann sagen, während Luna ihn Richtung Wurstbude zerrte, die am Rande des Platzes stand.

Marie erreichte das Carabinieri-Kommando an der Trattengasse in Brixen im Sprint. Genau vor dem Gittertor der Einfahrt, das gerade langsam aufglitt, wäre sie um ein Haar angefahren worden. Eine dunkle Alfa-Limousine war direkt an ihr vorbei durch das Tor gerauscht. Im Hof blieb der Wagen stehen, hinten rechts stieg ein Mann aus. »Hey, keine Augen im Kopf?«, rief Marie. Eine Antwort kam nicht. Der große schlanke Mann in einem, wie selbst Marie auffiel, teuren Anzug, verschwand sofort im Gebäude.

»Das war knapp«, sagte eine Stimme direkt hinter Marie.

Marie fuhr herum. »Mensch, musst du mich so erschrecken?«, begrüßte sie den Carabiniere, der ihr am Abend zuvor in Gossensass wenigstens ein paar knappe Infos über den Mord gegeben hatte. Küsschen links und rechts. »Carlo Pettone, mein Polizeiheld. Hast du was für mich?«, fragte sie ihn.

»Lass uns ein Stück gehen. Nicht hier.« Er zog sie vom Eingang weg, blickte sich dabei um. Er sah nicht, wie sich eine Gardine im zweiten Stock des alten Polizeigebäudes leicht bewegte. »Trinken wir einen Kaffee.«

Wenig später, in einem Café auf dem Domplatz, kam sie sofort wieder zur Sache. »Nun, was weißt du über den Mord?«

Der junge Carabiniere nippte an seinem Macchiato: »Also, das Opfer ist grausam zugerichtet worden, bevor es erschossen wurde. Gestohlen haben die nichts, der Geldbeutel lag auf der Anrichte.« Er hob die Hand: »Bevor du fragst, ich sage ›die‹, weil ich immer ›die‹ sage, egal wie viele es am Ende waren. Drinnen sah es aus wie auf einem Schlachtfeld. Die haben alles durchwühlt. Sogar Farbtöpfe haben sie ausgeschüttet, ganz schöne Sauerei.«

»Was noch?«

»Zeugen gibt es wohl keine. Der Alte war ein ziemlicher Eigenbrötler.«

»So einen erschießt man doch nicht einfach so. Vielleicht haben sie doch was gestohlen.«

»Woher sollen wir das wissen?« Dabei versuchte er, mit dem Kellner Blickkontakt aufzunehmen. »Der hatte niemanden mehr, aber die Spurensicherung ist noch da.« Er sah auf die Uhr.

»Willst du wieder los?«

»Wie du neulich«, antwortete er. »Wie an unserem ersten Abend. Da hast du mich praktisch aufgegabelt für ein schnelles Vergnügen und weg war die Reporterin.«

»So war das nicht.« *Auch kein Vergnügen.*

»Wahrscheinlich nur, damit ich dir Tipps gebe, wie beim Mord, oder?«

»Sag das nicht. Ich wusste gar nicht, dass du bei *denen* bist«, sie deutete in die grobe Richtung, wo die Carabinieri-Station lag. Carlo konnte ja nicht wissen, dass Marie ihn sehr wohl schon in Uniform gesehen hatte, bevor sie sich angeblich zufällig kennengelernt hatten. »Wer war eigentlich der Typ im Anzug, der mich fast über den Haufen gefahren hat, eben vor dem Kommando?«

»Keine Ahnung. Nummernschild aus Mailand, mit Fahrer – hohes Tier schätz ich.«

»Wegen des Mordes?«

»Nicht alles dreht sich um ›deinen‹ Mord. Was ist denn nun mit heute Abend mit dem Club?«

Marie sah nun ihrerseits auf die Uhr. Siedend heiß fiel ihr ein, dass sie ihm eigentlich versprochen hatte, als Dank für den Hinweis auf den Mord, mit ihm auszugehen. »Mir ist da was dazwischengekommen.« Jetzt winkte sie nach dem Kellner. »Ich zahle.«

»Was heißt, wir sollen den Mord nicht an die große Glocke hängen?« Der Ermittlungsleiter Guido Rossi war aufgebracht. Sein Kugelschreiber diente ihm als Ventil. K l i c k , k l i c k . Seit mehr als zehn Jahren war er nun in Sterzing stationiert. Einige größere Fälle hatte er aufgeklärt, aber so einen Mord gab es selten. Wenn mal jemand ums Leben kam, war der Täter ein Betrunkener oder ein Verwandter oder ein betrunkener Verwandter. Eingemischt hatte sich in seine Arbeit eigentlich noch niemand. Vor zwei Stunden hatte ihn jedoch sein Vorgesetzter ins Kommando nach Brixen bestellt.

»Wir sollen bloß kein großes Fass deswegen aufmachen«, beschwichtigte dieser ihn. Major Mario Celloni war das Paradebeispiel eines Vorgesetzten in einer italienischen Amtsstube. Nicht auffallen, Arbeit abwälzen, Lorbeeren ernten. Freitags am besten früh gehen, montags spät kommen. Gerne war er aber auch mal militärisch streng.

»Sagt dieser Typ aus Mailand ...« K l i c k , k l i c k . Rossi hatte die Limousine nämlich wegfahren sehen.

»Sag *ich!* Reiß dich mal zusammen. Wenn die das nicht wollen, wollen wir das auch nicht«, fiel Celloni dem Ermittlungsleiter ins Wort. »Ist doch für uns alle am einfachsten.«

»Nenn mir einen Grund, warum der Typ hier auftaucht. Nur einen.« K l i c k . »Warum jemand aus Mailand, die haben nix mit uns am Hut.«

»Der war gar nicht deswegen da ...«

K l i c k , k l i c k . »Erzähl keinen Mist, ich glaub dir kein Wort.« Rossi hatte genug gehört, er sprang auf, knöpfte sein Sakko zu und ging zur Tür.

»Warte, warum lungert da draußen diese Pressetante rum? Ich habe sie eben vor der Station gesehen. Hör mit diesem nervigen Geklicke auf.« Das klang wie ein Befehl.

»Keine Ahnung, vielleicht steht sie auf Uniformen? Ich habe Besseres zu tun. Wenn du mich jetzt wieder an die Arbeit lässt …« Klick.

Mit einem Wink, wie ihn selbst ein Imperator nicht besser gekonnt hätte, erklärte Celloni das Gespräch für beendet.

Rossi war keine Sekunde später draußen. Den Kugelschreiber fest in der Hand. Klick, klick.

Celloni griff zum Telefon, wählte eine Mailänder Nummer.

Dienstag, 19. März

Marie bestellte ihren dritten Latte mit Hafermilch – von Tom Bauer noch keine Spur. »Herby, bist du sicher, dass er kommt?« Sie klang leicht genervt.

»So sicher, wie nach dem Winter der Frühling kommt.«

»Mal rausgeschaut? Nass, kalt und der Wind bläst durch Sterzing wie durch eine verdammte Düse.«

»Dienstags kommt er immer vormittags. Warts nur ab«, sagte Herbert, während er für einen anderen Gast einen Espresso machte. Mit Hingabe presste er das Kaffeepulver in den Siebträger. Kurz darauf startete die Höllenmaschine ihr zischendes und dampfendes Werk. Durch die leicht beschlagenen Fenster sah er, wie sich Tom Bauer seinen Weg Richtung Eingang bahnte. In der einen Hand die Hundeleine, in der anderen einen Regenschirm. »Wer sagt's denn?«

»Luna, hierhin«, waren Bauers erste Worte, als er zu seinem Stammplatz kam. Gleich der Tisch links neben der Tür, weil der ein bisschen zurückgesetzt war. Dort bekam man im Winter nicht immer einen Schwall kalte Luft ab. »Entschuldigen Sie. Der Hund mag wohl Ihre Tasche.« Die Hündin hatte ihre Nase tief in Maries alter Militärtasche vergraben, ließ sich nur mit Mühe von ihrem Fundstück am Fuß des Tresens wegziehen. Jetzt erst erkannte Tom Marie wieder.

»Macht nix«, sagte Marie, »ich mag Hunde.« Noch während sie das sagte, war sie aufgestanden und rasch die paar Schritte von der Bar zu Bauers Platz gegangen. Sie setzte sich, ohne zu fragen.

»Sie lassen wohl nie locker? Wie war ihr Name?«

»Marie, Marie Pichler.«

»Ich gebe auf.« Er breitete die Arme aus, wie ein Gejagter, der sich seinen Verfolgern stellt. »Was haben Sie auf dem Herzen?« Ein wenig imponierte ihm die junge Frau – offen zugeben würde er das nie. »Bitte, wenn wir sprechen, lassen Sie Ihr Handy in der Tasche und fummeln nicht immer daran herum.«

»Smartphone.«

»Wie bitte?«

»Man nennt es eigentlich Smartphone. Nicht Handy«, korrigierte sie ihn und zeigte ihr bestes und oft erprobtes Lächeln. Sie deutete auf sein Handy. »Ihres nennt man Knochen.« Wieder dieses Lächeln, das die Augen funkeln ließ.

»Also, wo drückt der Schuh? Eins ist klar: Ich werde niemanden wegen eines Praktikums oder so anrufen.«

»Sehe ich so aus? Lesen Sie das.« Sie gab ihm einen Briefumschlag mit einem einfachen Zettel darin.

»Von wem ist der?«, fragte er, während er die beiden Sätze las:

Wer waren die Helfer?

Such sie, bevor es sie nicht mehr gibt.

»Keine Ahnung. Der lag in meinem Briefkasten. Nur einen Tag nach einer Story von mir über die Bombennacht und die Puschtra Buibm*. Da ging es um die Frage, ob die Männer begnadigt werden sollen. Print und Online.«

»Diese Jungs, die zu Bombenlegern wurden?« Tom hatte einiges darüber gelesen. Sogar ein Buch*, das einer der Männer selbst geschrieben hatte.

»Es waren einfache, ehrliche Jungs aus dem Pustertal, die für die Freiheit gekämpft haben«, erklärte sie. »Ich glaube, der Zettelschreiber meint, ich soll alle suchen, die damals den Freiheitskämpfern geholfen haben – sie versteckt oder mit Essen versorgt haben. Die, die bisher keiner kennt, die nicht aus der Deckung gekommen sind«, sagte sie. »Das ist eine geile Story, vielleicht für ein Buch.« Sie sprudelte vor Elan. »Das ist meine große Chance – raus aus Südtirol. Vielleicht zu einer Zeitung in Österreich oder sogar Deutschland.«

»Was erwarten Sie von mir?«, fragte Tom. »Haben Sie schon mal darüber nachgedacht, dass sich jemand einen dummen Scherz erlaubt haben könnte?«

»Das ist kein Scherz, das spür ich. Herbert meint, sie könnten mir ein paar Tipps für die Recherche geben.«

»Was haben Sie denn alles?«

»Ich habe mit Zeitzeugen gesprochen, ich habe in Archiven gesucht, sogar mit den Behörden hier hatte ich Kontakt, auch in Bozen, Meran und Rom.«

»Nichts gefunden?«

»Nur, was schon bekannt ist. Oben in Gries am Brenner«, sie bewegte kurz ihren Kopf, als würde sie in die Richtung zeigen, »habe ich einen Zeitzeugen gesprochen. Josef heißt er. Er hat damals, als sie die Strommasten gesprengt haben, hier in Sterzing gelebt. 1961 in der Herz-Jesu-Nacht war das. Mit seinem Chef, einem Schmied, ist er viel herumgekommen. Aus Innsbruck haben sie immer mal Koffer mit nach Südtirol gebracht.«

»Was war drin in diesen Koffern?«

Marie schlug nun ein Notizbüchlein auf, das sie aus ihrer Jackentasche gefischt hatte. »Geld, Pistolen, Ferngläser, Anziehsachen und Kleinkram wie Malerfarben.«

»Farben?«

»Ja, Malerfarben. Vielleicht Tarnung, wie auch die Klamotten. Gelagert wurde alles beim Schmied, abgeholt hat es ein Deutscher, der ab und zu in Sterzing übernachtet hat. Er hat mir versprochen, mir noch einen Kontakt zu besorgen.« Sie sah Bauer erwartungsvoll an.

»Aber neu ist das nicht«, sagte er langsam. Er dachte nach. »Vielleicht war dieser Zettel doch nur ein Spaß.«

Marie kramte in ihrer abgewetzten, olivgrünen Baumwoll-Militärtasche um ihren Laptop herum. »Was ist das?« Sie betonte jedes der drei Worte, dabei legte sie einen weiteren Zettel auf den Tisch.

Tom betrachtete den zweiten Zettel. Er buchstabierte: »Rrvqv Kmuflhr löeeg Ffie qu Qmkfe iür Oplffmv – was heißt das?«

»Keine Ahnung. Der gleiche Zettel aus dem gleichen Block gerissen.« Sie deutete auf die beiden Blätter. »Das ist doch kein Zufall.«

»Bitte, da will Sie jemand reinlegen. Zwei wirre Botschaften, eine zittrige Handschrift, ein paar Farbkleckse hinten drauf? Da nimmt Sie jemand hoch.«

Marie nahm die beiden Zettel vom Tisch und stand auf. Etwas lauter als beabsichtigt meinte sie: »Habe ich mir gleich gedacht, dass das alles nichts bringt.«

»Jetzt flippen Sie doch nicht gleich aus«, versuchte Tom sie zu beruhigen.

»Ich flippe nicht aus. Da draußen ist eine Story, die werde ich finden. Allein.« Demonstrativ nahm sie ihr Handy und wischte wild darauf umher. »Ich muss außerdem los.« Sie zog sich eilig die Jacke an. »Danke für nichts.«

Gut eine Stunde später, Tom hatte das Gespräch mit Marie fast wieder vergessen, zog ihn die Hündin zurück Richtung Wohnung durch die Altstadt. Oder eher zum Speckladen hin, der für die feine Nase eines Hundes so etwas wie das Paradies sein musste. Dabei trafen sie wieder den alten Maler, der gerade aus der Bäckerei auf die Straße trat.

»Sieh an, der Mann, der keine Turmbilder mag«, sagte er durch seinen Ötzi-Bart.

»Das habe ich so nicht gesagt.«

»Nette Begleitung eben, die junge Frau.« Er grinste verschwörerisch.

Hast du uns durchs Fenster beobachtet? »Sie müssen es ja wissen.«

»Manchmal öffnen uns die jungen Frauen die Augen«, murmelte der Alte und ging Richtung Zwölferturm.

Tom schaute ihm noch einen Moment hinterher, bis Lunas Leine die vollen acht Meter erreicht hatte. Zwei grimmig dreinblickende Urlauber in identischen Outdoorjacken wären fast darüber gestolpert.

»Der Tag ist fast vorüber und wir haben nichts in den Händen.« Ermittlungsleiter Guido Rossi pfefferte einen dünnen Aktenordner auf den Tisch des Besprechungszimmers in der Sterzinger Carabinieri-Station. Die beiden Carabinieri am Tisch sahen ihn mit großen Augen an. So hatten sie ihn noch nie erlebt. Aber sie hatten auch noch nie mit einem Mord ohne Motiv zu tun gehabt.

»Wir warten auf die Gerichtsmedizin und die Ergebnisse der Spurensicherung«, versuchte die junge Beamtin Chiara Bonverde ihren Chef zu beruhigen. Sie trug noch ihre betont sportlich geschnittene Primaloftjacke, weil sie recht spät zur Besprechung gekommen war. Die zog sie jetzt aus.

»Wir brauchen Verstärkung«, polterte Rossi weiter. »Die bekommen wir aber nicht.«

Franz Moser, der älteste Ermittler in der Runde, wenngleich eine Stufe unter Rossi in der Hierarchie, saß wie immer auf seinem Stammplatz im Besprechungsraum. »Die Nachbarin hat nichts gesehen, sie weiß nicht, ob der Tote Probleme oder Feinde hatte.« Er blätterte in seinen Notizen. »Sie glaubt, nicht.«

»Was ist mit der Pflegerin, die ihn gefunden hat?«, wollte Rossi wissen.

Wieder blättern. »Die haben wir zum zweiten Mal befragt. Der Kerschbaumer hatte keine Probleme oder Feinde, sagt sie. Sie denkt nicht, dass er irgendetwas Wertvolles besessen hat. Fehlt jedenfalls nichts.«

»Warum suchen wir nicht Zeugen über die Medien?«, fragte Chiara zögernd. Sie war erst seit einem knappen Jahr bei den »Gewaltverbrechen«. Eine so steile Karriere nahmen ihr einige übel. Nicht wenige lauerten deswegen auf Fehler des »Kükens«, wie sie hinter ihrem Rücken genannt wurde. Dazu kam eine Traumfigur – in den Augen vor allem der Kolleginnen ein Indiz, dass es bei ihrem Aufstieg nicht mit rechten Dingen zugegangen sein konnte. Sie taten ihr Unrecht. Mit Bestnoten war sie schnell aufgestiegen, ihre Figur verdankte sie vielen Mountainbike-Touren daheim in Brixen.

»Weil wir das nicht an die große Glocke hängen sollen.« Rossi hätte am liebsten mit der Faust auf den Tisch geschlagen. Klick, klick. »Wenn ich denen jetzt mit Öffentlichkeit komme, schreib ich bald wieder Parktickets.«

Als hättest du jemals Falschparker gejagt. »Ja, aber ...«

»Vergiss es, Chiara, gewöhn dich dran.« Klick, klick. »Das nennt man Hackordnung.«

Chiara sah zu Franz Moser rüber. Der immer etwas grummelige Ermittler mit Hang zu Süßigkeiten hatte weiter in seinen Notizen gelesen, wohl aber nichts Interessantes mehr gefunden. Zumindest machte er keine Anstalten, noch etwas zu sagen. Er kritzelte nur ab und zu Striche auf seinen Block. Hilfe war von ihm also nicht zu erwarten.

»Chiara, du rufst noch mal in Bozen bei der Kriminaltechnik an. Mach Druck. Franz, du hakst bei der Gerichtsmedizin nach. Mehr können wir eh nicht tun.« Klick, klick.

»Beruhige dich mal, wir schaffen das«, schmunzelte Moser, der wieder einmal froh war, dass nicht er solche Ermittlungen leiten musste. »Was machst du?«

»Ich spreche mal mit dem Staatsanwalt, ob wir nicht doch etwas Hilfe bekommen.« Daran glaubte er aber nicht. Klick, klick.

Nach einem langen Nachmittag in der Redaktion und einem schnellen Abendessen in einer kleinen Bar in der Brixner Altstadt kam Marie erschöpft heim. *Jetzt schnell duschen und doch den süßen Carabiniere treffen. Immerhin kommt er sich dann nicht ausgenutzt vor.* Als sie gerade Jeans und Pullover ausgezogen hatte, klingelte es an der Tür. Marie zog sich den Pulli wieder über, wickelte sich ein Handtuch um die Hüften und öffnete. Zwei Polizisten standen vor ihr.

»Frau Pichler? Polizia!«

»Was gibt's?«, fragte Marie, bemüht, dass das Handtuch nicht verrutschte. Hätte sie doch besser die Jeans wieder angezogen. »Ist was passiert?«

»Der schwarze Uno vor dem Haus ist ihrer?«, fragte der ältere der beiden Polizisten.

Marie stöhnte genervt. »Ach, kommen Sie, ich stehe nur mit dem Hinterreifen ein klitzekleines Stück im Parkverbot. Und außerdem ...«

Der Ältere fiel ihr ins Wort: »In ihren Wagen ist eingebrochen worden, die Scheibe ist kaputt.« Der Jüngere hatte nur Augen für Marie, vielmehr für ihr Handtuch.

»Bitte? Ich komme, zieh mir nur kurz was an«, sagte Marie, während sie die Tür hinter sich zuwarf.

Im nächsten Augenblick eilte sie schon mit den beiden Polizisten das Treppenhaus hinunter auf die Straße. Das Beifahrerfenster des Fiats war eingeschlagen, das Handschuhfach stand offen. Im Fußraum lagen Splitter, Unmengen Papiere, eine kleine Digitalkamera und jede Menge anderer Kram. Ein Zippbeutel mit Gras von einem früheren Freund war auch dabei. Marie versteckte ihn schnell.

»Fehlt was? Lag was auf dem Beifahrersitz oder hinten?«, fragte der Ältere.

»Da lag nichts. Sonst ... glaub nicht.« Marie wischte die Scherben vom Beifahrersitz, sammelte alles aus dem Fußraum ein und legte es auf den Sitz. »Die kleine Kamera hat den Dieb wohl nicht interessiert?«

»Zu alt. Lohnt nicht. Meist wollen die Laptops, richtige Kameras oder Geld, wenn irgendwo eine Handtasche rumliegt«, sagte der jüngere Polizist, der noch immer mit mehr Interesse Marie ansah als den Schaden am Auto. »Nach Handtasche sehen Sie nicht aus«, schmunzelte er. Der Ältere kam mit einer Rolle Folie zurück, die er aus dem hellblauen Streifenwagen geholt hatte. Er machte sich daran, das Fenster abzukleben.

»Was passiert jetzt?«, wollte Marie wissen, »Muss ich mitkommen?«

»Nein, wenn nichts weg ist, das Fenster ist dicht. Kommen Sie morgen in die Station in der Alpinistraße, da nehmen die Kollegen eine Anzeige auf«, sagte der Ältere, während er den Rest Folie wieder ordentlich zusammenrollte. Der Abend war für Marie gelaufen. Noch einen Beamten wollte sie garantiert nicht treffen. Auch wenn Carlo recht süß und von der anderen Truppe, den Carabinieri, war – also zudem recht nützlich.

Mittwoch, 20. März

»Geht das nicht ein bisschen schneller? Ich habe keine Zeit«, sagte Marie, während der Polizist seine dicklichen Finger über die Tastatur kreisen ließ. Ab und zu fand einer sogar sein Ziel.

»Immer mit der Ruhe. Alles braucht seine Zeit«, war die Antwort. »Sie sagen, dass nichts aus Ihrem Auto gestohlen wurde. Lag denn irgendetwas sichtbar im Innenraum?«, wollte er zum zweiten Mal wissen.

»Nein und noch mal nein«, Marie war zusehends genervt. »Das habe ich alles gestern schon gesagt. Ihr findet die doch eh nicht, also kann ich mir das auch sparen.«

»Sagen Sie niemals nie«, kam die Antwort von der anderen Seite des Schreibtisches. Der stand am Fenster, durch dessen Gitter nur spärlich Licht hereinfiel. An der Wand hing ein Poster mit der italienischen Fußballnationalmannschaft. Ein älteres Bild, denn die Spieler hatten lange Haare, Koteletten und keine Tattoos. »Schnell drucken, damit alles seinen Weg geht.«

Schnell? »Ein Weg ins Nirgendwo«, unkte Marie.

»Vielleicht haben wir Glück und es meldet sich ein Zeuge.«

Die Tür ging auf und herein kam ein Mann im Anzug, die Krawatte gelockert, obwohl es erst halb zehn war. Marie erkannte den Ermittlungsleiter im Mordfall erst auf den zweiten Blick. Ihre Chance.

»Oberleutnant Rossi, was für ein Zufall: Sie hier in Brixen und bei der Staatspolizei. Ich wollte Sie heute noch anrufen«, log sie. »Marie Pichler vom ›Boten‹, es geht um den Mord …«

»Welchen?«, unterbrach er.

»Gibt es mehrere? Ich spreche von dem Mord an dem alten Mann in Gossensass. Gibt es da was Neues, Spuren oder so?«

»Nein, nichts, keine Zeugen, kein Motiv«, war die Antwort. »Viel Hoffnung habe ich nicht.«

»Darf ich das zitieren?«

»Nein, nichts dürfen Sie. Höchstens uns unsere Arbeit machen lassen«, patzte Rossi zurück.

Marie wagte einen Schuss ins Blaue: »War der Mann aus Mailand gestern deswegen hier in Brixen? Ich habe ihn nämlich beim Kommando gesehen.«

Klick, klick. »Keine Ahnung. Was sollte jemand aus Mailand mit den Ermittlungen zu tun haben?«

»Nur so. Der hätte mich fast über den Haufen gefahren, hatte es verdammt eilig. Da habe ich eins und eins zusammengezählt.«

»Und sich verrechnet.« Rossi legte einige Aktenordner auf eine Ablage, auf der »Posteingang« stand, nickte zum Abschied und ging.

Marie wollte hinter ihm her. Der rundliche Polizist bremste sie. »Sie müssen noch unterschreiben.«

Am Nachmittag hatte Tom es sich bei Herbert bequem gemacht. Er dachte an den Besuch seiner früheren Kollegin Charlotte. Sie sitzt bestimmt auch gerade in einer Vinothek, hat aber schon drei Gläser Chianti intus und einem x-beliebigen Miturlauber von der bezaubernden Landschaft vorgeschwärmt und ihm einen Kurzabriss über die Geschichte von San Gimignano verpasst. Tom musste grinsen.

Das bemerkte auch der Wirt Herbert. »An was denkst du?«

»Nichts. Zumindest nichts, das dich etwas angehen könnte.«

»Hast du unserer Marie helfen können?«

Unsere Marie? »Nein, habe ich nicht«, antwortete Tom. Er nippte an seinem Cappuccino. »Irgendwelche wirren Zettel hatte sie, keine Ahnung, vielleicht hat sich irgendjemand einen Scherz erlaubt.«

»Ich find es spannend. Überleg mal, wie wenige Menschen noch leben, die damals mitgeholfen haben. Viele sind es nicht mehr.«

»Ich glaube, da ist nichts dran. Außerdem, was sollten diese Menschen zu erzählen haben? Da ist doch längst alles gesagt, die Bombenleger von damals haben sogar im Fernsehen Interviews gegeben. Wen sollte es interessieren, wenn der heute 90-jährige Bauer sagt, dass er in grauer Vorzeit Waffen und Sprengstoff in der Schweinekacke versteckt hat?«

»Sagst du. Ich sage dir, die Menschen hier interessiert das immer noch. So lange hier Straßen- und Ortsnamen zweisprachig sind, so lange werden wir hier daran erinnert.« Herbert sah nachdenklich aus. »Weißt du überhaupt, wie es damals hier war? Wie der Staat versucht hat, aus den Südtirolern eine Minderheit zu machen?« Er war ernst geworden. »Die haben das Land überschwemmt mit welchen aus dem Süden. Tausende Sozialwohnungen hat Rom gebaut, schau dir doch die Blöcke in Bozen mal an, da hat kein Südtiroler eine Wohnung bekommen. Karriere in den großen Firmen oder Behörden, die haben nur die Italiener machen können. Wir nicht.«

»Klar, ich weiß das«, sagte Tom, der sich noch an Erzählungen seines Vaters erinnerte, wie gut bewacht in den 1960er-Jahren die Grenze war. »Trotzdem ist eine Geschichte irgendwann mal auserzählt.«

»Wenn du meinst. Ich helfe ihr, ich habe schon rumtelefoniert«, grinste Herbert geheimnisvoll und zog an seiner E-Zigarette. Er hatte sich ein wenig beruhigt.

»Rauchen verboten«, motzte Tom, der es sich schon vor 20 Jahren abgewöhnt hatte.

»Ist kein Rauch, sondern Dampf. Außerdem ist es *mein* Laden und außer dir ist kein Gast da.«

»Damit du von deinem rauchenden Dampf wegkommst, mach mir doch einen Speck-Toast.« Während er wartete, blätterte er die Tageszeitung durch und entdeckte einen Artikel von Marie. Er las aufmerksam. *Schreiben kann sie, viele Infos gibt's wohl nicht zu dem Mord.* Vor dem Fenster stiefelte, gebückt gegen den Wind, der alte Maler vorbei. Diesmal ohne seine Utensilien. »Sag mal, kennst du diesen Typen, der da immer den Turm malt?«

»Keine Ahnung«, antwortete Herbert, der zusah, wie schnell Tom den Toast verdrückte. »Ich habe den vor ein paar Wochen zum ersten Mal gesehen, ungewöhnlich zu dieser Jahreszeit.« Er trat ans Fenster und sah dem Maler nach.

»Find ich auch. Sonst kleben diese Typen eher im Sommer auf der Straße«, grübelte Tom halblaut.

»Weißt du«, sagte Herbert, »mir kommt er bekannt vor, vielleicht spreche ich ihn mal an.«

»Immerhin ist er der erste Mensch, den ich hier getroffen und mit dem ich noch vor dir gesprochen habe.«

»Du? Gesprochen?«, lachte Herbert. »Unglaublich.«
»Glaub, was du willst. Pagare.«
»Deutsch bitte, wir sind in Südtirol.«
»Dann will ich aber eine Quittung«, schmunzelte Tom.

Die Runde betagter Herren saß bereits seit einigen Stunden zusammen in einer Villa von den Ausmaßen des Weißen Hauses, etwa zwanzig Kilometer außerhalb von Mailand. Die drei Männer kannten sich seit vielen Jahren. Privat begegneten sie sich nie. Immer nur in der Villa. Dort residierten ein Übersetzungsbüro und ein Außenhandelsunternehmen. Zumindest stand es so am Hoftor auf einem großen, dekorativen Schild aus Messing. Nur im Telefonbuch, bei der Auskunft oder im Internet fand man die Firmen nicht. Selbst eine deutliche Luftaufnahme bei Google gab es nicht – stattdessen war nur ein Gebäude mit verschwommenen Details zu erkennen. Früher hatten sie sich praktisch jede Woche getroffen, immer im Erdgeschoss, in der repräsentativen Bibliothek. Keiner wusste, ob da jemals jemand ein Buch gelesen hatte. Sie wussten nicht mal, wer der Glückliche war, der eine solch umfangreiche Büchersammlung sein Eigen nennen konnte. An diesem Mittwoch sahen sich die drei zum ersten Mal seit Längerem wieder.

»Das Problem müssen wir lösen, endgültig«, sagte der Älteste in der Runde. Früher war Gabriel Giordano ein hohes Tier beim Militärgeheimdienst gewesen. Heute sah er in seiner Cordhose und dem blauen Hemd aus wie ein pensionierter Geschichtslehrer beim Toskana-Ausflug. »Egal wie.« Dabei blickte er die anderen beiden ernst an. Wer ihn nicht kannte, hätte gesagt, dass seine Augen fröhlich und neugierig wirkten. Wer ihn kannte, würde angesichts seiner Vergangenheit niemals auf diese Idee kommen. Sein Alter kannte keiner der beiden Männer, sie wussten nur, dass er der zweiten Generation der »Gruppe« angehörte. Er führte sie seit vielen Jahrzehnten an. Dieses Amt wurde man nicht durch den Eintritt in die Rente los. Damit war man verbunden auf Lebenszeit.

»So einfach ist das nicht, zumindest nicht so wie bei dem Alten da oben am Brenner«, entgegnete der Jüngste, Christian Fischer. Er war der Nachwuchs, obwohl auch schon Mitte 50. Dabei strich er sich über die fliederfarbene Krawatte, die perfekt zum Blau des teuren Maßanzugs passte. Sein Italienisch war selbst nach vielen Jahren, die er im Land lebte, noch etwas holprig. Er war über diplomatische Umwege von München über Innsbruck nach Mailand gekommen. Eigentlich stammte er aus Ostdeutschland, das verschwieg er. Man konnte ihn als den Nord-Verbindungsmann der »Gruppe« bezeichnen.

»Wer sagt, dass es einfach ist? Haben wir uns je von etwas abhalten lassen, nur weil es schwer war?«, wollte der am Kopfende wissen. »Wir können nicht riskieren, dass alles auffliegt.« Nicolo De Lucca war über 70 und sehr lange dabei. Er hatte zwar eine militärische Vergangenheit, aber später mit Rüstungsgeschäften Milliarden gemacht – nicht in Lire.

»Nichts wird auffliegen, oben in Südtirol herrscht bald Ruhe«, antwortete Fischer. »Die Pressetante stellen wir kalt und ihrem Kollegen werfen wir einen anderen Brocken zum Fraß vor. Dann ist alles schnell gegessen.« Dabei schaute er Giordano an. »Wir versuchen gerade herauszufinden, was sie weiß, und ob sie mit anderen darüber gesprochen hat.«

Der Älteste gluckste. »Fraß vorwerfen und gegessen, da kriegt man gleich Hunger.« Kurz darauf, nur einen oder zwei Atemzüge später, die bei ihm immer etwas rasselten, wurde er wieder ernst. »Mundtot machen reicht nicht! Wir dürfen nicht zulassen, dass irgendetwas ans Licht kommt. So viele Jahre war Ruhe, das muss so bleiben! Bis zum Knall, wenn die Idioten in Rom nicht endlich eine anständige Regierung hinkriegen.« Einige rasselnde Atemzüge später: »Macht reinen Tisch, es darf keine Mitwisser oder Spuren geben.«

Der am Kopfende nickte zustimmend. »Köpfe müssen rollen, wir müssen die undichte Stelle finden. Aber ich glaube nicht, dass es der Alte war. Das war ein Schuss in den Ofen.«

»Dachte, in den Kopf«, kam es vom Tischältesten, der seine Laune schneller wechseln konnte als ein Chamäleon seine Farbe. Viele hatten in den letzten Jahren den Fehler gemacht, ihn deswegen nicht ernst genug zu nehmen. Die meisten davon hatten das mit dem Leben bezahlt. Eigentlich alle bis auf einen, dem war in beide Kniescheiben geschossen worden. »Sieh zu, dass deine Leute da oben klarkommen.«

Damit war das Thema erledigt. Man widmete sich der weiteren Tagesordnung, die es nie ausgedruckt gab. Ihre Sitzungen hinterließen keinerlei Spuren. Es gab weder Protokolle noch Anwesenheitslisten. Über solche Bürokratie waren schließlich andere gestolpert. Die »Geheimloge P2*« war nicht zuletzt wegen einer ellenlangen Mitgliederliste enttarnt worden. Den Stasi-Spitzeln in der DDR hatte ihr Bürokratiewahn nach der Wende auch das Genick gebrochen. Tagesordnung und Termine legte allein der Älteste fest. Das tat er seit vielen Jahren, meist von seinem Ruhesitz aus, in den Weinbergen der Toskana. In die Villa ließ er sich mit einem Hubschrauber fliegen. Der landete etwas außerhalb auf einem auch militärisch genutzten Flugplatz, wo sein Fahrer wartete.

Marie hetzte im Sprint die weit auseinanderliegenden Treppenstufen hoch in die Redaktion. Der Latte to go schwappte dabei gefährlich nah an den Rand des Bechers. Der »Bote« in Brixen hatte in den letzten Jahren Federn lassen müssen. Die Konkurrenz war zu stark. Die Chefs hatten sich lange gegen den Onlinetrend gestemmt, mittlerweile gab es aber eine eigene Redaktion dafür. Sie bestand in erster Linie aus Marie, die Texte und Fotos lieferte, und dem jungen Webspezialisten Jakob Brenner. Den Rest steuerten die Zeitungsredakteure bei, so wie Marie ihre Onlinetexte für die gedruckte Ausgabe. Vor fünf Minuten hätte Marie bei ihrem Chef sitzen sollen.

»Na endlich«, grüßte Nicolaus Bernreuther, während Marie die Tür hinter sich zuwarf und sich auf den Stuhl in der Besprechungsecke setzte. »Können Sie nicht einmal pünktlich sein?«

»Sorry, hatte einen Termin«, schwindelte Marie außer Atem. Die blöden Treppenstufen eigneten sich nicht für einen Sprint ins Chefbüro. Möglichst unbemerkt wischte sie einen Kaffeetropfen an ihrer Hand am Polster des Stuhls ab. »Was gibt es denn?«

»Die Mordgeschichte ist gut angekommen, viele Klicks, Glückwunsch«, sagte Bernreuther, der viele Jahre bei Boulevardblättern in Österreich gearbeitet hatte. Da war er irgendwann gefeuert worden, weil er nicht bunt und reißerisch genug war.

»Danke, da steckt noch mehr drin«, setzte Marie an, als sie von Bernreuther unterbrochen wurde.

»Erst mal dürfen wir da nicht zu viel Schmalz investieren, die Polizei meldet sich bestimmt, wenn sie was hat.«

Marie blieb die Spucke weg. »Ich soll nicht weitermachen?« Im ersten Moment glaubte sie an einen Scherz. Ihr Chef sah ganz und gar nicht aus, als würde er scherzen. »Gibt es eine Erklärung?«

»Nein. Nur meine Einschätzung. Noch was, Marie, lassen Sie endlich Ihre Zettelrecherche sein. Immer wieder rufen hier Menschen an, denen Sie auf den Nerv gegangen sind.«

Jetzt war Marie sprachlos. *Was ist denn jetzt los?* »Aber ...«

»Aber, nein! Mord auf Wiedervorlage. Eigenrecherche in der Freizeit ohne Bezug zum Blatt. Haben wir uns verstanden?« Bevor Marie antworten konnte, hatte er eine Unterschriftenmappe aufgeschlagen, um weiterzuarbeiten.

»Haben wir nicht, das hilft mir aber auch nicht«, patzte Marie zurück. Sie stand auf und ging. Ihren Becher ließ sie auf dem Tisch stehen, da würde er einen schönen Kaffeerand hinterlassen.

An ihrem Schreibtisch angekommen, drehte sich Jakob Brenner zu ihr um. »Wie war's beim Chef?« Er zupfte an seinem Bärtchen.

»Der spinnt«, antwortete sie. »Ich soll nichts mehr zum Mord machen und bei meinen Recherchen mit den Zetteln aufhören.« Sie bückte sich und steckte einen Speicherstick in ihren Rechner. Sie wollte alles, was sie zu den Zetteln recherchiert hatte, auf ihrem privaten Laptop sichern.

»Warum?«, fragte Jakob, der sie besorgt anschaute.

»Keine Ahnung, weil er ein Idiot ist.« Marie klickte sich dabei weiter durch die Verzeichnisse.

»Was ist mit dem Mord, das ist doch eine Mordsgeschichte.«

»Wer Brenner heißt, sollte keine Wortwitze wagen«, sie warf ihm dabei einen bösen Blick zu. »Ich soll wieder brav Artikel über irgendwelche Geschäftseröffnungen von Werbekunden schreiben. Ich muss hier echt raus.«

»In der Printkonferenz haben sie gesagt, dass sie an einer Story dran sind. Ein paar von der SVP* haben sich angeblich über irgendwelche EU-Kassen die Taschen vollgemacht. Da kam ein anonymer Tipp. Ich baue gerade eine Grafik dazu«, sagte Jakob in der Hoffnung, Marie damit etwas abzulenken »Vielleicht kannst du Online da was draufsetzen.«

»Vergiss es, wenn die Printmenschen dran sind, bleibt mir nur, daraus was Lesbares für Online zu machen. Du darfst noch eine bunte Grafik zaubern.« Sie sah ihn lange an. »Die Alten da unten glauben doch eh, dass wir hier den ganzen Tag online zocken und keine Ahnung haben.«

Unten, das war die Zeitungsredaktion. Nicht mehr so gut besetzt wie früher, aber immerhin noch mit vier Redakteuren und ein paar Freien. Die Zusammensetzung typisch: Die Redakteure waren schon ewig dabei, hatten in ihren Augen jedes Thema dutzende Male bearbeitet und wussten alles. Die Freien waren jung, kamen und gingen. Schlecht bezahlt waren sie sowieso.

»Sei doch nicht so, die machen alle nur ihren Job«, nahm Jakob einen neuen Anlauf, Marie zu beruhigen. »Sollen wir nachher ein Feierabend-Bier nehmen?«

»Du trinkst gar kein Bier, du Aperol-Tussi«, sagte Marie. Sie war noch immer sauer, wollte es sich aber nicht mehr anmerken lassen. Deswegen lächelte sie ihren Kollegen bemüht an. Der bekam das gar nicht mit, denn er war schon wieder in seiner Grafik versunken.

Tom war inzwischen mit Luna zu einer Wanderung aufgebrochen. Nachdem sich das Gruselwetter etwas verzogen hatte, waren die beiden nach Ridnaun gefahren. Dort hatte er den Jaguar geparkt. Der Weg führte entlang des Flusses bis zum Talschluss bei Maiern. Dort lag das Bergwerksmuseum. Jetzt im Übergang von Winter zu

Frühling war dort nichts los. Letzte Schneereste hielten sich an den Schattenhängen. In schneereichen Wintern führte eine oft gut besuchte Loipe entlang des Weges. Im Tal fanden sogar Biathlon-Wettkämpfe statt. Am Museum legten die beiden eine Pause ein.

»Wie süß«, schallte es zu ihnen herüber. Eine Frau kam von etwas oberhalb auf sie zu. Luna war sofort zu ihr gelaufen und ließ sich ausgiebig streicheln. »Ich liebe Beagle«, sagte die Frau, die etwas jünger als Tom zu sein schien. »Sind Sie von hier?«

»Ich wohne in Sterzing«, antwortete Tom. »Noch nicht so lange. Zugezogen.« Luna hatte sich auf den Rücken gedreht und ließ sich den Bauch kraulen, während Tom überlegte, wie er den Hund nachher ohne Gegenwehr wieder sauber bekommen sollte.

»Sterzing ist so schön, da wohne ich auch, also im Hotel. Ich liebe die romantische Altstadt mit den schönen Häusern.« Sie hielt Tom die Hand hin. »Elli Brinkmann.« Sie trug – wie eigentlich alle, die man hier traf – Wandersachen, aber eine Spur eleganter. Eine weiße Daunenjacke mit einer dezenten goldenen Stickerei auf der Brust. Dazu eine enge schwarze Outdoorhose und feste Schuhe.

»Bauer«, antwortet Tom. »Äh, Tom Bauer.«

»Geht doch«, grinste sie. »Wollen wir gemeinsam zurück, mein Auto steht in Ridnaun, Ihres auch?«

»Gerne, wenn es Sie nicht stört, dass ich dauernd auf den Hund warten muss.«

»Kein Problem. Zu zweit ist es doch schöner.« Tom hatte da seine Zweifel.

So gingen sie zurück über die frühere »Obere Erzstraße«. Tom schoss unterwegs das eine oder andere Foto mit seiner alten Leica. Im Hinterkopf hatte er dabei sein Romanprojekt. Am Parkplatz beim Hotel Sonklarhof blieben sie stehen. »Ich parke da«, Tom deutete zu seinem Auto.

»Oh, ein Jaguar. So ein schönes Auto.«

»In erster Linie alt«, antwortete Tom. »In zweiter oft kaputt«, schmunzelte er.

Sie lächelte. »Ich bin noch fast drei Wochen hier. Wollen wir noch mal eine Tour zusammen machen oder mal was trinken gehen?«

»Mal sehen. Ich habe immer viel zu tun. Vielleicht ergibt sich mal was«, wich Tom aus. Dabei hatte er die Hündin auf der Beifahrerseite in den Fußraum verfrachtet. »Also machen Sie es gut.«

»Moment, wie kann ich Sie denn erreichen? Also, falls wir mal eine Wanderung zusammen machen wollen.« Sie stand noch immer neben Toms Jaguar.

»Stimmt. Ich gebe Ihnen meine Karte«, sagte Tom. Aus dem Handschuhfach nahm er ein altes silbernes Etui, in dem er seit Ewigkeiten seine Visitenkarten herumtrug. In den letzten Jahren waren sie kaum weniger geworden. »Mailadresse und Büronummer stimmen nicht mehr. Die Handynummer ist noch aktuell«, grinste er verlegen.

»Ein Journalist«, las es Elli Brinkmann von der Karte ab. »Ein toller Beruf.«

»Wie jeder andere auch. Am Ende des Tages hat man acht Stunden in einem Büro gesessen und an den Feierabend gedacht«, antwortete Tom. *Manchmal zehn oder zwölf Stunden.* Das war sein Standardsatz, wenn sich jemand zu sehr für den Journalistenberuf begeisterte – oder für ihn.

»Ich glaube, Sie sind ein Tiefstapler. Ich ruf Sie an, wenn das Wetter passt.« Sie ging ein paar Schritte zu einem roten VW Beetle. Zum Abschied winkte sie ihm zu.

Tom tat so, als gäbe es ein Problem mit Luna im Fußraum. Zurück winkte er nicht. Er sah ihrem Wagen im Rückspiegel nach.

Marie hatte sich derweil einen Feierabend-Aperol mit Jakob genehmigt, in einer Bar unter den Lauben der Brixner Altstadt. Sie mochte die entspannte Atmosphäre. Vor allem wenn die Urlauber noch nicht oder nicht mehr da waren. Also morgens bei einem Macchiato oder am frühen Abend, wenn die Touristen schon bei Pizza und Wein in den Lokalen saßen. Sie würde nie verstehen, warum man immer um Punkt 18 Uhr essen musste. Wenn sie einen netten Platz ergattert hatte, konnte sie den locker den ganzen Abend nicht mehr hergeben. Irgendwann waren die urlaubenden Rentner, die Mamas und Papas mit ihren quengelnden Anhängseln verschwunden. So wurde es diesmal wieder spät, obwohl Jakob, der Nerd, mal wieder früher heimgegangen war.

Zu Fuß daheim angekommen, wollte Marie nur noch schnell das Auto umparken. Sie hatte gerade den Zündschlüssel umgedreht, als es an der Scheibe klopfte.

»Schalten Sie bitte den Motor ab«, sagte der Carabiniere. »Sie haben Alkohol getrunken.« Skeptisch betrachtete er das mit einer Folie zugeklebte Seitenfenster auf der anderen Seite.

»Wie kommen Sie darauf?« Sie bemühte sich, langsam und deutlich zu sprechen. *Jetzt bloß nicht patzig werden.*

»Wir haben Sie gesehen, bei mehreren Getränken am Abend.«

»Das war alles alkoholfrei, Sanbitter, vorher nur ein Aperol, ganz früh am Abend. Ich schwöre«, sagte sie, begleitet von einem astreinen Unschuldslächeln.

Der Polizist ließ sich nicht einwickeln. »Steigen Sie aus, wir prüfen das jetzt.«

»Wenn ich mich weigere?«

»Kommen Sie mit uns.«

Widerstand zwecklos. Diskutiere nie mit einem Carabiniere. Vor den Augen zahlloser Menschen, die gaffend auf dem Gehweg vorbeigingen, musste sie einen Alkoholtest machen.

»0,6 Promille. Das wird teuer.«

»Das kann nicht sein.«

»Doch! Außerdem bekomme ich jetzt Ihren Führerschein.«

»Moment, den brauch ich. Ohne Auto kann ich einpacken«, jammerte Marie. *Was läuft hier schief?*

»Seien Sie froh, dass wir den Wagen nicht einziehen«, sagte der Carabiniere. »Wir leiten die Anzeige jetzt an die Staatsanwaltschaft weiter, ihr Führerschein landet beim Regierungskommissariat. Das entscheidet, wie lange Ihre Fahrerlaubnis eingezogen bleibt, rechnen Sie mal mit drei Monaten.« Das alles ratterte er emotionslos herunter.

»Sie können mich ...«, setzte Marie an, bremste sich aber noch rechtzeitig.

Sie hatte für ihren Geschmack die letzten Tage eindeutig privat zu viel mit der Polizei zu schaffen gehabt. Das schrieb sie eine gute Stunde später per WhatsApp ihrem Carabiniere-Freund Carlo. Stinksauer auf alles in Uniform.

Carlo: Blöd.

Marie: Jetzt kann ich im Job einpacken, außerdem bin ich bald pleite.

Carlo: Du warst das?

Marie: Was?

Carlo: Ich habe das Tagesbriefing der Kollegen in Brixen gelesen. Da stand was von Alkoholkontrollen, auch zu Fuß. Subjekt suchen und abgreifen. Von mir hast du das nicht.

Marie: Versteh nix. Subjekt?

Carlo: Gab wohl an zwei Streifen den Hinweis, bestimmte Ziele im Auge zu behalten.

Marie: Ziele????

Carlo: Wenn jemand mal aufgefallen ist.

Marie: ICH BIN NOCH NIE AUFGEFALLEN!!!!!!!!

Carlo: Jetzt doch. :-)

Marie: Nacht.

Zum ersten Mal seit Langem schaltete sie ihr Handy aus.

Donnerstag, 21. März

Die Nacht über hatte Marie kein Auge zugetan. Entsprechend mitgenommen sah sie aus, als sie sich im Büro schwer auf ihren Stuhl fallen ließ. Jakob sah verwundert zu ihr rüber.

»Du siehst scheiße aus.«

»Danke, so fühl ich mich.« Sie erzählte von der Polizeikontrolle. Den Promillewert korrigierte sie dabei etwas nach unten, um nichts vom Führerschein erzählen zu müssen. »Die haben mich abgepasst, ich sag's dir«, wetterte Marie. »Mein Informant hat mir das gesteckt.«

Ihr Informant. Jakob musste immer schmunzeln, wenn Skandal-Marie so anfing. Als wäre sie bei der »Washington Post« und nicht beim »Boten«. »Was hat dein Informant dir geflüstert? Dass die dich auf dem Kieker haben?«

»Nicht direkt. Es sollte Kontrollen bestimmter Leute geben«, erzählte Marie. »Die sollten in der Stadt schauen, wer da was trinkt und auf der Straße ein Auge draufhaben.«

»Klingt nach viel Aufwand«, murmelte Jakob. »Vor allem, warum?«

Marie schlug mit beiden Fäusten auf den Tisch. »Na, um mich mundtot zu machen.«

Bei Jakob fiel der Groschen. »Du hattest mehr als 0,4 Promille, stimmt's? Ist dein Führerschein weg?«

»Lass mich.«

»Du musst es dem Chef sagen. Vielleicht kann er was machen.«

»Was soll er tun? Bei den Carabinieri anrufen und betteln, dass ich meinen Führerschein behalten darf?« Sie war jetzt noch wütender als am Morgen. »Das Einzige, was er macht – mich feuern. Ohne Auto bin ich nichts wert.«

»In unseren Verträgen steht nichts von Führerschein.«

»Sei doch nicht so blöd«, fiel sie ihm ins Wort. »Wenn er will, wird er mich jetzt los. Das haben die da oben so gewollt.«

»Wer?«, fragte Brenner, der gar nicht mehr folgen konnte.

»Na, die Carabinieri.«

»Warum sollten sie? Was hast du denen denn getan?« Jakob verstand das alles immer noch nicht.

Marie verstand es selbst nicht. »Keine Ahnung. Ich finde das raus. Bis dahin kein Wort zum Chef.«

Jakob fuhr mit Daumen und Zeigefinger der rechten Hand quer über seine geschlossenen Lippen.

Für Herbert war es ein Ausflug in die Kindheit. Er hatte einen Karton mit in die Vinothek genommen, der seinen Eltern gehört hatte. Zeitungsausschnitte waren darin, ein paar alte Briefe und Postkarten. Vielleicht, so hoffte er, würde er etwas finden, das Marie bei ihrer Suche helfen könnte. Viel mehr hatten ihm die Eltern nicht hinterlassen. Über die Jahre nach dem Krieg hatten sie nie groß ein Wort verloren. Er wusste, dass seine Eltern »Dableiber« waren. Sie hatten sich 1939 entschieden, in Südtirol zu bleiben. Andere hatten der Heimat den Rücken gekehrt, hatten Nazideutschland mit seinen Versprechungen geglaubt und sich gegen das verhasste Italien mit den Faschisten entschieden. Zumindest auf dem Papier; letztlich gegangen waren wenige. Mehr wusste Herbert darüber nicht, seine Eltern oder andere Verwandte hatten das ebenso wenig angesprochen, wie die Zeit der Bombenjahre.

Eine Postkarte aus dem Süden, eine vom Großglockner – beide legte er zur Seite. Gut, dass gerade kein Gast da war. *Schade, dass sich die Menschen kaum noch Karten schicken.* Von den Kollegen in der Altstadt wusste er, dass Ansichtskarten praktisch ein Ladenhüter waren. Die Urlauber verschickten nur noch Grüße und Fotos per WhatsApp oder posteten gleich alles bei Instagram.

Unten im Karton lag ein alter Straßenatlas. Europa stand drauf. Damals war es ein anderes Europa. Beim Durchblättern stieß er auf ein Foto. Schwarz-Weiß, die Ecken geknickt, die Kanten wellenförmig geschnitten. Er erkannte seine Mutter in sehr jungen Jahren. Sie stand auf einem Feld vor einem großen Steinbrocken, neben ihr ein Junge. Klein, drahtig. Das typische Gesicht der Jugendlichen oder jungen Männer damals. Er trug eine kurze Lederhose und ein halb offenes grobes Hemd, die Augen funkelten. Herbert drehte das Bild um. Leider hatte es niemand beschriftet. Vielleicht der erste Freund der Mutter? Er legte das Bild beiseite.

Er stöberte noch mal den Papierstapel durch. Ein Prospekt für Wecker »Made in Germany« war noch darunter. Arg zerknittert. Vielleicht war das was für Tom, überlegte er.

Marie konnte er keine Freude machen. Im Karton war nichts, was ihr weiterhelfen würde. Eigentlich konnte er das Zeug gleich ins Altpapier werfen. Die Tür ging auf und eine Gruppe Urlauber kam rein, zwei Paare. Treffsicher zu erkennen an den recht neuen Outdoorklamotten. »Hoi, Griaß enk«, begrüßte er sie. »Was darf's sein?« Den Karton stellte er unter den Tresen. Natürlich wollten sie, wie alle Deutschen, Latte macchiato. In ihren Augen das italienischste aller Getränke am Nachmittag – gerne oft »Maschiatto« ausgesprochen.

Tom saß am Schreibtisch – wie so oft abends. Den Blick auf das Familienfoto gerichtet. Er vermisste sie. Sein Job hatte ihm damals das Leben gerettet. Wegen eines beruflichen Termins war er nicht dabei gewesen, als seine Familie für immer aus seinem Leben verschwand.

Er sortierte sich durch die Post. Sein Donnerstagsritual: Briefe sichten, mittlerweile auch Mails – alles, was seit Wochenanfang aufgelaufen war. Viel kam ohnehin nicht mehr zusammen, seit er sich zurückgezogen hatte. Langsam erwachte der Computer aus seinem digitalen Schlaf.

Tom öffnete das E-Mail-Programm: Eine Werbung für ein Probierpaket Wein löschte er, den Urlaubsgruß eines früheren Kollegen überflog er und eine Nachricht des Stromversorgers mit Anhang ließ sich nicht öffnen. Runterladen ging auch nicht.

Schließlich klickte er auf »Neu«. Adressat: Ein alter Bekannter, der lange Jahre Auslandskorrespondent für verschiedene Zeitungen war, auch in Rom, und nun in der Schweiz lebte.

Mein lieber Freund, lange haben wir nichts mehr voneinander gehört. Wie dir vielleicht zu Ohren kam, lebe ich mittlerweile in Südtirol, das tut mir gut. Ich habe hier eine junge Kollegin getroffen – nicht was du denkst –, sie befasst sich mit dem Terror in den 1960ern in Südtirol und möglichen Hintermännern. Bin zwar nicht sicher, ob das wirklich noch etwas hergibt, aber könntest du ihr helfen? Du hast doch bestimmt noch Verbindungen. Melde dich einfach, liebe Grüße, TB.

Er lehnte sich zurück, las den Text mehrmals, nicht sicher, ob er ihn abschicken sollte. Mit dem letzten Schluck Rotwein klickte er auf »Senden«. Die alte englische Standuhr im Zimmer nebenan schlug zehn Mal. Draußen war es längst dunkel, der Lärm von der nahen alten Brennerstraße war abgeebbt, die Stadt war nun ruhig.

Tom schloss die Augen, lehnte sich zurück, seine Gedanken gingen auf Zeitreise. Er dachte an seine Familie. An die Zeit, als er der Top-Journalist war, der die Skandale der Republik aufdeckte, der Politiker auf dem Weg nach oben und auf dem Rückweg nach unten begleitete. Jetzt war er müde – in vielerlei Hinsicht.

»Luna.« Die Hündin hob den Kopf. »Zeit für's Bett.«

Freitag, 22. März

Im kleinen Konferenzraum in der Sterzinger Carabinieri-Station war die Stimmung nahe dem Gefrierpunkt. Typisch, wenn Ermittlungen feststeckten. Franz Moser und Chiara Bonverde saßen am Tisch und warteten auf den Ermittlungsleiter. Moser hatte sich entspannt zurückgelehnt, den Blick auf den großen Baum vor dem Fenster gerichtet. Im Sommer tobten dort immer Eichhörnchen, die hatten ihn vor so manch langweiliger Sitzung bewahrt. Die junge Polizistin hatte ein Bein angewinkelt und saß darauf wie in einer Art Yoga-Haltung.

Moser schliefen die Beine vom Zusehen ein. »Kannst du eigentlich auch normal sitzen?«

»Natürlich, wenn ich muss. Du sitzt nicht mal, alter Mann, du liegst.«

»Der Rücken. Quasi vom Arzt verordnete Haltung«, grinste er und nahm einen großen Schluck Kaffee aus seinem Becher. »I'm the Boss« stand drauf.

»Bist du weitergekommen?«

»Kein Stück, so was habe ich noch nie erlebt«, schüttelte er den Kopf. »Wer erschießt einen Opa ohne erkennbaren Grund?«

Die Tür ging auf, der Ermittlungsleiter kam rein. Die Krawatte gelockert. Sie war wie ein Stimmungsbarometer. Wenn der Knoten früh am Tag gelockert war, war Stress angesagt. »Leute«, ächzte Guido Rossi, während er sich auf den Stuhl fallen ließ. Seine Aktenmappe warf er dabei auf den Tisch. »Sagt bitte, dass einer von euch was Neues hat«, er sah seine beiden Ermittler an. Sie schwiegen. Klick, klick.

»Wir haben gerade drüber gesprochen, dass es absolut nichts gibt«, fing Moser an.

»Vollkommen idiotisch, dass wir nichts finden«, ergänzte Bonverde, dabei sah sie ihren Chef erwartungsvoll an. Er wirkte, als würde er gleich eine Neuigkeit präsentieren, die die Ermittlungen nach vorne bringen würde.

»Idiotisch. Das passt«, sagte Rossi. Er war aufgestanden, stand jetzt mit dem Rücken zum Fenster. »Ich habe eben mit dem Staatsanwalt gesprochen. Ihr glaubt es nicht – die Hülsen und Projektile sind weg.«

»Was?«, fragten die beiden Ermittler fast gleichzeitig. Moser war sogar aus seiner Liegeposition nach oben geschnellt. Sein unterer Rücken quittierte das mit einem Ziehen. »Die hat doch die Spurensicherung in Bozen ins Labor nach Parma geschickt.«

Klick. »Gerade weiß niemand, wo das Zeug ist. Weder in Bozen noch beim RIS* in Parma. Keiner kann sich das erklären«, sagte Rossi und ging zurück an den Tisch. Klick, klick. Aufgestützt auf beide Hände sah er sie an.

»Es gibt doch ein Übergabeprotokoll ...«, setzte Chiara Bonverde an.

»Klar«, antwortete ihr Chef. »Aber es gibt keine Beweismittel mehr, kein Ausgabeprotokoll oder sonst was.«

»Mal ganz ruhig.« Moser sprach betont langsam. »Irgendwo muss das Zeug doch sein.« Er machte eine kurze Pause, die beiden anderen sahen ihn an. »Das heißt, im Labor hat jemand geschlampt.«

Klick. »Der Staatsanwalt hat eine Untersuchung angeordnet, die im Labor vermuten, dass alles nur falsch weggeräumt wurde«, klick, »sind sich sicher, dass sie beides bald wiederfinden.«

»Kann vorkommen, wäre nicht das erste Mal bei den Idioten«, murmelte Moser, während er langsam auf seinem Stuhl wieder tiefer rutschte. Chiara nickte nur.

»Chiara, du machst weiter mit der Zeugensuche, lass dir mal die Bilder von allen Blitzern in der Gegend kommen«, sagte Rossi. »Franz, du gräbst weiter im Umfeld des Alten, irgendetwas muss es da doch geben.« Klick, klick. Rossi stand auf, damit war für die kleine Ermittlertruppe die Besprechung vorbei. »Schönes Wochenende.« Das würde zumindest Rossi nicht haben.

Tom sah sie von draußen – die Frau, die er auf dem Spaziergang kennengelernt hatte. Sie saß direkt am Fenster von Herberts Vinothek. Am Tisch neben seinem Stammplatz, der besetzt war. *Na, das kann ja heiter werden.* Sie trug einen schwarzen Pullover, der teuer aussah. Sie nippte an einem Weißwein und grinste in Richtung Theke. *Natürlich, Herbert und sein Charme.* Als sich Tom gerade umdrehen und heimgehen wollte, sah sie ihn durchs Fenster und hob lächelnd ihr Glas.

»Was für eine schöne Überraschung«, prostete sie ihm zu, als er zur Tür reinkam.

»Schön, Sie zu sehen«, sagte Tom. Er zog seinen Mantel aus und legte ihn an der Bar über einen Hocker.

»Kommen Sie doch zu mir«, forderte sie ihn auf. Räumte ihre große und bestimmt teure Handtasche beiseite. Über ihrem Stuhl hing eine stahlblaue Winterjacke mit einem Fellkragen, der jedem Tierschützer Zornesfalten in die Stirn gemeißelt hätte.

»Gerne.« Er durchforstete sein Gehirn nach ihrem Namen. Irgendetwas mit E.

Sie zwinkerte ihm zu. »Elli.«

»Hallo Elli, wie geht es Ihnen?« Tom sah rüber zu Herbert, der in ein Gespräch mit einem Einheimischen vertieft war. Bauer hatte den Mann schon öfter gesehen. Irgendein hohes Tier bei der Stadtverwaltung.

»Dass wir uns so schnell wiedersehen, wo ist Ihr süßer Hund?«

»Luna ist daheim, die geht nicht gerne abends in Wirtshäuser«, grinste er.

»Anders als ihr Herrchen?«

»Jeden Tag«, unterbrach Herbert, der an ihren Tisch gekommen war. »Herbert Gasser, mir gehört der Laden hier – mitsamt dem alten Inventar.« Dabei sah er Tom an, der die Augen verdrehte.

Kurz nachdem Tom die beiden einander noch mal richtig vorgestellt hatte, eilte Herbert zu neuen Gästen. Ab und zu grinste er zu ihnen rüber. Tom versuchte die Blicke zu ignorieren.

Elli war etwas jünger als Tom, wohnte bei Frankfurt und kam jedes Jahr mehrfach nach Sterzing. Sie überlegte sogar, hier eine kleine Wohnung zu kaufen. »Man findet fast nichts, zumindest nichts Altes«, berichtete sie von ihrer langen Immobiliensuche. »Wie haben Sie denn Ihre Wohnung gefunden?«, wollte sie wissen.

»Über Herbert. Der hat sie mir quasi vermittelt.« Tom erinnerte sich lebhaft. Er war noch nicht lange in Sterzing, aber schon mit dem Wirt befreundet gewesen, als der eines Tages von der Wohnung in der Altstadt erzählte. Zwei Telefonate später konnte Tom die Wohnung im oberen Teil der Altstadt besichtigen. Vor allem die hohen Räume und der kleine Erker hatten es ihm angetan. Die Handwerker für die Renovierung – und die Genehmigungen – organisierte Herbert mit ein paar Anrufen und eingeforderten Gefälligkeiten.

»Vielleicht kann mir ›Ihr‹ Herbert helfen«, sagte sie und sah zur Theke rüber. Da war der Wirt gerade damit beschäftigt, zwei Verkäuferinnen aus dem Modeladen nebenan zu unterhalten, die oft nach Feierabend auf einen Aperitivo vorbeikamen. Herbert hatte vor ein paar Wochen erst versucht, Tom mit einer der beiden zu verkuppeln. Er war damit aber auf ganzer Linie an Tom gescheitert.

Als die Uhr am Zwölferturm kurz vor Mitternacht anzeigte, verabschiedete sich Elli Brinkmann. Ihr Hotel lag praktisch gleich hinter dem Turm in der Neustadt. »Für die paar Schritte müssen Sie mich nicht begleiten«, hatte sie Toms Angebot ausgeschlagen.

»Glückwunsch«, sagte Herbert, der sich zu Tom an den Tisch gesetzt hatte. Die letzten Gäste waren gerade gegangen. »Eine nette Dame«, grinste er.

»Herby, nicht immer dieses Thema. Elli, äh … Frau Brinkmann, sucht eine Wohnung, vielleicht hältst du mal deine Ohren offen.«

»Mach ich«, sagte Herbert. Seine Miene wurde ernst. »Eben war einer von der Gemeinde da, die wollen mir diesen Sommer das Leben schwer machen. Ich soll keine Tische mehr auf dem Platz aufbauen, das Café nebenan bekommt den ganzen Platz.«

»Dann kannst du einpacken«, sagte Tom.

»Im Sommer auf jeden Fall. Dann wollen doch alle draußen sitzen.« Herbert sah nachdenklich durch das Fenster auf den Platz. Dass er sehr bald ganz andere Probleme haben würde, ahnte er zu diesem Zeitpunkt nicht.

Laut dröhnten die Bässe, hell zuckten die Strobo-Spots in dem kleinen Keller-Club in Brixen, nicht weit weg vom Krankenhaus. Hier feierten oft Ärzte und Pfleger den Stress des Tages weg. Ab und zu auch ein paar Studenten. Urlauber verirrten sich nie hierher. Marie war nicht in Hochform. Nach mehreren Gin Tonics blieb sie sonst meist die ganze Nacht auf der Tanzfläche. Diesmal nicht. Sie lehnte mit dem Rücken an der Bar, den Blick auf die tanzenden Menschen gerichtet. Die Gedanken flipperten umher, wie eine Kugel in diesen Spielautomaten – vom Führerschein zum Mord in Gossensass, von ihrem Chef bis hin zu Tom Bauer, der sich wie ein arroganter Idiot verhalten hatte.

Trotz der Gedankenreise war ihr ein Typ am anderen Ende der Bar nicht entgangen. Er starrte sie schließlich lange und offensichtlich reichlich an. Sportlich, Italiener, die hautengen Stretch-Jeans saßen perfekt, die Beine hochgekrempelt, weiße Sneakers. Ihre Blicke trafen sich, er prostete ihr zu.

»Cheers«, rief er durch das Bassgewummer zu ihr rüber.

Marie nickte ihm zu. Klopfte gegen ihr mittlerweile leeres Glas. *Vielleicht würde der Abend doch eine schöne Ablenkung bringen.*

Zwei Stunden später war die Ablenkung laut stöhnend kurz vor dem Höhepunkt. Mühsam versuchte sich Marie ein wenig Luft zu verschaffen. Vergeblich, der Typ auf ihr war einfach zu schwer. Erst recht wurde nichts daraus, als er auch noch seine Hände um ihren Hals legte – und immer fester zudrückte. Marie wurde flau.

»Stopp«, krächzte sie.

Er erstickte ihren Protest mit einem Kuss.

Sterne ploppten auf wie Feuerwerk, aber ohne »Ahs« und »Ohs« wie zu Silvester. Marie geriet in Panik. Sie bekam keine Luft mehr, strampelte wie wild. Der Typ war zu trainiert. *Er will mich umbringen.* Sie wehrte sich mit aller Kraft. Das schien den Typen nur noch mehr anzumachen. *Das war's jetzt. War das der Fehler, den man nur einmal macht?* Alles wurde schwarz.

Samstag, 23. März

Tom schreckte aus dem Schlaf hoch. Die Vögel zwitscherten schon. Er hatte schlecht geschlafen, selbst das Einschlafen hatte ewig gedauert. Er hatte lange über den Abend mit Elli nachgedacht, im Tiefschlaf wieder von seiner Familie geträumt.

Mühsam kletterte Tom aus dem alten Riesenbett. Luna sah ihn verschlafen an. Beide gähnten sich an, wobei Luna sich deutlich beweglicher streckte als Tom. Er schlurfte in die Küche und füllte dort Wasser und Futter in Lunas Näpfe.

Während er das erste von mindestens drei großen Gläsern Wasser mühsam leerte – so startete er immer in den Tag –, schaute er auf sein Handy. »Knochen«, hatte diese Marie gesagt. Er schmunzelte.

Elli hatte noch am Abend eine SMS geschrieben.

Danke für den netten Abend, war ja fast ein Date. *schmunzel.

*Was hat jetzt *schmunzel zu bedeuten?* Hatte der Teeniecode auch Frauen in seinem Alter erwischt? Umständlich tippte er eine kurze Antwort.

Hallo, fand ich auch.

Schönen Samstag wünsch ich. MfG Tom

»MfG« löschte er und schrieb stattdessen:

Liebe Grüße

Als er das dritte Glas ausgetrunken hatte, kam die Antwort:

Schönen Samstag zurück. Kurz nach halb sieben und wach. Ich bin wohl nicht der einzige Kurzschläfer.

Unter der recht kalten Dusche, er musste dringend mal den Installateur anrufen, überlegte er sich eine Antwort, die er ihr hinterher, in ein Handtuch gewickelt, schrieb:

Bald wieder? Ja, nein, vielleicht.

Die Antwort kam sofort:

Ja.

Gerne. Heute Abend? Keine Pizza!

Sehr gerne. XXX

Über den Sinn der drei X dachte er noch etwas nach.

Am anderen Ende der Stadt saß Herbert am Küchentisch, fertig angezogen, vor sich Handy und Laptop. Vor ein paar Jahren hatte er hier an der Marconistraße in der Nähe vom Hotel Hubertushof einen Bauplatz ergattert, dafür jedoch mindestens drei große Gefallen einfordern müssen. Bauland war knapp und wurde immer teurer. Halb neun. Bald musste er los, bis dahin wollte er noch einige Anrufe für Marie erledigen. Er wollte ihr unbedingt helfen. Heute früh hatte er mit dem Sohn des alten Tierarztes gesprochen. Der Arzt war früher viel herumgekommen, anders als die meisten, die mit Haus und Hof genug zu tun hatten. Er kannte jeden. Der Sohn hatte ihm jedoch nicht helfen können und sein Vater hätte nie über die fragliche Zeit gesprochen.

Der Laptop machte Zicken. Eine Info vom Stromanbieter, die er gestern angeklickt hatte, ließ sich noch immer nicht öffnen. Im Gegenteil war das Gerät nun langsamer denn je. Sein Telefon klingelte.

»Hoi, Karl ist hier«, schrie es ihm entgegen. Karl war der Sohn des Adlerwirts in Brennerbad, oberhalb von Gossensass. Mittlerweile im Rentenalter, sein Vater war lange tot. Genau das war das Problem bei Maries Geschichte – viele waren tot.

»Karl, ist dir noch was eingefallen von damals? Hast du was gefunden in den Sachen von deinem Vater – Tagebuch oder so was?«

»Der konnte nicht mal richtig schreiben«, lachte Karl durchs Telefon, wobei man jede Zigarette der letzten dreißig Jahre hören konnte. »Nix habe ich gefunden. Nur altes Zeug, das lag ewig in der Gaststube. Paar alte Ölbilder, die hat der Vater mal vom Kerschbaumer gekriegt. Gewonnen hat er sie, glaub ich, beim Kartenspielen. Die sind nichts wert.«

Herbert schnaufte. Wieder nichts. Dabei hatte er auf Karl gehofft. Dessen Vater hatte damals überall die Hände im Spiel. Die Wirtsstube war Zwischenstation und Umschlagplatz für alles, was halboffiziell oder schwarz von Innsbruck über den Brenner kam. Früher spielte die Brennerstraße eine wichtige Rolle, die mit dem Bau der Autobahn zu einer Nebenrolle wurde. Nach und nach war das goldene Leben in den kleinen Orten vorbei. Jetzt tummelt sich alles oben im Umfeld der

Outlet-Tempel. Die Staatsstraße fährt man höchstens bei Stau auf der Autobahn – oder als Motorradfahrer im Dutzend bei einem Ausflug.

Jetzt musste sich Herbert beeilen, die neue Aushilfe in der Vinothek wollte er nicht länger als nötig allein rumwerkeln lassen. Studenten konnten nur noch mit Kaffeepads umgehen, nicht mit guten alten Siebträgern.

Die Jeans auf dem Boden vibrierte. Mehrfach schon. Die Pausen zwischen den brrrt, brrrt, brrrt wurden immer kürzer. Zumindest schien es so. Die Fensterläden waren offen – das Tageslicht schrie Marie an. *Welcher Tag war eigentlich? Samstag?* Sie kam nicht drauf. Ihr Kopf schmerzte höllisch. Als hätte eine Horde Riesen damit Fußball gespielt. Ihr Hals tat weh. Der Typ hatte sie doch tatsächlich beim Sex gewürgt.

Brrrt, brrrt, brrrt. Wieder. Marie ließ eine Hand aus dem Bett nach unten fallen, durchwühlte die zerknautschte Jeans. Als sie ihr Handy gefunden hatte, war das Vibrieren wieder weg. »7 Anrufe in Abwesenheit« stand auf dem Display. *Egal.* Sie drehte sich noch mal um und zog die Decke über den Kopf. *Zum Glück ist der Typ weg.* Da hörte sie aus der Küche Geschirr klappern. Mit einem Satz saß sie aufrecht im Bett – ihr Kopf dankte es mit einer Mischung aus Ziehen und Pochen. Ihr wurde schwindelig. Trotzdem stand sie auf, zog Jeans und Shirt an und ging barfuß in die Küche. Da stand er, der Würge-Adonis. Angezogen und frisch geduscht. Auf dem Tisch Kaffee, Saft, Toast, Scheiblettenkäse und ein Restzipfel Salami – also der komplette Kühlschrank. Marie blieb in der Tür stehen.

»Geht's dir besser?«, fragte der Würger. Er sah sie unschuldig an.

»Mach das nie wieder! Du hast sie nicht mehr alle!«

»Sorry …«

»Raus!« Sie stand auf, ging zurück ins Schlafzimmer, legte sich wieder hin, hörte noch, wie kurz darauf die Haustür zuschlug. *Wie war sein Name?*

Brrrt, brrrt, brrrt. »Hallo?« Zu spät, aufgelegt, unbekannte Nummer. Wann würde jemand ein Verbot für anonyme Anrufe erlassen?

In der Vinothek war nichts los. Wie so oft am frühen Nachmittag zu dieser Jahreszeit, vor allem wenn kein Schnee lag und keine Tagestouristen in der Stadt waren. Wer ein Hotelzimmer hatte, der lag jetzt gemütlich auf dem Bett oder in der Sauna. Herbert hatte seine Aushilfe deswegen nach Hause geschickt. Der Wirt saß hinter der Theke auf einem Hocker, den Blick gedankenverloren nach draußen gerichtet.

Wie konnte er Marie helfen? Sollte er noch mal seinen alten Schulfreund anrufen, der viele Jahre beim Geheimdienst gearbeitet hatte? Als Marie zum ersten Mal mit diesem seltsamen Zettel in der Vinothek aufgetaucht war, hatte er Peter Gabler angerufen. Das war jetzt ein paar Wochen her.

Viele Jahre hatte Herbert nicht gewusst, dass sein Sitznachbar aus der Schule beim Geheimdienst gelandet war. Bis zum Klassentreffen neulich war er davon ausgegangen, dass Peter bloß irgendetwas beim Militär machte. Vielleicht in der Verwaltung. Wer dachte da an Geheimdienst? Weder Soldat noch Spion passten zu dem pummeligen Peter, der beim Sportunterricht immer als Letzter in die Mannschaft gewählt worden war und der lieber Geschichtsbücher als Comics gelesen hatte. Vor zwölf Jahren war er vorzeitig in Rente gegangen, als der Militärnachrichtendienst SISMI* aufgelöst worden war. Peter hatte versprochen, sich mal umzuhören, ihm aber keine großen Hoffnungen gemacht.

Ein zweiter Versuch kann nicht schaden. Herbert tippte die Nummer ein. »Die Rufnummer ist leider nicht vergeben.« Er legte auf, nahm das Gerät in die Hand und wählte noch mal. »Die Rufnummer ist …«, er legte wieder auf. »Das kann doch nicht wahr sein«, murmelte er vor sich hin. Vor drei Wochen hatte er Peter doch noch erreicht.

Weiter kam er nicht mit seinen Gedanken, weil ein Pärchen das Lokal betrat. Pitschnass vom Regen und durchgefroren vom scharfen Wind, der seit Mittag durchs Wipptal fegte. Marie wollte er erst mal nichts sagen, nahm er sich vor, bevor er Kaffeepulver in einen Siebträger füllte.

Tom und Elli hatten sich auf dem Parkplatz der Rosskopfbahn in Sterzing getroffen, um zusammen nach Brixen zu fahren. Tom hatte beim Traubenwirt in der Altstadt reserviert. Bei Franzensfeste muckte der alte Jaguar mal kurz auf, die Lichter flackerten. Kurz danach, begleitet von einem stummen Stoßgebet, surrte der Wagen wieder wie neu. Die Fahrt vorbei an den Weinbergen und Obstgärten verging wie im Flug. Das Auto parkte er am Acquarena, dem Brixner Hallenbad.

Auf dem kurzen Weg quer durch die Altstadt entpuppte sich Elli als unterhaltsame Stadtführerin. »Im Weißen Turm saß bis in die 1930er-Jahre die Turmwache. Der Dom wurde Mitte des 18. Jahrhunderts neu gebaut, der Hochaltar gehört zu den bedeutendsten in Tirol.« Tom tat überrascht. »Den Kreuzgang, lieber Tom, haben Sie den mal gesehen?« Tom schüttelte den Kopf. »Müssen Sie unbedingt. Der zählt zu den wichtigsten Kunstdenkmälern Südtirols.«

»Sie haben nicht zufällig Kunstgeschichte oder so studiert?«, schmunzelte Tom, als er wenig später Ellis Stuhl galant ein wenig vom Tisch wegzog, damit sie sich setzen konnte.

»Nein, nein. Ich habe mich nur mal eingelesen, als ich das erste Mal hier allein Urlaub gemacht habe.« Sie nippte an ihrem Campari Orange. Tom prostete ihr zu. Er trank dasselbe ohne Alkohol. »Sie wollen wohl nüchtern bleiben?«, schmunzelte sie über den Rand ihres Glases hinweg.

»Ich fürchte, meine Liebe, ich muss nüchtern bleiben. Wie sollen wir hier sonst wieder wegkommen?« Er sah sich um. Der Gastraum gefiel ihm. Die wunderschönen Gewölbebögen und die dicken Balken unter der Decke.

»Ich mag die schön eingedeckten Tische«, sagte Elli, als hätte sie seine Gedanken gelesen. »Wissen Sie was, ich nehme heute Abend das, was Sie nehmen«, sagte sie und klappte die Speisekarte zu. »Sie müssen mit mir aber Wein trinken, zur Not fahren wir mit dem Taxi zurück.«

»Ein Glas geht.« Tom bestellte als Vorspeise Ziegenkäse-Pralinen im Kürbiskernmantel mit karamellisierten Feigen, als Hauptspeise »Spaghetti alla chitarra« mit Trüffeln, Tomaten, Schinken und

Prosecco-Schaum. Anschließend entwickelte sich ein munteres Gespräch über die italienische Esskultur in Südtirol.

»Ehrlich, ich habe die italienischen Speisekarten nie verstanden«, sagte Tom. »Kalte und warme Vorspeisen, Primi-Piatti-Dingsbums und zusätzlich Hauptspeisen. Wer soll das alles essen?«

Elli lachte. Sie waren mittlerweile zum Rotwein übergegangen: ein Lagrein vom Kalterer See. »Tom, lassen Sie uns doch ›du‹ sagen.« Sie hielt feierlich ihr Glas hoch. Tom stieß mit ihr an.

Zwischen den Spaghetti und dem Nachtisch, einem lauwarmen Schokotörtchen mit flüssigem Kern auf Karamellsoße, erzählte Elli von ihrem Leben in Hessen. Sie war Witwe. Ihr Mann war Spitzenbanker bei einer Privatbank gewesen, sie hatte bis vor Kurzem in einer Außenhandelsagentur gearbeitet. Nun genoss sie das Leben, ohne jeden Tag ins Büro, zu Meetings oder Geschäftsessen zu müssen.

»Nicht zu verachten, sich so früh zur Ruhe zu setzen«, sagte er. »Man muss es sich nur leisten und sich selbst beschäftigen können.«

»Oh, das kann ich beides. Soll ich noch mehr Vorträge über die Bauwerke in Brixen halten?« Sie lachte. »Leisten kann ich es mir nur, weil ich ganz gut verdient habe, außerdem hat mir mein Mann ein kleines Vermögen hinterlassen.«

Tom wischte den Rest Karamellsoße mit dem letzten Bröckchen des nun nicht mehr lauwarmen Kuchens auf. »Sorry, wollte nicht zu neugierig sein.«

»Kein Problem, du hast dich ja auch zur Ruhe gesetzt. Mit Erbschaft?«

Tom legte die Gabel mit dem Kuchen-Karamellsoßen-Rest wieder auf den Teller. »Nein. Nur Gespartes und eine nette Abfindung.« Von seinem Job beim Fernsehen und seinem Abgang hatte er ihr vor den Spaghetti erzählt. »Aufgehört zu arbeiten habe ich nicht. Ich lasse es nur gemütlicher angehen.«

»Heckt der große Reporter wieder was aus? Die Investigativ-Ikone!« Sie grinste.

»Du hast gegoogelt und den blöden Artikel gefunden. Na, danke.« Damals hatte er sich sehr über die Bezeichnung aufgeregt. Nichts war schlimmer, als wenn man als Journalist selbst zum Gegenstand der

Berichte wurde. »Die Reporter heute würden das sofort teilen, liken und was auch immer.«

»Ich find es nicht schlimm. Sag, was machst du sonst so? Da muss es doch noch was geben außer dieser Bergbaugeschichte, von der du erzählt hast.«

»Eigentlich nichts.«

»Das heißt: Es gibt was, du willst es nur nicht verraten.« Sie prostete ihm zu.

Auf dem Rückweg zum Auto schlenderten sie durch die Gasse mit den Lauben. Ein frischer Wind pfiff. Elli hakte sich bei Tom ein. Kurz versteifte sich sein Arm. »Keine Angst, Tom Bauer, ich will dich nicht fressen.«

Vielleicht willst du mehr, als ich dir geben kann.

Bis kurz hinter Franzensfeste ärgerte sich Tom über seine Zurückhaltung Elli gegenüber. »Weißt du ...«, setzte er an. »Ich habe mich lange nicht mehr so wohl gefühlt an der Seite einer Frau. Also, du weißt, was ich meine ...« Er seufzte. »Da gibt es noch so vieles ...«

»Sie legte ihre Hand auf sein Bein. »Nicht jetzt. Wir haben noch so viel Zeit, wenn du magst.«

»Ich mag«, sagte er mehr zu sich selbst, als er Elli in ihrem Hotel abgesetzt und den Wagen geparkt hatte. Wenn er da nur schon gewusst hätte ...

Sonntag, 24. März

Der Tag war für Marie vergangen wie im Flug. Sie hatte den ganzen verregneten Sonntag ihre Aufzeichnungen durchforstet. Vor allem hatte sie über der geheimnisvollen Botschaft gebrütet. Es war ein Code, da war sie sicher. Wie sollte sie ihn ohne Schlüssel knacken? Auch zahllose Internetseiten brachten sie nicht weiter. Also befasste sie sich wieder mit ihrer Recherche. Sie legte eine Liste an:

Botschaften, Bedeutung, wer waren die Helfer, warum komme ich nicht weiter, werde ich dabei behindert, warum, Tom Bauer überzeugen.

Der Reihe nach ging sie ihre Liste durch. *Was wäre, wenn Tom Bauer recht hat? Wenn die Zettel ein schlechter Scherz waren?*

Ihr Handy riss sie vibrierend aus ihren Gedanken. Eine neue Textnachricht.

Carlo: »Wie geht's dir, Schöne?«

Marie: »Ganz ok. Bin daheim.«

Carlo: »Passt, ich steh vor deiner Tür.«

Marie:»What?«

Carlo: »:-)«

Marie legte rasch die Unterlagen zusammen und räumte Laptop und Tablet beiseite. Blick in den Spiegel. Dazwischen tippte sie immer ein paar wirre Buchstaben in den Textchat, löschte sie aber wieder. So würde Carlo immer nur »*schreibt* ...« lesen. Ein kleiner Trick, um sich ein wenig Zeit zu verschaffen.

»Ich lass dich rein.«

Carlo ließ sich ihr gegenüber auf den Stuhl am kleinen Esstisch fallen. »Was treibst du?«

»Geh nur ein paar Sachen durch. Aber ...«, sie sprach nicht weiter.

»Was?«

»Gibt's was Neues zum Mord in Gossensass?«

»Glaub nicht, wir sind da raus. Da sind jetzt die Ermittler dran.«

Mit Marie-Lächeln: »Könntest du nicht mal für mich nachhorchen?«

»Mal sehen, was ich machen kann.«

»Ich komme einfach nicht weiter und habe das Gefühl, dass ich ausgebremst werde.« Sie stand auf.

»Wer sollte dich ausbremsen?«

Sie füllte ein Glas mit Wasser aus der Leitung. »Keine Ahnung, deine Chefs, mein Chef, der Staatsanwalt ...«

»Marie, du spinnst. Warum sollte das jemand tun?«

»Mir werden überall Steine in den Weg gelegt, außerdem mein Führerschein ...« Sie setzte sich wieder hin.

»Selbst schuld.«

»Bin ich nicht«, ihre Augen funkelten, ein bisschen lauter als gewollt war sie auch geworden. »Ich hatte nicht zu viel getrunken.«

»Sagen alle ...«

»Sei doch still. Ich dachte, du magst mich. Vielleicht passt denen da oben nicht, dass ich wegen früher nachbohre.«

»Früher?«

»Für ein Buch, ich suche Helfer der Südtiroler Freiheitskämpfer. Ich will über ihre Erlebnisse und Motivation schreiben. Wie es damals war. Wie sie gelebt haben, was aus ihnen geworden ist. Das alles halt.«

»Klingt spannend. Reicht das, damit dir jemand aufs Dach steigt?«

Marie stand wieder auf und ging zum Fenster. Seit einigen Tagen hatte sie das Gefühl, dass sie jemand beobachtete. Seitdem scannte sie ihre Umgebung ab. »Komm mal her. Der Mann da, der mit dem Hund ...«

Carlo hatte sich neben sie gestellt. »Was ist mit dem? Ist ein normaler Mann, der mit seinem Hund bei Mistwetter spazieren geht.«

»Der schwarze Alfa, der steht da seit Tagen. Mal ein Stück weiter vorne, mal an der Ecke. Immer gegenüber. So, dass sie mich beobachten können.«

»Wer sind ›sie‹? Da sitzt doch keiner drin.« Er beobachtete, wie sie nervös aus dem Fenster schaute. Der flauschige Kapuzenpulli und die enge Jeans mit den Löchern und Rissen standen ihr gut. »Weißt du was, nachher schreib ich mir die Nummer auf und morgen schau ich mal, wem der Alfa gehört«, er nahm sie in den Arm. »Du wirst sehen, alles ganz harmlos.«

Sie drehte sich aus der Umarmung. »Du glaubst, dass ich spinne.« Mit der Hand spielte sie mit ihren Haaren, drehte und zwirbelte die Strähnen, die sie gerade zu fassen bekam.

»Marie, wer sollte dich – und wegen was – beobachten? Das ergibt doch keinen Sinn.« Er setzte sich ihr gegenüber auf den Couchtisch, der alt und stabil war. »Was hast du denn bisher rausgefunden für dein Buch?«

Sie hatte keine Lust, jetzt darauf einzugehen. »Ich kenne einen deutschen Journalisten, Tom Bauer, der hilft mir. Vielleicht. Und ich habe eine erste heiße Spur.« *Warum muss ich immer übertreiben?* »Es wäre so geil, wenn da was rauskommt. Stell dir vor: ein Buch. Das wäre der Knaller.«

»Und dann?«

»Komm ich hier raus – aus dem Mief.«

Carlo hatte keine Ahnung von Journalismus und von Büchern schon gar nicht. »Ich drück dir die Daumen und schau mal ...« Er nickte dabei Richtung Fenster. »Ich muss langsam los, hab noch Dienst nachher.« Dabei sollte er zu später Stunde Bekanntschaft mit Tom Bauer machen.

Tom saß abends mit Elli in Herberts Vinothek. Eigentlich hatten die beiden nur essen gehen wollen. Bis Elli Tom noch zu einem Glas Wein überredet hatte. »Die Stunden vergehen immer wie im Flug.«

»Wir sollten langsam aufbrechen«, er sah auf die Uhr, »es ist schon spät.«

»Spät? Bitte, es ist gerade mal halb elf«, tönte es vom nahen Tresen rüber. Herbert hatte beide gut im Blick, er freute sich für Tom, der ihm doch immer ein bisschen zu einsam und deutlich zu verschlossen schien.

»Für Wirte ist das früh, für alte Hundebesitzer ist es spät«, sagte Tom. Elli schien weder müde noch in Aufbruchstimmung. Sie waren die letzten Gäste im Lokal. Herbert kam mit drei Gläsern Wein zu ihnen herüber.

»So, ihr Lieben, jetzt wird es gemütlich«, grinste er und stellte die Gläser ab. »Ich darf doch?« Schon saß er bei ihnen am Tisch. »Hast du mal wieder was von Marie gehört?«

»Nein«, sagte Tom.

»Wer ist Marie?«, wollte Elli wissen.

Herbert übernahm: »Eine Bekannte, eine sehr talentierte Journalistin. Ich habe die beiden einander vorgestellt, damit Tom ihr hilft. Der alte Sturkopf will aber nicht.«

»Das interessiert Elli nicht«, dabei sah Tom sie an.

Natürlich interessierte es sie. »Spannend.« An Herbert gewandt: »Wir sollten öfter zusammen Wein trinken, so erfahre ich mehr über Tom als von ihm selbst.« Beide stießen miteinander an.

»Ich kann euch hören«, sagte Tom. »An der Geschichte ist nichts dran. Sollte was dran sein, findet Marie das auch ohne mich raus. Diese Onlinereporter sind doch alle bestens vernetzt und superklug.« Während er das sagte, verdrehte er die Augen.

Herbert stand auf und ging Richtung Theke. »Da fällt mir ein, ich habe was für dich, Tom.« Er kramte in dem Karton, den er neulich erst durchwühlt hatte. Er kam mit dem Prospekt in der Hand zurück.

Tom sah sich das dünne, leicht zerlesene Heftchen an. »Ah, Wecker aus den Sechzigern. Junghans und Kienzle.«

»Unser Herr Reporter sammelt nämlich alte Uhren, hat ein ganzes Arbeitszimmer voll davon.«

»Echt? Das ist aufregend«, begeisterte sie sich. »Zeigst du mir mal deine Uhrensammlung?«

Herbert, der gerade den letzten Schluck Wein getrunken hatte, verschluckte sich vor Lachen. »Das ist wie das mit der Briefmarkensammlung.« Er wischte sich mit einer Serviette Rotwein vom Mund.

Elli musste ebenfalls laut lachen und sah auf die Uhr. Rolex Oyster Perpetual, wie Tom bemerkte, sehr begehrt und deswegen teuer. »Ich finde, ein bisschen Zeit haben wir noch, was meint ihr?« Bevor Tom antworten konnte, bat sie Herbert, eine neue Runde Wein zu bringen.

Gut eine Stunde später machten sich Elli und Tom auf den Heimweg. Noch auf dem Marktplatz sahen sie ein blitzendes Blaulicht an Hauswänden und in Scheiben zucken. Nach ein paar Schritten die Straße hoch sahen sie einen Streifenwagen. Genau vor Toms Haustür.

Elli fasste Tom am Arm. »Was ist denn da los?«

»Keine Ahnung, da wohne ich.« Er ging auf einen Carabiniere zu, der vor der Tür stand. »Ich wohne hier, was ist passiert?«

»Können Sie sich ausweisen?«

Tom kramte seinen Ausweis hervor. »Sagen Sie mir jetzt, was passiert ist?«, drängte Tom, während der Polizist den Ausweis studierte. Er trat einen Schritt beiseite, drehte sich weg und sprach kurz etwas in sein Funkgerät. Es knisterte. Offenbar brauchte man geschulte Carabinieri-Ohren, um aus dem Knistern und Knacken irgendetwas raushören zu können. Tom konnte es nicht. Elli hatte sich bei ihm eingehakt.

»Herr Bauer, bei Ihnen ist eingebrochen worden. Die Nachbarn gegenüber«, er deutete mit dem Kopf auf das gelbe Haus auf der anderen Seite, »haben ein Licht gesehen, wie von einer Taschenlampe. Wir haben aber niemand mehr angetroffen.«

»Kann ich nun rein?« Tom sah von dem jungen Polizisten zu Elli, die noch immer bei ihm eingehakt war.

»Die Spurensicherung war noch nicht da, tut mir leid«, sagte der Carabiniere, der Tom interessiert anschaute. »Sind Sie der Journalist Tom Bauer?«

Tom sah ihn erstaunt an. Antwortete ruhig: »Der bin ich, warum?«

»Nur so, der Name kam mir bekannt vor«, sagte der Polizist. »Eine Freundin, Marie, hat von Ihnen erzählt.«

»Marie? Sie hat von mir erzählt?« In dem Moment wurden sie unterbrochen, ein weiterer Streifenwagen kam an. Zwei Männer stiegen aus, einer in Uniform. Tom wollte sie ansprechen, aber beide gingen zielstrebig an ihm vorbei. »Was ist mit meinem Hund?«, fragte Tom den jungen Carabiniere.

»Keine Ahnung, ich frag nach.« Er sprach ein paar Worte Italienisch in sein Funkgerät. »Cane« konnte Tom verstehen, wieder knisterte und knackte es kurz darauf. »Ihr Hund ist oben. Eine Kollegin bringt ihn runter.« Kurz darauf erschien die Beamtin mit Luna an der Leine. Schwanzwedelnd begrüßte Luna Tom und Elli.

»Ich bringe meine Bekannte eben ins Hotel.« Auf dem Weg dorthin sprachen die beiden kein Wort. Erst wieder am Hoteleingang.

»Wenn du magst, kannst du gerne reinkommen«, sagte Elli. Sie hatte Tom an den Armen gefasst und sah ihn an.

»Nein, lass mal. Ich gehe gleich zurück, die werden irgendwann mal fertig sein. Ich will wissen, wie es in meiner Wohnung aussieht, was gestohlen wurde.« Ihre Blicke trafen sich im Schein der kleinen Lampe, die seitlich am Tor hing. »Außerdem ...«

»Ist ok, versteh ich.« Elli umarmte Tom zum Abschied, drückte ihn fest, gab ihm einen Kuss auf die Wange.

Tom bekam davon kaum etwas mit. »Tut mir leid«, sagte er und ging mit Luna zurück zu seiner Wohnung.

Eine gefühlte Ewigkeit später durfte er endlich in seine Wohnung. Der ranghöchste Uniformierte, der nur schlecht Deutsch sprach, hatte ihn hineinbegleitet. Einbruchspuren hatten sie keine gefunden, so viel hatte Tom verstanden. Jetzt sollte er prüfen, was die Einbrecher mitgenommen hatten. Erst mal sah er nur Chaos. An den Türklinken schwarzes Pulver für Fingerabdrücke. Schubladen waren herausgerissen, lagen umgedreht auf dem Boden. Überall verstreut waren Papiere und Bücher aus den Regalen und Schränken. Die Uhren im Arbeitszimmer waren durcheinander, einige mit ihren Ständern umgefallen oder auf den Boden geworfen worden. Es fehlte keine.

»Herr Bauer, haben Sie einen Überblick? Was fehlt?«

Tom drehte sich um und sah den Polizisten in Zivil an. Groß, schlank, gut gekleidet. Trotz der Nachtstunde trug er eine Krawatte, vermutlich genau deswegen deutlich gelockert. »Keine Ahnung, glaube nichts.« Er hielt dem Mann die Hand hin.

»Oberleutnant Rossi, ich leite das hier heute. Bereitschaft.« Der Händedruck war kurz. »Sie glauben also, dass nichts weg ist?«

»Genau. Gründlich habe ich noch nicht nachgesehen. Zumindest die Uhren sind alle noch da, auch der Computer.«

»Der scheint nicht unbedingt lohnend.«

»Die Uhren, guter Mann. Alles Sammlerstücke. Die sind zusammen locker fünfzigtausend wert.«

Rossi pfiff durch die Zähne. »Wow.« Er sah sich um. »Auf was könnten es die Einbrecher sonst abgesehen haben?«

»Keine Ahnung, das ist doch Ihre Aufgabe, das herauszufinden.« Tom bückte sich und hob eine Royal Oak von Audemars Piguet auf, die auf dem Boden lag. »Sehen Sie die, allein die verkaufe ich auf der Stelle für zwanzigtausend – mindestens.« Vorsichtig legte er die Uhr auf den Schreibtisch.

Das schien den Polizisten nicht zu interessieren. »Haben Sie irgendwelche Dokumente oder sonst etwas von Interesse für Einbrecher?« Er sah sich um, ging dabei langsam mit Tom vom Arbeitszimmer ins Wohnzimmer. »Warum haben Sie keinen Tresor?«

»Der ist noch in München. Ich habe bisher keinen Handwerker gefunden, der ihn holt und aufbaut.« Tom musste an seine Haushälterin denken, sie würde einen Schock kriegen und sofort alles brühwarm ihrem Bruder Herbert erzählen.

Als er gefühlt Stunden später endlich allein war, setzte er sich an den Schreibtisch, ließ den Blick über das Durcheinander schweifen und war ratlos. Was hatten die Einbrecher gesucht? Die Antworten sollte er am eigenen Leib zu spüren bekommen. Denn Antworten auf seine Fragen gab es.

2. Teil

Montag, 25. März

»Chai-Latte, wer das erfunden hat, dem sollen auf der Stelle die Fingernägel abfallen«, grantelte Herbert Marie an, die früh an diesem Vormittag in die Vinothek hereingeschneit war. »Was ist gegen einen Macchiato oder einen Cappuccino einzuwenden?«

»Okaaaaay, Cappu mit Hafermilch«, grinste Marie über die Theke.

»Milch aus Hafer, die Welt ist krank«, murmelte Herbert. »Schäumt nicht mal richtig.«

Durch das Fenster sah Marie Tom auf die Vinothek zusteuern. »Einen Macchiato für Herrn Bauer.«

»Der hat eine beschissene Nacht hinter sich. Bei dem ist eingebrochen worden. Haben nicht mal was gestohlen.« Während die Kaffeemaschine zischend arbeitete, kam Tom rein. Zerknittert von der kurzen Nacht. »Hoi, Tom, schlimme Sache.«

»Ah, Schwesterchen hat gepetzt«, sagte Tom und setzte sich auf seinen Stammplatz. Er nickte Marie zu. »Da ist die nächste Plaudertasche. Grüße von Ihrem Carabiniere.«

Ach, Carlo. Sie rutschte vom Barhocker und ließ sich an Toms Tisch nieder. »Sorry. Ich habe nur gesagt, dass ich Sie kennengelernt habe.«

Tom blätterte demonstrativ in einer Zeitung.

Marie zischte ein Gedanke durch den Kopf. »Ist es nicht komisch?«

Tom sah auf. »Was genau?«

»Ich habe seit Tagen eine Pechsträhne, im Job nur Ärger, komme mit meinen Recherchen keinen Millimeter weiter und jetzt wird noch bei Ihnen eingebrochen.«

Tom sah sie an. »Was genau ist daran komisch?«

Wie soll ich es ihm erklären, ohne dass er mich für komplett durchgeknallt hält? »Bei mir lief im Job alles super, bis diese Zettel aufgetaucht sind und ich angefangen habe, die Bombenhelfer zu suchen.« Tom legte die Zeitung beiseite und hörte ihr zu. »Dann spreche ich Sie an. Zack, haben Sie Ärger am Hals.«

»Ich habe keinen Ärger, Marie. Im Gegenteil. Ich habe – zack – eine nette Frau kennengelernt, mir geht es gut. Eingebrochen wird jeden Tag, zu jeder Stunde.« Er deutete auf seine Uhr. »Jetzt wieder. Jetzt auch wieder.«

»Hören Sie doch auf. Was haben die Einbrecher denn mitgenommen? Na, was?«

Tom sah rüber zu Herbert – der zuckte entschuldigend mit den Schultern.

»Eben. Nichts. Das schreit doch zum Himmel.« Sie war ein wenig laut geworden. Das Paar am Nachbartisch hörte auf, den kleinen »Sören« zu bespaßen, stattdessen schaute es nun gespannt zu ihnen herüber. »Was würde der Journalist Bauer in meiner Situation denken?«

»Den gibt es nicht mehr.« Er richtete die Zeitung an der Tischkante aus, schob sie ein wenig vor und zurück.

»Aber ...« Marie setzte erneut an. »... wären Sie ich, was würden Sie denken?«

»Ich bin nicht Sie«, antwortete Tom gereizt. »Marie, was sagen denn Ihre Kollegen?«

Marie schnaubte. »Die Redaktion hat Zwergengröße. Die eine Hälfte sitzt die Zeit ab, die andere ist dumm und ahnungslos.« *Das ist unfair den Kollegen gegenüber.* Aufgeregt schob sie ihr Handy hin und her. »Außerdem kümmern sich alle pausenlos um irgendeine Politikstory. Mein Chef hat mir zudem verboten, weiter zu recherchieren. Nicht mal an dem Mord in Gossensass darf ich dranbleiben.« Sie schien jetzt den Tränen nahe. »Mein Führerschein ist auch weg.«

Tom legte seine Hand auf ihren Arm. Mit der anderen schob er ihr Handy von der Tischkante zurück. »Sonst fällt es gleich runter. Marie, ich denk mal drüber nach.« *Natürlich nicht.* »Okay? Was haben Sie jetzt vor?«

»Na was schon – ich bleib dran. Auch an dem Mord.« Sie nahm ihr Handy vom Tisch und steckte es ein. »Mein Buch wird erscheinen.« Sie hatte bei jedem Wort auf den Tisch geklopft. »Jetzt fahr ich nach Gossensass. Da schau ich mich am Tatort um.« Damit stand sie auf, legte fünf Euro auf den Tisch und ging.

»Wie fährt sie dahin?«, rief er zu Herbert rüber.

Der zuckte mit den Schultern. »So wie ich sie kenne mit dem Auto – ohne Führerschein.«

Marie war tatsächlich mit dem Auto nach Gossensass gefahren. Nicht mit dem eigenen, sie hatte sich den Wagen einer Freundin geliehen. Sie hatte Angst, dass ihr eigenes Auto auf irgendeiner Liste stand und einer Carabinieri-Streife auffallen könnte. Sie fuhr die SS12 rauf, hielt sich dabei immer brav an die Geschwindigkeitsregeln. Kurz hinter der ersten Pizzeria im Ort bog sie links in die Pflerschstraße ab. Viel los war nicht. Ein paar unentwegte Winterurlauber waren unterwegs. Hinter dem Bahnhof bog sie rechts in eine kleine Straße ab. Kurz vor einer Unterführung ließ sie den Wagen stehen.

Sie wollte ein paar Schritte zu Fuß gehen und nachdenken. Warum nur erkannte Bauer den Zusammenhang nicht? Oder sah sie Gespenster? Nach ein paar Metern, fast im Wald, machte die kleine Straße einen Knick. Kurz darauf sah sie rechts das Haus des Ermordeten. Mit Abstand dahinter, verdeckt von ein paar Bäumen, stand noch ein Haus. Da musste die alte Dame wohnen, mit der sie gesprochen hatte. Sie ging ein Stück weiter in den Wald hinein und hielt sich versteckt hinter den ersten Bäumen. *Wenn Brenner mich so sehen würde, der hätte seinen Spaß. Skandal-Marie auf Recherche. Ob Tom Bauer jemals hinter Bäumen rumgeschlichen ist?*

Sie sah auf ihr Handy. Erst kurz nach zwölf, trotzdem duster. Das war das Ungemütliche in den engen Tälern. Je nach Jahreszeit kam da einfach zu wenig Licht hin. Ein Knacken ließ Marie aufschrecken. Nur ein paar Meter tiefer im Wald war etwas. *Oder jemand?* Marie hielt den Atem an. Mucksmäuschenstill. Wieder dieses Geräusch. Sie hielt ihr Handy nun fest in der Hand. Da, wieder! Dann sah sie die Bedrohung: ein Reh. Marie atmete tief aus. Schnurstracks ging sie nun auf das Kerschbaumer-Haus zu. *Deckung im Wald, wie albern*. Trotzdem sah sie sich noch einige Male um.

Auf den letzten Metern Kiesweg sah sie dann schon die Absperrung. Flatterband der Carabinieri war in Brusthöhe quer über den kleinen Treppenaufgang gespannt. Es bewegte sich etwas im Wind. Mist, die Kamera! Die lag noch im Auto – in ihrem, nicht im geliehenen. Handyfoto reicht erst mal, beschloss Marie. Wenn es nach ihrem Chef ginge, wäre sie sowieso nicht hier. Sie ging einmal ums Haus, umgeben war es von einem seit vielen Jahren nicht mehr gepflegten Garten. Eher einer Wiese. Marie stellte sich auf die Zehenspitzen und schaute durch die kleinen Fenster. Viel erkennen konnte sie nicht. Sie leuchtete mit der Handylampe in die Zimmer, sah aber so auch nicht mehr. Ein Fenster war von innen abgeklebt. Das war bestimmt der Tatort. Sie rüttelte daran. Nichts zu machen. Keine Fotos. Sie ärgerte sich.

»Hey, was machen Sie da?«

Marie fuhr vor Schreck zusammen und ließ das Handy fallen. Hinter ihr stand ein Mann, vielleicht Ende 50, Anfang 60, in blauer Arbeitshose, mit schweren Stiefeln und einer alten, schmutzigen Daunenjacke. Marie bückte sich, um das Handy aufzuheben. Dabei überlegte sie fieberhaft, was sie nun tun könnte. *Abhauen? Unschuldig tun? Attacke?* »Tschuldigung. Ich war nur neugierig.« Sie suchte nach dem passenden Lächeln, das sie so oft gerettet hatte.

»Was genau interessiert Sie? Hä! Gafferfotos machen fürs Internet?« Der Mann kam dabei bedrohlich näher. Er sah nicht so aus, als wäre er empfänglich für ein Unschuldslächeln.

»Sie verstehen das falsch. Ich arbeite für die Zeitung, ich war auch hier, als die Polizei da war.« Sie hatte sich nun gefangen, reichte dem Mann die Hand. Der sah sie nur an.

»Also doch schnüffeln.« Er vergrub die Hände, die er eben noch drohend erhoben hatte, in den Taschen seiner Arbeitshose.

»Mich interessiert, was für ein Mann das war, der hier seinen Tod gefunden hat.« Sie umschiffte extra, »ermordet« zu sagen. »An dem Abend habe ich mich hier mit einer älteren Dame unterhalten. Ich habe gedacht, dass ich sie hier noch mal treffe.« Sie wusste nicht wohin mit ihren Händen, also zog sie den Reißverschluss ihrer Jacke hoch und wieder runter, wieder hoch. Bis es ihr auffiel.

»Das kann nur meine Mutter gewesen sein«, sagte der Mann nun. »Aber sie ist nicht da. Beim Arzt ist sie.«

Immerhin gibt er Auskunft. »Kannten Sie den alten Mann?«

»Natürlich. Ich bin hier aufgewachsen.« Er sah sie jetzt etwas freundlicher an. Nur etwas. »Der war ein ziemlicher Eigenbrötler, der Kerschbaumer.«

»Was ist mit seiner Frau?«

»Die ist lange tot. Das ist ewig her.«

Marie stutzte. Hatte die Frau ihr nicht gesagt, dass die Frau des Mannes hoffentlich schweigt oder dichthält oder so ähnlich? Sie sah den Mann irritiert an. »Ich muss das wohl falsch verstanden haben, als ich mit Ihrer Mutter gesprochen habe.«

»Ist wohl so«, brummte er. »Vielleicht sollten Sie jetzt gehen.« Er selbst machte keine Anstalten zu gehen. Er sah Marie auffordernd an.

»Muss eh los, hab noch einen anderen Termin«, log Marie und ging an dem Mann vorbei, der sich keinen Zentimeter bewegte. »Machen Sie es gut, Grüße an die Mutter.« Marie ging nun den Kiesweg und die kleine Straße entlang. *Bloß nicht umdrehen. Immer schön langsam.*

Nach der Mittagspause kam die kleine Ermittlergruppe zu einem Briefing zusammen, wie jeden Montag. Chiara Bonverde und Franz Moser saßen auf ihren Plätzen im Konferenzraum, der Chef war noch nicht da.

»Hast du was rausgefunden über das Opfer?«, fragte Chiara. Sie sah Moser an, der sich einen Kekskrümel aus dem Mundwinkel wischte. Da flog die Tür auf und Guido Rossi kam rein, warf einen dünnen Aktenordner auf den Tisch und setzte sich.

»Mahlzeit«, sagte er in die kleine Runde. »Euer Wochenende war hoffentlich besser als meins. Einbruch während der Nachtbereitschaft. Toller Abend.«

Kurz angebunden. Chiara fragte: »Viel gestohlen worden?«

»Im Gegenteil. Nichts.«

Franz Moser war nun auch bei der Sache: »Nichts?«

»Was ist an ›Nichts‹ nicht zu verstehen?«

Moser schüttelte den Kopf. »Also gab's nix zu holen?«

»Da gab's eine Menge zu holen. Der Typ, ein Journalist aus München, hat die Wohnung voller Uhren, eine teurer als die andere.«

»Jetzt komm ich nicht mehr mit«, sagte Chiara und hielt sich an der Tischplatte fest. Sie sah ihren Chef interessiert an. »Da liegen teure Uhren rum und der Einbrecher nimmt keine mit?«

»So sieht's aus.« Rossi öffnete den Aktenordner, blätterte ein wenig darin herum. »Das ist nun nicht mehr unser Problem, wir haben genug mit dem Mord zu tun. Ich bin nachher noch dabei, wenn der Uhren-Typ hierherkommt. Den Rest machen die Kollegen.« Er hatte jetzt die Seite gefunden, die er gesucht hatte. »Was habt ihr zum Mord?«

»Ich habe …«, fing Chiara voller Tatendrang an, »… mir alle Bilder der Verkehrsüberwachung kommen lassen, da könnte was dabei sein.« Sie zog zwei Ausdrucke aus der Mappe vor sich und schob sie ihrem Chef rüber. »Sterzing, Ortseinfahrt, in etwa zur Tatzeit. Geblitzt mit Tempo 80.«

Rossi sah die beiden Ausdrucke genau an. Er schob sie weiter zu Moser, der sie nur kurz musterte.

»Halterabfrage?«

»Schon geschehen«, sagte Chiara. »Das Auto gibt es nicht. Zumindest nicht mit dem Nummernschild. Geblitzt wurde ein dunkler Fiat Tipo, neues Modell. Das Kennzeichen gehört zu einem alten Alfa 159 aus Bergamo.«

»Also gestohlen«, murmelte Moser. »An dem Fall ist nichts normal.«

»Das heißt noch nichts«, bremste ihn Rossi. »Wir wissen nicht, ob der Wagen was mit dem Mord zu tun hatte. Vielleicht ein Zufall.« Er sah seine beiden Ermittler an. Was konnten sie tun? An die Öffentlichkeit gehen sollten sie nicht. Zeugen gab es keine. »Franz, was hast du über das Opfer rausgefunden?«

Moser richtete sich auf. »Lebte dort seit über zwanzig Jahren allein, keine nahen Verwandten bekannt. Kleine Rente, einziger Sozialkontakt war wohl die Pflegerin, die täglich vorbeikam. Mit der Nachbarin gab es wohl nie mehr als Hallo-wie-geht's-Gespräche.«

»Das ist alles? Mehr nicht?« K l i c k , k l i c k . Rossi begann wieder mit seinem Kuli zu spielen.

»Der Kerschbaumer, der ist früher mal aufgefallen. Es gibt in den Akten einen Eintrag. Moment …«

Während Moser in seinen Unterlagen suchte, drängte Rossi: »Mach es doch nicht so spannend, für die paar Infos musst du doch nicht dauernd kramen.« K l i c k , k l i c k .

»Hier ist es. In den 1960ern hat man gegen ihn ermittelt. Soll Kontakte zum BAS gehabt haben.«

»BAS?« Chiara sah ihre beiden Kollegen an.

»Befreiungsausschuss Südtirol«, erklärte Moser. »Die haben für die Freiheit Südtirols gekämpft. Der Gründer hieß auch Kerschbaumer. Nicht verwandt oder verschwägert.«

Chiara sagte das alles nichts. In der Schule war das Thema nur mal kurz angesprochen worden. Natürlich bekam man immer mal was mit, aber meist wurde über diese Zeit geschwiegen.

»Was soll er damals gemacht haben?« Klick, klick.

»Steht nicht so genau drin. Kontakte hat man ihm nachgesagt. Ist zwei Mal in Eppan verhört worden. Gab aber nie eine Anklage oder so.«

»Der war damals noch ein junger Mann. Die Spur können wir vergessen.« Klick. Rossi sah Moser und Bonverde an. »Chiara, schau mal, ob du was über das gestohlene Auto rausfinden kannst. Die Blitzerfotos scheinen gerade unsere einzige Spur zu sein.«

»Vielleicht sollten wir die Bilder doch an die Zeitung geben …«

»Nein.« Klick. »Wie oft muss ich das noch sagen?« Klick, klick. »Franz, mach mal bei der Rechtsmedizin Druck, es gibt immer noch kein komplettes Obduktionsergebnis.«

Während er das sagte, kritzelte Moser den zehnten Strich in seinen Notizblock. Bevor Rossi zu den Kollegen vom Einbruch verschwand, berichtete Moser noch, dass es wegen der verschwundenen Beweismittel nichts Neues gab. Zwei Klicks mit dem Kuli kamen dazu. »Zwölf«, sagte er zu Chiara, als der Ermittlungsleiter das Besprechungszimmer verlassen hatte.

»Wie bitte, was ›zwölf‹?«

»Zwölf Klicks mit dem Kuli.« Moser grinste. »Ich führ Buch, ein Chef-Klick-Buch.« Er lehnte sich wieder zurück in dem leicht federnden Stuhl. »Keine schlechte Quote für unseren vorgesetzten Zappelphilipp.«

Chiara Bonverde grinste. Wenigstens hatte Moser seinen Humor nicht verloren. Dass es mit dem Fall nicht voranging, schien ihn nicht sonderlich zu stören. »Findest du es nicht seltsam, dass bei dem Mord nichts gestohlen wurde? Genau wie bei dem Einbruch in Sterzing, wo der Chef war.«

Moser sah sie an, kaute auf einem Schokokeks mit Kokosflocken, atmete dabei eine Flocke ein und musste gewaltig husten. »Na ja, vielleicht«, röchelte er schließlich.

Tom wartete nur ein paar Zimmer weiter auf die Carabinieri, die ihn noch mal befragen wollten. Er saß an einem Konferenztisch. In der Ecke am Fenster stand ein Schreibtisch, an dem ein junger Carabiniere saß, der bis auf eine kurze Begrüßungsfloskel nicht allzu viel gesagt hatte. Tom war es recht. Er machte es sich bequem, soweit das auf einem Holzstuhl aus den 1950er-Jahren überhaupt ging. Eine gute Viertelstunde später, Tom hatte gerade zum dritten Mal auf die Uhr gesehen, flog die Tür auf. Der junge Polizist sprang förmlich auf und nahm Haltung an.

»Sie sind Herr Bauer«, sagte der ältere Uniformierte, der mit einem Mann in Zivil reingekommen war. »Ich bin Capitano Brambilla. Das ist Oberleutnant Rossi«, er zeigte auf den Mann im Anzug neben ihm. Der ergriff nun das Wort und schilderte militärisch kurz, dass nun die Kollegen der Staatspolizei den Fall übernehmen würden.

Tom Bauer schien es egal zu sein, wer was von wem übernahm. Er räusperte sich. »Also …«

Rossi fiel ihm ins Wort. »Haben Sie Ihre Sachen noch mal genau durchgesehen, was fehlt denn nun?«

Tom räusperte sich erneut. »Nichts.« Er saß nun sogar unbewusst aufrechter. Wohl eine Reaktion auf den militärisch kerzengerade stehenden Brambilla. Er musste außerdem von unten hochschauen, was ihm gar nicht passte. *Was doch ein paar Sterne auf einer Schulterklappe ausmachen.*

»Können Sie uns das erklären?« Brambilla sah ihn streng an.

»Bitte? Ist das nicht Ihre Aufgabe, mir das zu erklären und vielleicht mit etwas Mühe sogar den Einbrecher zu finden?« Tom war nicht sicher, ob das nicht zu patzig klang. Ein Hauch Militär reichte, um ihn leicht aggressiv zu machen.

Brambilla und Rossi setzten sich zu ihm. Der junge Beamte blieb auf seinem Platz, hörte jedoch genau zu und kaute auf seinem Kugelschreiber herum. »Wir finden ...«, bei »wir« hatte Brambilla seinen zivilen Kollegen kurz angeschaut, »dass Sie sich vielleicht schneller als wir einen Reim darauf machen könnten.« Er sah ausdruckslos zu dem jungen Mann am Schreibtisch. »Der Brigadiere wird gleich mit Ihnen noch mal alles durchgehen und ein ausführliches Protokoll aufnehmen.« Jetzt ruhten seine dunklen Augen wieder auf Tom, während sich der junge Beamte fast an seinem Kuli verschluckt hätte. »Solche Einbrüche gibt es durchaus manchmal. Die steigen ein, suchen was, finden es nicht und verschwinden. Vielleicht haben die Ihre Uhren für Fälschungen gehalten.«

»Das glauben Sie doch selbst nicht«, Tom musste aufpassen, dass er nicht zu laut wurde. »Jeder Idiot sieht, dass es sich um echte Uhren handelt.« Tom sah nun zu Rossi, der gerade aus der Innentasche seines Sakkos einen Kugelschreiber gefischt hatte. »Was glauben Sie?«

Rossi richtete sich auf. K l i c k , k l i c k . »Ich sehe das wie der Capitano. In solchen Fällen wissen die Opfer meist besser, was los war. Einbrüche werden eh nur selten aufgeklärt. Nur wenn Diebesgut auftaucht oder wir bei den Fingerabdrücken fündig werden.« K l i c k , k l i c k . »Beides gibt's in diesem Fall nicht.«

»Die paar schwarzen Staubflecken in meiner Wohnung reichen aus, um festzustellen, dass es keine Fingerabdrücke gibt?« Tom sprach weiter an Rossi gerichtet. Er warf ihm vor, die Nachbarn unzureichend befragt zu haben.

Brambilla bereitete dem ein Ende. »Sie nehmen jetzt zusammen mit dem jungen Kollegen ein Protokoll auf, danach schauen wir weiter.« Sein militärisches Auftreten ließ keine weiteren Diskussionen mehr zu.

Tom wollte aber das letzte Wort haben. »Ich glaube nicht, dass sich die Polizei genug Mühe gibt. Der eine ...«, er sah Brambilla an, »... hat kein Interesse, der andere ...«, er sah Rossi an, »... ist gar nicht mehr zuständig.«

Brambilla wirkte nun so, als würde er Bauer am liebsten zur Ordnung rufen, wie einen Untergebenen auf einem Kasernengelände. Er riss sich sichtlich am Riemen. Rossi nickte – und klickte. »Also nehmen Sie bitte das Protokoll auf, wir melden uns. Bis dann, Signor Bauer.« Weg war er. Rossi war ebenso überrascht wie Tom vom schnellen Abgang des Capitanos.

»Herr Bauer, wir machen das, keine Sorge.« Klick, klick. »Nur ist hier gerade eine Menge los.« Er sah Tom an. »Sie verstehen bestimmt.«

»Nein«, sagte Tom. »Warum reichen Sie den Fall weiter? Sie waren doch vor Ort.«

Klick, klick. »Wie gesagt, eine Menge los.«

Tom wandte sich demonstrativ dem jungen Polizisten zu, damit er das Protokoll aufnehmen konnte. Kurz sah er noch mal zu Rossi, der die Türklinke in der Hand hatte. »Entweder sind Sie hier alle faul oder Sie wollen nicht richtig ermitteln.« Er sah wieder zu dem jungen Beamten. »Also, Protokoll ...«

Aus Richtung Tür, die langsam zuging, kam ein leises Klick.

Das alles berichtete Tom später Elli. Beide saßen am frühen Abend in der Pizzeria Biwak an der Talstation der Rosskopfbahn.

»Hast du der Kleinen schon geholfen?«, fragte Elli plötzlich. Dabei schnitt sie elegant ein Stück Pizza ab.

Tom hingegen säbelte sich eher durch die seine. »Marie? Ich habe einen Kollegen von früher angeschrieben, aber nichts gehört.« Sein Pizzastück zog einen langen Käsefaden vom Teller auf dem Weg zum Mund. *Peinlich.*

»Um was geht's denn dabei überhaupt? Herbert meinte doch, das sei eine spannende Story.«

»Ach der ...«, sagte Tom mit einer Handbewegung. »Geht halt um Südtirol und die Geschichte damals, als sie die Bomben gelegt haben.« Tom mühte sich mit dem nächsten Stück ab. *Warum nur sind Messer manchmal so ungeeignet?*

»Das ist doch total spannend«, freute sich Elli, wobei sie das a in total wie ein Teenager in die Länge zog. »Geht es nur um früher oder auch um jetzt?«

Tom sah sie an. »Wie kommst du denn darauf? Also auf jetzt? Früher, in den 1960er-Jahren, darum geht's. Das macht das alles so kompliziert. Die sind doch fast alle tot. Außerdem lockst du damit keinen Hund hinter dem Ofen hervor.«

Elli sah nachdenklich aus. »Du bist der Experte.«

Tom wischte sich mit der Serviette den Mund ab. »Die Kleine ist arg hartnäckig, ein bisschen überdreht.«

»Ihre Geschichte ist ihr wichtig.«

»Sie glaubt, dass sich die Welt gegen sie verschworen hat wegen ihrer Recherche. Dazu diese seltsamen Zettel.«

»Zettel?« Elli war wieder voll bei der Sache.

Tom erzählte ihr von den Botschaften, die Marie ihm gezeigt hatte. Auch, dass es sich seiner Meinung nach um einen schlechten Scherz handelte. Tom wechselte das Thema: »Du musst unbedingt das Tartufo probieren, zum Nachtisch.«

»Ich liebe Tartufo«, begeisterte sich Elli.

»Vor vielen Jahren habe ich mal in einer Reisereportage darüber geschrieben,« erzählte Tom. »Ich habe Orte besucht in Italien, von denen wir nur das Essen kennen: Pizzo in Kalabrien wegen des Tartufos oder Neapel wegen der Pizza. Spannend.«

»Ich finde diese Bombengeschichte interessanter«, sagte sie und zwinkerte ihm zu.

Während der Kellner zwei Espressi brachte, sorgte Elli für das nächste Gesprächsthema. »Ich kann gar nicht glauben, dass ein so netter und gebildeter Mann allein ist.«

Tom beobachtete, wie sein Tartufo langsam schmolz. »Ist er trotzdem.«

»Aber du warst mal verheiratet ...« Nach kurzer Stille: »... du musst nicht drüber sprechen.«

»Doch, kein Problem«, log Tom. »Ich hatte eine Familie ...«

Der Kellner rettete ihn. »Limoncello aufs Haus?«

Tom antwortete sofort: »Gerne.« Seine Chance: »Amalfiküste und Sizilien.«

»Wie bitte?«

»Da kommt Limoncello her, dort war ich damals auch für diese Reportage.« Er sah sie verlegen an.

Elli legte ihre Hand auf seine. »Du sprichst einfach mit mir darüber, wenn es sich für dich richtig anfühlt.« Ihr Zeigefinger streichelte dabei seine Hand, fuhr die Hügel und Täler der Knöchel entlang. Tom ließ seine Hand, wo sie war.

Dienstag, 26. März

Marie war früh unterwegs an diesem kalten Morgen. Es fühlte sich so an, als würde der Winter noch mal zurückkommen. Ein eisiger Wind pfiff durchs Tal. Am Abend hatte tatsächlich Josef, den sie in Gries am Brenner getroffen hatte, angerufen und ihr einen Kontakt zu einem Helfer der Freiheitskämpfer genannt. Heute früh wolle sich der Mann mit ihr treffen, hatte Josef ins Telefon geschrien. Er gehörte zu der Generation, für die »Handy« bedeutete, »laut sprechen«. Vor der Tourismus-Info in St. Peter im Villnößtal wollten sie sich treffen. Genau da wartete sie jetzt.

Plötzlich stand er neben ihr. Ein Mann mit wachen Augen, nicht viel größer als sie selbst. »Griaß di. Marie?«

Sie war kurz zusammengezuckt, nickte dann. Sein Alter war schwer zu schätzen. Er wirkte trotz der dicken Jacke drahtig. Sein Händedruck war fest und kurz.

»Lass uns ein Stück gehen«, schlug er vor. Sie bogen gleich rechts in einen engen Durchgang. Jetzt wusste Marie, wo er so plötzlich hergekommen war. Vor ihnen auf einem kleinen Hügel lag die Kirche St. Peter, umgeben von einem Friedhof. Der Mann stapfte vor ihr die Stufen hoch, recht schnell und mit sicheren Schritten. Marie hatte mal gelesen, dass auf diesem Friedhof das Familiengrab der Messners war, also der Familie Reinhold Messners. »Gehen wir rein«, entschied Peter.

Sie saßen auf einer der hinteren Kirchenbänke. Marie hatte kaum ein Auge für die schönen Deckenmalereien. »Wie heißt du mit vollem Namen?«, fragte sie den Mann, der rechts von ihr Platz genommen hatte. Im Gegensatz zu ihr hatte er sich bekreuzigt.

»Ich bin der Profanter Peter«, sagte er leise. »Wäre mir lieb, wenn du meinen Namen nicht in deiner Zeitung schreibst. Oder in dem Buch.«

Sie nickte und rieb die Hände aneinander. »Warum treffen wir uns nicht irgendwo, wo es warm ist?«

»Weil ich dich erst mal sehen wollte«, antworte er direkt und ehrlich. Offenbar vertraute er Marie sofort. Denn er erzählte ohne große Vorrede von seiner Kindheit auf einem Bauernhof bei Brixen und seiner Ausbildung bei einem Maurer in Sterzing. Da hatte er später Josef kennengelernt. »Und weil ich dir was zeigen will, bevor wir über früher sprechen.« Er stand auf, bekreuzigte sich und ging vor ihr aus der Kirche. Vor einem Grab blieb er stehen.

Während Marie im Villnößtal war, ließ sich Tom ein Frühstück in der Vinothek schmecken. Luna hatte sich unter den Tisch gelegt, hob nur ab und zu mal eine Augenbraue, wenn jemand zu nah an ihr vorbeiging. Tom blätterte sich gerade durch die Tageszeitung »Dolomiten« und pickte einen Rest Rührei auf, als Herbert sich zu ihm setzte.

»Wie war's eigentlich bei der Polizei?«

Tom legte die Gabel beiseite, wischte sich mit der Serviette den Mund ab. »Der Einbruch interessiert die nicht die Bohne. Keine Beute heißt für die: nichts zu tun.«

»Logisch.« Herbert nahm Toms Tasse und hielt sie hoch, um bei der Aushilfe hinter dem Tresen einen Macchiato zu bestellen.

»Nicht logisch! Vielleicht hat der Einbrecher was gesucht.«

»Wie sollen die das rausfinden?«

Tom schnaufte. Draußen vor dem Fenster schlich der alte Maler vorbei. Hatte er sie beobachtet? Tom war sich nicht sicher. »Weißt du mittlerweile mehr über den Vogel?« Er nickte Richtung Fenster.

»Keine Ahnung. Was hat der Herr Privatier heute noch vor?«

Tom schmunzelte. »Neidisch? Ich fahr nachher in Kaltern Wein kaufen.«

»Du könntest mir ein paar Kisten mitbringen, wenn dein alter Nobelschlitten Platz im Kofferraum hat.«

Typisch Herby. »Für dich immer. Sonst noch was?«

Herbert lachte. »Ich melde mich, wenn mir noch was einfällt.« Mit dem Wechselgeld gab er ihm einen Zettel mit einer Anschrift und seiner Weinbestellung – sechs Kisten.

»Simon Profanter, gestorben 1963. Er schwieg«, las Marie die Inschrift auf dem Grabstein vor. Peter Profanter stand still neben ihr. »Dein Vater?«

Er nickte. Die Hände hatte er in die Jackentaschen gestemmt.

Marie betrachtete das Schwarz-Weiß-Bild auf dem Grabstein. Sonne und Regen hatten es arg mitgenommen. »Der Hut ...«

»Schützen«, war die knappe Antwort.

Marie hatte es sich schon gedacht. »Luise Profanter, geborene Schober, gestorben 1965. Deine Mutter?«

»Sie hat es nicht ertragen, dass er weg war. Da hat sie sich ...« Seine ohnehin leise Stimme versagte.

Marie war das unangenehm. »Was bedeutet: ›Er schwieg‹?«

»Sie haben ihn verhört, die Carabinieri, unten in Eppan. In der Kaserne haben sie ihn gefoltert. Tagelang. Abgeholt haben sie ihn nachts, wie Vieh haben sie ihn und die anderen Männer hinten auf ihre Lastwagen gesperrt. Nach drei Tagen kam er zurück. Kaputt. Gerade als er sich erholt hatte, da ging es von vorne los. Eine ganze Woche lang. Zurückgekommen ist er im Sarg.«

Marie suchte nach Worten. Am liebsten hätte sie den Mann in den Arm genommen. »Woran ist er gestorben, haben die ihn getötet?«

»Sein Herz hat nicht mehr mitgemacht. Das haben sie gesagt. Die anderen, die sie geholt hatten, die haben erzählt, was da los war. Tagelang keinen Schlaf, immer stehen, Prügel, Stromschläge ...« Jetzt kam er nicht mehr weiter.

Drei große Raben hüpften in Sichtweite über die Gräber.

»Geschwiegen ...«, setzte Marie wieder an, »... was hat er nicht verraten?«

»Wen hat er nicht verraten, darum geht's.« Er sah sie an. »Mich.«

»Woher weißt du das?«

»Sonst würde da mein Name auf dem Grabstein stehen.«

Marie schlug sich im Geiste gegen die Stirn. »Sollen wir unten im Hotel was Warmes trinken?«

Er nickte.

Ein paar Minuten später saßen sie im Café des Hotels Kabis. Dort erzählte ihr Profanter, wie sie Waffen, Sprengstoff und Geld über den

Brenner ins Land geholt hatten. Selbst Bomben gelegt hatte er nicht. »Woher kam das alles?«, wollte Marie wissen.

»Das meiste von unseren Freunden aus Tirol oder aus Bayern. Da haben uns viele geholfen. Ein paar Bayern haben uns in einem Steinbruch gezeigt, wie wir Sprengladungen bauen und zünden. Da gab es aber welche ...«, er stockte, suchte die richtigen Worte. »Denen ging es nicht um Südtirol, die hatten was anderes im Sinn.«

»Was meinst du?«

»Die haben uns für ihre Zwecke missbraucht, haben es zumindest versucht. Rechte, die hier Unfrieden stiften wollten. Es gab sogar Tschechen und Ostdeutsche, die immer wieder mal Kontakt aufgenommen haben.«

Marie kritzelte in ihren Block. »Warum?«

»Denen ging es nicht um Südtirol. Die wollten, dass es hier noch mehr knallt.«

»Wie haben die zu euch Kontakt aufgenommen?«

»Meist über die Tiroler. Da gab es regelmäßige Treffen. Irgendwie sind die dazugestoßen. Richtig dabei waren die nie.«

»Selbst gebombt oder so haben die nicht?« Marie malte Kringel und Pfeile auf ihr Blatt.

»Nein, soweit ich weiß, nicht. Später, viel später, als der BAS, der Befreiungsausschuss, weg vom Fenster war, da gab es noch den einen oder anderen Anschlag ...«, er zögerte, »... also in den 1970ern und 1980ern, da kann ich es nicht ausschließen.« Der alte Mann sah nun müde aus. Sein Blick wanderte an Marie vorbei aus dem Fenster. Draußen rangierte unter lautem Piepsen ein Lastwagen.

Marie drehte sich um. Draußen vor den verwaisten Tischen stand ein Mann und sah kurz rein. Sie war nicht sicher, wie sie weitermachen sollte. Peter wirkte, als hätte ihn jeder Satz über früher ein wenig von seiner Agilität gekostet. »Du hast von Ostdeutschen gesprochen. Was waren das für Leute?«

Er überlegte. »Vielleicht die Stasi aus der DDR. Ich weiß es nicht.« Er gähnte.

Marie merkte, dass sie an der Stelle nicht weiterkommen würde.

Peter war keiner der geheimen Helfer, die sie suchte. *Was hatte sie vergessen?* »Hast du es jemals bereut?«

Er wurde nachdenklich. »Jeder Tote war einer zu viel. Uns ging es immer nur um die Wirkung, nicht um Opfer. Wenn ich mich entscheiden müsste, ich würde es wieder tun.«

Marie blieb noch sitzen, nachdem Profanter gegangen war. »Tschechen und Ostdeutsche« umkringelte sie, auch um »Stasi« zog sie einen Kreis. Sie schaltete ihr Handy wieder an. Vier Anrufe in Abwesenheit. Wieder ohne Nummer, wie einige Male in den letzten Tagen. Ihr Chef hatte eine Nachricht geschickt. Im Rathaus gebe es eine Scheckübergabe zu fotografieren. Sie schrieb ein »ok« zurück – so kam wenigstens ein bisschen Geld in die leere Kasse.

In der Carabinieri-Station berichtete Franz Moser dem kleinen Ermittlerteam über die Ergebnisse der Obduktion und der Spurensicherung. »Kerschbaumer starb durch einen Genickschuss, aufgesetzt«, schilderte er emotionslos. »Sieht nach Hinrichtung aus.«

Chiara fand das gruselig. *Hinrichtung, oben im Wipptal? Ein alter Mann, einfach abgeknallt!*

»Munition Kaliber neun Millimeter Parabellum. Das haben sie wenigstens rausgefunden, bevor das Zeug verschwunden ist. Ein zweiter Schuss, vielleicht zur Drohung, hat in die Anrichte eingeschlagen.« Er ratterte die Infos nur so runter.

»Super«, stöhnte Rossi.

Chiara war irritiert. »Warum ist das super?«

K l i c k , k l i c k .

Franz Moser machte zwei Striche auf seinem Block.

»Weil es keine Munition gibt, die auf der ganzen Welt häufiger verwendet wird, kannst du in Pistolen und Maschinenpistolen verwenden, deswegen super.«

Chiara murmelte etwas zwischen »sorry« und »ach so.«

Moser machte weiter. »Der Tod ist direkt eingetreten. Sonst war der Typ für sein Alter kerngesund. Bisschen schwach vielleicht – das war's schon.« Nach diesem ersten Info-Marathon griff er zu seiner My-wife-has-the-perfect-husband-Tasse, aber Rossi stoppte ihn.

»Weiter, na los.« Klick, klick.

»Also ...«, setzte Moser an, machte zwei Striche, »... das Opfer ist vorher gefoltert worden. Blutergüsse, Quetschungen, zwei gebrochene Rippen. Alles frisch.«

»Weiter! Lass dich nicht immer antreiben!«, befahl Rossi.

»Daran wäre er nicht gestorben. Interessant ist, da ist eine Menge alter Wunden.«

Chiara und Rossi horchten auf.

»Arme, Rücken und Handflächen weisen vernarbte Brandverletzungen auf. Mindestens fünfzig oder sechzig Jahre alt. Die Gerichtsmedizin sagt, es könnte sich um Zigaretten gehandelt haben, die jemand auf ihm ausgedrückt hat. Jetzt kommt es. Im Genitalbereich gibt es Spuren, die könnten von Elektroschocks oder so was stammen.« Moser sah seine beiden Kollegen an, als erwarte er Beifall.

»Furchtbar«, flüsterte Chiara. »Wer macht so was?«

Die Frage blieb unbeantwortet ihm Raum stehen.

»Bei dem Zeitraum ist sich die Gerichtsmedizin sicher?«, wollte Rossi wissen.

Moser nickte.

»Damals zu der Zeit ist er doch verhört worden, weil er zum BAS gehört haben soll.« Rossi sah seine Ermittler an. »Gibt es da was Neues?« Beide schüttelten den Kopf. »Was ist mit den verschwundenen Hülsen und Geschossen?«

Moser schüttelte wieder den Kopf. »Die sind noch weg. Einer der Techniker meint, die seien auffällig gewesen. Irgendwie lackiert oder gekennzeichnet. Sie sind nach Parma ins Labor geschickt worden. Zumindest sollten sie. Ohne die Dinger wird es schwer.«

Klick, klick.

»Gekennzeichnet! Das sagst du so nebenbei? Spezialmunition!« Rossi schrie fast. Klick, klick.

Chiara war zusammengezuckt.

Moser saß nun zum ersten Mal an diesem Tag richtig aufrecht. »Mehr gibt es nicht dazu zu sagen. Die suchen danach. Von Spezialmunition hat der nicht geredet, nur, dass sie irgendwie lackiert war.«

Eine schwache Verteidigung, das war selbst Chiara klar. Franz tat ihr ein wenig leid.

»Ich kümmere mich selbst.« K l i c k , k l i c k . »Ich muss denen mal auf die Füße treten, diesen hochnäsigen Affen. Wenn die die Beweismittel nicht mehr auftreiben, ist das ein Skandal.« K l i c k , k l i c k . »Dann rollen Köpfe.«

Chiara zeigte mit den Fingern eine Sieben Richtung Franz. Der grinste und holte die Striche nach.

»Was treibt ihr da eigentlich?«, wollte Rossi wissen. Keiner antwortete. Er war wieder aufgestanden und hatte sich ans Fenster gestellt. Er betrachtete seine kleine Ermittlertruppe. Bisher hatte in Bozen niemand Interesse gezeigt, die Ermittlungen zu übernehmen. Verstärkung gab's keine. Alles lief nur so nebenbei. *Komisch eigentlich.*

Chiara riss ihn aus seinen Gedanken. »Chef, beim Auto, also beim Geblitzten gibt's nichts. Die Techniker haben das Foto bearbeitet. Man erkennt nur zwei dunkle Gestalten. Der Beifahrer kleiner als der Fahrer.« Die junge Polizistin sah enttäuscht aus. Sie hatte gehofft, dass ihre Autospur sie weiterbringen würde.

Moser war mittlerweile wieder in eine entspannte Sitzhaltung gerutscht. »Das müssen Profis gewesen sein. Keine Spuren, keiner hat sie gesehen, Auto gestohlen.«

»Wenn sie das denn wirklich waren in dem Auto«, schränkte Chiara ein. »Was mich wundert, warum rennt uns die Presse nicht die Bude ein?« Sie sah erst Moser an, danach ihren Chef.

»Vielleicht zählt ein toter Rentner nichts mehr«, murmelte Moser.

»Blödsinn! Weil wir das alles von Anfang an kleingehalten haben«, entgegnete Rossi. »Celloni in Brixen hatte mit seinem ›Maulkorb‹ wohl doch einen Riecher.« Er setzte sich wieder an den Konferenztisch. »Stellt euch nur mal vor, bei dem ganzen Mist, den wir bisher rausgefunden haben: wenn da noch die Presse hier dauernd auf der Matte stehen würde.«

»Eher *nicht* herausgefunden haben«, sagte Chiara leise.

Rossi überhörte das. »Wir bleiben dran. Wir bestellen noch mal die Nachbarn ein, die Pflegerin gleich mit.« Er sah Chiara an. »Du versuchst, mehr über den gestohlenen Wagen rauszufinden. Beleuchtet mal diese BAS-Geschichte. Setzt an den anderen Enden an, sonst kommen wir hier nicht weiter.«

»Machst du oft Botenfahrten für Herbert?«, fragte Elli, die es sich auf dem alten Ledersitz des Jaguars bequem gemacht hatte. Ihre Daunenjacke von Bogner hatte sie auf dem Schoß. Sie hatte spontan zugesagt, ihn bei seinem Ausflug nach Kaltern zu begleiten. Ebenso spontan hatte Tom sie vorher per SMS gefragt.

»Wäre ja noch schöner. Heute ist eine Ausnahme.« Tom legte den Kopf nach rechts, nah an Ellis Schulter. »Kloster Säben, eine eindrucksvolle Anlage«, sagte er schnell, damit Elli sein Näherkommen nicht falsch interpretierte. Er zeigte dabei aus ihrem Fenster.

»Da war ich noch nie.« Elli sah Tom von der Seite an, während er konzentriert versuchte, einen Laster zu überholen. Ein schwieriges Manöver auf der Staatsstraße, die Tom meist der Autobahn vorzog.

»Ist eine schöne Wanderung, von Feldthurns bis zum Kloster und wieder zurück. Über den Keschtnweg.«

Elli sah wieder aus dem Fenster, obwohl sie am Kloster längst vorbei waren. »Ketschnweg. Aha.«

»Keschtn, nicht Ketschn«, Tom schmunzelte. »Keschtn sind die Kastanien. Da am Weg stehen ganz viele. Im Herbst ist es da schön bunt.«

Elli grinste. »Vielleicht kann ich es bis zum Herbst aussprechen.«

Herbst, ist noch lange hin. Nach dem Straßengewirr in Bozen fuhren sie durch den Tunnel bei Schloss Sigmundskron. Dort oben hatten die Südtiroler den Grundstein für ihren Freiheitskampf gelegt.

Elli war begeistert von der Weinstraße hoch nach Eppan. Vor allem die Ansitze gefielen ihr. »Wo genau liegt Eppan?«

Tom zeigte nach links, nach rechts, nach vorne und hinten. »Eppan besteht aus vielen Fraktionen«, erklärte er. »Frangart, da links. Hier rechts St. Pauls oder links vorne Girlan«, dabei deutete er wild in der Gegend herum.

Elli fand alles »schön«, wobei das ö je nach Grad der Schönheit immer länger wurde. Bis Kaltern hatte sie sich wieder beruhigt.

Glücklicherweise lag der Weinshop gleich am Ortseingang. So würde sie erst später den nächsten »schöööönen« Anblick haben, den Kalterer See. Tom gefiel der Ausflug.

Am See war es deutlich wärmer als im windigen Sterzing. Vom Ostuferweg aus stapften sie lange schweigend durch das Frühlingstal. Hunderttausende weiße Blumen säumten den Weg, leider schon kurz vor dem Verblühen. »Ist Marie schon weiter mit ihrer Recherche?«

»Keine Ahnung, ich habe lange nichts gehört«, sagte Tom, während er Luna weiterschleifte. Sie beschnupperte jedes zweite Büschel Blumen und jeden dritten Baum.

»Vom Einbruch, gibt's da was Neues?«

Tom schüttelte den Kopf. »Die sitzen die Zeit ab. Engagiert sind die nicht.« Tom sah auf sein Handgelenk. 16:42 blinkte es auf seiner Digitaluhr.

»Ein Sammler teurer alter Uhren mit einer schnöden Digitaluhr«, witzelte Elli.

»Hey, Casio, locker über dreißig Jahre alt, passt auf jeden Fall ins Beuteschema eines Sammlers.«

Sie hakte sich bei ihm unter.

Tom ließ sie. Er genoss es sogar. Bevor aus dem Spaziergang eine Wanderung wurde, drehten die beiden um. Herbert wartete schließlich.

Am Abend entlarvte Marie den dauerstörenden anonymen Anrufer. Ihr Londoner Freund Mario hatte seine Anrufkennung ausgeschaltet und Marie damit in den Wahnsinn getrieben. Dafür hatte er gute Nachrichten.

»Ich bin sicher, dass das ein Code ist«, sagte er. »Ein Freund hier in London ist so ein Krypto-Freak, der hat ein Programm, damit kann man so was analysieren. Da geht's um Wahrscheinlichkeiten, wie oft Vokale und Konsonanten vorkommen und so. Genau habe ich es nicht verstanden.«

»Super.« Marie schoss auf dem Sofa in eine aufmerksame Position hoch. »Sag!« Die beiden Zettel lagen vor ihr auf dem Tisch.

»Was?« In der Leitung knackte es fürchterlich.

»Na, was bedeutet die Buchstabengrütze, was steht da auf dem Zettel?« Im Geiste ging sie die nächsten Schritte durch.

»Keine Ahnung. Für einen Code braucht man einen Schlüssel. Kapiert?!«

Marie schnaufte. Das war doch jetzt nicht sein Ernst.

»Keine Sorge, mein Freund versucht sich daran. Dauert nur, weil er gerade eine Prüfung schreibt.«

»Nein, nein, nein. Das kann nicht sein.«

»Krieg dich mal ein. Du kannst auch selbst nach dem Schlüssel suchen. Ich mail dir nachher, wie der Code heißt und eine Seite, wo du ihn und den Schlüssel eingeben kannst.« Durchs Telefon hörte sie ihn schlürfen. *Strohhalm.* Schon in der Schule hatte er immer mit Strohhalm getrunken.

»Mann, Mario, wie soll ich denn diesen Schlüssel finden? Kann es nicht einmal gute Nachrichten geben?« So jämmerlich hatte sie gar nicht klingen wollen.

»So schlimm?«

»Ne, war ein bisschen übertrieben«, gab sie zu.

Den Rest des Abends verbrachte Marie mit ihren Notizen. Skizzierte Pläne, riss die Blätter kaputt oder knüllte sie zusammen und warf sie quer durchs Zimmer.

Einige Stunden lang las sich Marie in die Geheimnisse der Kryptografie ein. Vigenère-Verschlüsselung hatte Marios Freund gesagt. Diese Chiffre stammte aus dem 16. Jahrhundert. Mehr hatte sie nicht verstanden von den Einträgen im Internet. Nach fünf Tassen Tee ging sie ins Bett.

Mittwoch, 27. März

»Mehr Leute kriegen wir nicht. Die Schlamperei bei der Spurensicherung in Bozen wird ein Nachspiel haben.« K l i c k , k l i c k . Rossi brachte sein Team auf den neusten Stand. Er hatte zuvor mit dem Vorgesetzten in Sterzing, Brambilla, gesprochen. Zufrieden wirkte er mit dem Ergebnis nicht. Franz Moser hatte schon sechs Striche auf der Klickliste – dabei war der Tag noch jung. »Wir sollen trotzdem den Ball flach halten wegen der verschwundenen Beweismittel«, berichtete er weiter. »Das haben die aus Brixen dem Capitano eingetrichtert.«

»Was heißt das?«, wollte Chiara Bonverde wissen.

»Na, wir erzählen das hier auf keinen Fall rum. Schneller als du glaubst, erfährt davon die Presse.«

»Vielleicht wäre gerade das mal gut«, flüsterte Moser lauter als gewollt. Sehnsüchtig schaute er den Teller mit den leckeren Cornetti crema an. Chiara hatte die gefüllten Hörnchen mitgebracht.

»Reißt euch mal zusammen.« Rossi wurde militärisch laut. K l i c k . »Leute, wenn davon was bekannt wird, reißt der Chef uns allen den Kopf ab.« K l i c k . »Dieser ganze Mordfall sollte am besten zu den Akten wandern, den Eindruck habe ich, weiß nur nicht, warum.« K l i c k .

»Na ja, wir finden noch die entscheidende Spur. Wir zeigen es denen.« Chiara wollte sich in ihrem Ehrgeiz nicht bremsen lassen. Dabei hatten sie auch zahllose Telefonate wegen des gestohlenen Wagens und des Nummernschilds nicht weitergebracht. »Wir geben nicht auf.« Das hatte sie sich fest vorgenommen – es war immerhin ihr erster großer Fall.

Die große Standuhr in der Eingangshalle der Mailänder Villa zeigte genau zwölf Uhr. Das Schlagwerk wurde seit einigen Jahren nicht mehr aufgezogen, denn der Hausherr konnte es nicht leiden, die Stunden geschlagen zu hören. Gabriel Giordano bestand trotzdem auf Pünktlichkeit und auf Präzision.

Christian Fischer, der »Deutsche«, und Nicolo De Lucca hatten zunächst kurz Bericht erstattet. Vor allem Fischer musste einige unangenehme Fragen über sich ergehen lassen. Ein ums andere Mal hatte er sich dabei die silbergraue Krawatte zurechtgerückt, die er zu einem dunkelgrauen Maßanzug trug. Gelockert hatte er sie nicht.

»In Südtirol läuft alles wie geplant. Die kleinen Probleme haben wir im Griff«, versicherte er. »In den Zeitungen findet sich nichts, wir haben sie mit der SVP-Geschichte erst mal beschäftigt.« Er sah sich in der Runde um. Ihm gegenüber saß der Kopf der Gruppe, Giordano. Zu seiner Linken hatte wie immer De Lucca Platz genommen.

»Was passiert mit den beiden Idioten, die ihre Spuren nicht beseitigt haben?«, wollte De Lucca wissen.

»Noch brauchen wir sie da oben. Wenn das alles vorbei ist ...«, Fischer machte mit der flachen Hand eine Geste vor seinem Hals, die eindeutig war. »Ich habe sie erst mal abgezogen, sie warten in Trento auf ihre Befehle.« Er sah De Lucca an. Der nickte. »Unsere Freunde vom Geheimdienst haben sich um die Beweise gekümmert, die sind erst mal weg und werden bei Bedarf ausgetauscht.« Zuversichtlich sah er Giordano an.

Der schien nicht zuzuhören. Starrte abwesend aus dem großen Fenster hinter Fischer. Er trug wieder Cordhosen, ein schwarzes Hemd und darüber eine Strickjacke. Niemand, der ihn so sah, würde glauben, wie mächtig er war. »Der Frühling kommt, meine Herren.«

Die Herren sahen sich ratlos an.

Mit einem Knall sauste die Hand des Alten auf den Tisch, laut wie der Hammer eines wütenden Richters. »Der Frühling. Das heißt: Bald muss es passieren. Wir brauchen den Knall und die Aufmerksamkeit. Unsere Freunde in Rom brauchen die Schlagzeilen.« Er hielt kurz inne. »Knall, Tote, Schlagzeilen, Aufregung.«

Fischer und De Lucca nickten.

»Wann können wir mit dem Material rechnen?« Seine Frage richtete sich an den Waffenmilliardär De Lucca.

»Es geht nur noch, sagen wir mal, um ein paar Tage, höchstens eine oder zwei Wochen. Die Aktion läuft«, antwortete dieser. »Wir liefern in ein Depot bei Kaltern, daraus können sich Ihre Leute bedienen.« Während seiner Antwort hatte er sich steif aufgesetzt. Nervös spielte er mit dem Wasserglas.

Fischer bemühte sich, Giordano gegenüber zufrieden auszusehen. Schnell schob er nach: »Wie gesagt, alles läuft, wir müssen uns keine Gedanken machen.«

»Was ist mit der jungen Frau, dieser Reporterin, und mit diesem Journalisten?«, fragte De Lucca. Wie immer vergaß er nichts und niemanden.

Fischer gab sich Mühe, nicht wieder an seiner Krawatte zu zupfen. »Keine Vorkommnisse. Die Kleine recherchiert und kommt nicht weiter. Wir haben ein Auge drauf. Auf beide.« Er goss sich Wasser aus einer schweren Kristallkaraffe in sein Glas. »Der Journalist kümmert sich gar nicht um die Sache. Null Problem.«

»Stoppen Sie die Frau«, befahl Giordano. »Wenn es nicht anders geht …«, er hielt kurz inne, »… bevor es den Bach runtergeht, muss sie verschwinden.«

»Das wird nicht nötig …«, setzte Fischer an.

»Stoppen. Sie. Die. Frau.« Wieder prügelte Giordano jedes Wort in den Tisch. »Ob und wann das nötig sein wird, entscheide ich. Sonst keiner. Diesmal muss das aber besser laufen als in Gossensass. Viel besser.«

Fischer nickte. »Die Polizei da oben muckt langsam auf, weil sie keine Hilfe bekommt.«

De Lucca beugte sich vor. »Notfalls müssen wir denen was zu tun geben, wie auch den Reportern.« Er trank langsam.

»Wir müssen aufpassen, dass da oben nicht zu viel passiert.« Fischer sah Giordano an. *Sah der Alte das auch so?* »Sonst zählen die eins und eins zusammen.«

»Kein Problem, wir machen das«, antwortete De Lucca.

»Ihr Wort in Gottes Ohr«, sagte Fischer. Bei De Lucca war er sich nie sicher, ob wirklich immer alles »kein Problem« war. *Hoffentlich, sonst fliegt uns das um die Ohren.*

Marie hatte den Abend mit ihrem Kollegen Jakob in einer Bar in Brixen eingeläutet. Jakob hatte Marie gerade erzählt, dass die Redaktion noch immer erfolglos hinter »dieser SVP-Geschichte« herhechelte, als er einen alten Schulfreund entdeckte. Zusammen mit einer jungen Frau kam er zu ihnen.

Der Schulfreund bekam von Marie die Bewertung »unauffällig bis langweilig«. Seinen Namen hatte sie kurz darauf wieder vergessen. Seine Begleitung, Chiara, landete auf der Marie-Skala bei »sportlich-schick und sympathisch«. Wie sich herausstellte, arbeitete sie als Ermittlerin bei den Carabinieri. Das gab weitere Pluspunkte in Maries Ranking. Zwei Drinks später hatten sich die beiden Männer verabschiedet. Marie und Chiara waren geblieben. Marie gab sich Mühe, nicht zu neugierig zu wirken. Chiara hatte offenbar keine Probleme damit, dass Marie für den »Boten« arbeitete.

Immer wieder mussten die beiden Frauen allzu aufdringliche Typen abwehren. Erst den stadtbekannten Aufreißer, der sich Urlauberinnen gegenüber stets als »Skilehrer« ausgab, obwohl er bei der Straßenreinigung arbeitete. Dann einen Typen aus der Kategorie »einsamer Ehemann«. Die beiden Frauen amüsierten sich dabei prächtig über die »nervigen Gockel«, wie Marie es nannte.

Chiara hatte Marie eben von ihrem Pech mit Männern erzählt, da sah Marie ihren »Letzten« am Eingang stehen. Er rauchte. Dabei stand er auf der Türschwelle, sah sie aber nicht. Sie zeigte zu ihm rüber, Chiaras Blick folgte ihrem Finger. »Mit dem hattest du was?«

Marie nickte. Mit Schaudern erinnerte sie sich an den Würger. »Nur eine Nacht, ein komischer Typ.« Mit einem lauten Geräusch saugte sie mit dem Strohhalm ihr Glas leer. »Aber der hatte sie nicht alle, hab ihn rausgeschmissen.« Mehr wollte sie doch lieber nicht erzählen. Zum Glück ging er.

Chiara schmunzelte. »Der ist unser neuer Staatsanwalt.« Sie dachte nach, spielte an ihren Haaren. »Komm nicht auf den Namen.«

Marie verschluckte sich. *Wenn wir schon beim Arbeiten sind, kann ich auch ein bisschen über den Fall sprechen.* »Ich versteh einfach nicht, warum so ein alter Mann, der oben in Gossensass, einfach so erschossen wird.«

Chiara stimmte ihr zu. Das sei genau das Problem bei den Ermittlungen. »Keine Zeugen, keine Spuren, kein Nix«, erklärte

Chiara. Ihre Aussprache war mittlerweile etwas undeutlicher geworden.

Marie beichtete, dass sie sich zum Haus geschlichen hatte, und dort dem Sohn der Nachbarin begegnet war. Sie verschwieg, dass er sie beim Fotografieren durch ein Fenster erwischt hatte.

Chiara reagierte erstaunlich auf den Gin Tonic – er lockerte ihre Zunge. »In Bozen sind Beweise verschwunden. Wir haben eine Spur zu einem geklauten Auto. Bringt uns trotzdem nicht weiter«, plauderte sie aus. »Das Opfer ist mal gefoltert worden, vor langer Zeit. Aber«, sie legte kichernd den Zeigefinger an die Lippen, »psssst.«

»Natürlich«, versicherte Marie. »Was mir ein Rätsel ist: Die Nachbarin des Toten hat von seiner Frau erzählt. Ihr Sohn sagt, dass die aber schon lange tot ist.«

»Ist sie«, versicherte Chiara. »Vielleicht hast du das falsch verstanden. Sonst musst du noch mal hin und der Sache auf den Grund gehen.« Sie kicherte. »Mach doch eine Razzia.«

Falsch verstanden hatte sie das bestimmt nicht. Da war sich Marie sicher. Sie erzählte nun doch noch von ihrer Zettelrecherche. Chiara schien höchstens ein Drittel davon mitzubekommen. Sie murmelte ab und zu etwas wie »aha«, »hmmm« oder »echt«. Das war's. Zu viele Drinks. Lampe aus.

Während sie auf ein Taxi warteten, ging Marie das Gespräch im Kopf noch mal durch. *Ich sollte mir Notizen machen und Carlo mal schreiben.* Beides schaffte sie eine halbe Stunde später nicht mehr, das Bett drehte sich zu schnell.

Donnerstag, 28. März

Der Tag begann mit zarten Frühlingssonnenstrahlen – für Chiara mit Kopfschmerzen. Sie schwor sich, nie wieder Cocktails zu trinken.

Einige Hundert Meter Luftlinie entfernt schüttete sich Marie drei Tütchen Aspirin in den Mund und legte sich noch mal ins Bett. Der Tag bot bis auf einen kleinen, unwichtigen Auftrag für die Zeitung keinen Grund, überhaupt aufzustehen. Und dieser Termin war zum Glück erst später.

Chiara musste aufstehen. Bürodienst hatte der Chef angeordnet. Alles, was sie bisher zusammengetragen hatten, sollte schriftlich auf den neuesten Stand gebracht werden. Das hatte der Chef seinen Ermittlern am Abend per WhatsApp mitgeteilt. Chiara hatte so viel Lust aufs Büro wie ein Veganer auf ein Steak. Am liebsten würde sie ihren Kollegen heute nicht begegnen. Ihr Gewissen plagte sie, weil sie so in Plauderlaune gewesen war – sie hatte praktisch alle Ermittlungsergebnisse verraten. Wenigstens hatte Marie nicht nachgebohrt. Hoffentlich hielt sie dicht.

»Schreib es halt ein bisschen größer«, korrigierte Herbert seine Aushilfe. Die junge Studentin sollte die Namen und Preise der neuen Weine mit einem Kreidestift auf die Tafel hinter der Theke schreiben. »Schau doch: Darüber die ›Toasts‹ sind doppelt so groß geschrieben.« Er nahm ihr den Stift aus der Hand und machte es selbst.

»Das wird schief«, rief Tom Bauer, der genau in diesem Moment die Vinothek betrat. Herbert drehte sich zu ihm um und schnaubte. Weil sein Stammplatz besetzt war, bestieg Tom einen der Barhocker. Luna drehte sich zweimal im Kreis, legte sich zu seinen Füßen und rollte sich zusammen. »Ich nehme den Tiroler Toast und dazu Acqua Minerale.«

»Du sollst Deutsch reden, Südtirol ist nicht Italien.«

»Interessante Verschiebung der Grenzen.« Bauer hatte auffallend gute Laune. Als er mit seinen Zeitungen durch, der Toast gegessen und der Macchiato serviert worden war, setzte sich Herbert zu ihm. »Mir geht dieser Einbruch nicht aus dem Kopf«, sagte Tom. Letzte Nacht hatte er lange gegrübelt. »Entweder haben die sich im Haus geirrt oder was gesucht.«

»Zu was tendiert Sherlock Bauer?« Herbert sah ihn neugierig an.

»Zu gar nichts. Ich spiele das nur dauernd im Geiste durch. Kein Einbrecher dieser Welt lässt Luxusuhren liegen. Ich überlege, was da los gewesen sein könnte. Dazu dieses komische Gefühl, dass Fremde in meinen Sachen gewühlt haben.« Er nippte kurz an seinem Wasserglas. »Variante eins wäre am besten, aber langweilig.« Tom wartete, bis Herbert nickte. »Möglichkeit zwei ist deutlich spannender, aber beunruhigender, weil ich nicht weiß, was die gesucht haben könnten.«

»Verstehe«, murmelte Herbert, der gleichzeitig kopfschüttelnd beobachtete, wie die Aushilfe den Kaffeesatz aus einem Siebträger beim Ausschlagen wohl vor allem auf dem Boden verteilte.

»Mal angenommen, es wäre Möglichkeit zwei ... Marie hätte recht.«

»Wie meinst du das?«

»Sie hat doch neulich geklagt, dass bei ihr alles schiefläuft. Wenn da was dran ist ... wenn uns jemand zusammen gesehen hat? Ich weiß zwar nicht, ob, wie und warum – womöglich will echt jemand verhindern, dass sie was über damals rausfindet.«

»Das sind ja ganz neue Töne. Warum sollte das jemand wollen?«

»Spielst du jetzt den Advocatus Diaboli?«, fragte Tom herausfordernd. »Ich sage nicht, dass es so ist. Möglicherweise hat jemand Angst, dass er wegen eines alten Verbrechens enttarnt wird.«

»Glaubst du, dass die Polizei deswegen nicht ordentlich ermittelt?«

»Das wäre eine Verschwörungstheorie, so was ist nur für Idioten. Auf jeden Fall bin ich gespannt, was rauskommt.« Er sah auf die Uhr, drückte einen Knopf, rote LEDs zeigten kurz an: 11:40. »Muss noch einkaufen. Elli kommt heute zum Essen.« Bevor Herbert etwas sagen konnte, legte Tom den Zeigefinger an die Lippen. »Schreib mir mal Maries Handynummer auf, bitte.« Jetzt fehlten Herbert die Worte. »Noch was ...«

Herbert sah ihn an.

»Traminer. Was du da auf die Tafel geschrieben hast, das sieht aus wie ›Traniner‹.«

Herbert warf ein Handtuch nach ihm.

Die nächste Viertelstunde, bis die Mittagsgäste kamen, versuchte Herbert, seinen alten Schulfreund zu erreichen. Die Handynummer des Ex-Geheimdienstlers war weiter tot. Nachdem er die halbe Klasse von damals angerufen hatte, war er nicht schlauer. Niemand hatte Peter Gablers neue Nummer oder eine Mailadresse oder seine Anschrift. Einer meinte, Peter sei »doch nach Mailand gezogen«, ein anderer glaubte »sehr sicher nach Trient«, ein Dritter munkelte, der sei doch »jedes Jahr zum Überwintern auf Gran Canaria«. Seine erste große Liebe legte einfach auf. Aber so schnell gab Herbert nicht auf. Er führte noch ein paar Telefonate und bat, man möge sich doch mal umhören. Er müsse Gabler dringend erreichen. Nicht, dass ihm etwas zugestoßen war?

So oft hintereinander war Marie noch nie in Gossensass gewesen. Sie fuhr auf der Staatsstraße durch die Tunnel hinter Sterzing. Noch immer ohne Führerschein. Diesmal wieder im eigenen Auto, niemand hatte ihr einen Wagen leihen wollen. Sie sah immer wieder in den Rückspiegel, ob nicht ein Carabinieri-Auto hinter ihr fuhr. Nichts wäre schlimmer als ein gelangweilter Carabiniere auf dem Beifahrersitz, der ihre Daten per Funk abfragt.

Sie parkte wieder an der dunkelsten Stelle der kleinen Zufahrtsstraße zum Haus des getöteten Alfred Kerschbaumer. Den Sohn der alten Nachbarin vermutete sie aus Gründen der Wahrscheinlichkeit nicht vor Ort. Für den Fall, dass sie sich irrte, was aus Gründen der persönlichen Wahrscheinlichkeit in diesen Tagen durchaus drin war, hatte sie sich vorgenommen, die Wahrheit zu sagen. Also dass sie noch mal einen Blick auf das Haus werfen wolle. Ist schließlich mein Job, argumentierte sie still vor sich hin, wie bei einer Generalprobe. Die Uhr im kleinen Fiat Uno zeigte 18:17, also war es in Wirklichkeit zwanzig Minuten später, denn die Uhr ging chronisch falsch. Auf dem Weg zum Haus blieb sie diesmal auf der Zufahrt. Das Gestapfe durch den Wald war ihr seit dem letzten Mal nicht mehr geheuer.

Da lag das Haus vor ihr. Dunkel und verwaist. Irgendwo flatterte ein Vogel. Marie nahm sich vor, systematisch vorzugehen. Erst mal wollte sie das Haus umrunden. Sie musste grinsen. Wenn Chiara, ihre neue Carabiniere-Freundin, ahnen würde, dass ihr »mach eine Razzia« sie auf diese Idee gebracht hatte. Was genau sie suchte, wusste sie gar nicht. Es fühlte sich aber an wie großer Journalismus. *Die Watergate-Reporter Woodward und Bernstein hatten sich mit Deep Throat getroffen, Marie Pichler umrundet im Dunkeln ein Haus.* Ihrem Chef würde sie erst die fertige Geschichte auf den Tisch knallen. Der konnte sich sein Verbot sonstwo hinstecken. Außerdem hatte sie ein klitzekleines bisschen Hoffnung, dass dieser Kerschbaumer eine Vergangenheit hatte, die zu ihrer Buchrecherche passen könnte. Immerhin war er gefoltert worden.

Alle paar Meter blieb Marie stehen. Wie still es hier war. Nicht mal die Brennerautobahn war zu hören. Ab und zu knackte es im Wald. Immer wieder flatterten ein oder zwei Vögel davon. Wo sie jetzt stand, konnte sie das Haus der alten Nachbarin sehen. Zwei Fenster waren erleuchtet. Mehr war nicht zu erkennen. *Deswegen hat die alte Dame nichts bemerkt. Zu weit weg.*

Marie stapfte durch das knöchelhohe Gras. Ihre Schuhe waren nass, die Füße kalt. *Chucks waren echt eine dumme Idee.* Am Aufgang zur Haustür bemerkte sie, dass das Absperrband der Carabinieri weg war. Sie umrundete das Haus ein zweites Mal. Dabei schleppte sie einen rostigen Gartenstuhl mit, den sie links vom Eingang gefunden hatte. So konnte sie schnell draufsteigen und einen Blick durch die Fenster werfen. Diesmal hatte sie an eine Taschenlampe und ihren Fotoapparat gedacht. Viel zu sehen gab es nicht. *Generation Gardine.* Überall hing das angegilbte Stoffzeug im Weg. Das eine Fenster war noch immer verklebt. Dahinter vermutete sie den Tatort. Marie beendete ihre Runde, im Nachbarhaus brannte nur noch in einem Zimmer Licht. Bestimmt im Wohnzimmer. Dazu passte das bläuliche Flackern und Blitzen.

Fast halb acht zeigte ihre Uhr. *Jetzt oder nie.* Marie nahm allen Mut zusammen und stieg die kleine Treppe zur Haustür hoch. In dem Windfang, der den Eingang abschirmte, sah sie sich erst einmal um. Dreck, Steinchen, Laub, ein paar Einweghandschuhe. Vermutlich von der Polizei. Sie machte ein Foto. Der Blitz erschreckte sie, der war sicher kilometerweit zu sehen. Sie atmete durch. *Hier ist niemand. Die alte Nachbarin ist bestimmt vor dem Fernseher eingeschlafen.* Marie rüttelte an der Tür. Zu. Das kleine Fenster in Augenhöhe würde ihr nichts bringen. Marie kramte ihr Handy raus und suchte »Türen ohne Schlüssel öffnen«. Die Suchergebnisse erschienen ihr zumeist arg rabiat. Als sie schon eiskalte Finger hatte, fand sie eine passende Methode. Ein lautes K r a c k stoppte Marie.

Die rauchige Stimme von Paolo Conte waberte zur gleichen Zeit ein paar Kilometer weiter südlich durch Toms Wohnung. Tom hatte Elli Selbstgekochtes versprochen. Das hatte er ewig nicht mehr für eine Frau getan. Als Einladung hatte er ihr ein Grinse-Smiley aus Doppelpunkt, Bindestrich und Klammer geschickt. Das hatte er erst recht noch nie getan.

Tom hatte Großes vor: Salat mit einem fruchtigen Dressing, gerösteten Pinienkernen und warmem Ziegenkäse. Als Hauptgang dreierlei – gekaufte – Knödel mit zerlassener Butter und Parmesanspänen und zum Dessert eine Panna cotta. Der Wein, ein Lagrein, war Elli bestens bekannt. Womöglich hatte sie sogar genau diesen Karton in Kaltern in den Kofferraum des Jaguars gehievt. Er hatte extra zusätzlich einen Chardonnay gekauft, falls sie keinen Rotwein trinken wollte. Die Küchenuhr zeigte sieben.

Tom war gerade mit dem Salatdressing fertig, als Elli klingelte. Zur Begrüßung gab es eine dezente Umarmung. Sie folgte ihm in die Küche, wo er den Tisch von Zeitungen und Büchern freigeräumt und gedeckt hatte – sogar mit gefalteten Servietten aus Papier. Die aus Stoff hatte er nicht gefunden.

Vom Salat bis zu den Knödeln erzählte Elli von einer Wohnung, die ihr ein Makler in Franzensfeste zeigen wollte. Schön groß, saniert und mit einem wunderschönen Garten. Tom hielt sich zurück. Immer wenn er sich mit dem Auto durch Franzensfeste schlängelte, fragte er sich, wie man es da bloß aushielt. Er sagte nur: »Ich brauche wenigstens ein bisschen Stadtambiente.«

Vor diesem Abend hatte Tom ein wenig Angst gehabt – zu Unrecht, es fühlte sich recht vertraut an.

»Jetzt erzähl, was gibt es von deinen Einbrechern?«

Tom dachte nach. Sollte er damit rausrücken, dass er mittlerweile Maries Gespenster sah oder diese zumindest nicht mehr ausschloss? Das würde sie nur erschrecken, entschied er. »Das geht alles seinen Gang, sagen die Carabinieri.«

»Die sind nicht weitergekommen?«

Tom war aufgestanden und hatte eine neue Flasche Wasser aus der Vorratskammer geholt. »Wohl nicht.«

»Wird sich irgendwann klären«, damit stießen sie an. »Auf einen wundervollen Abend.«

Vor der Panna cotta gab es eine weitere Wohnungsführung. Vor allem die Bücher und Uhren gefielen Elli. »Ich liebe Bücher«, sagte sie und blätterte durch einen alten Atlas, den Tom irgendwann bei einer Auktion ergattert hatte. Im Arbeitszimmer lotste er sie elegant am Schreibtisch vorbei. Langen Gesprächen über das Familienfoto wollte er aus dem Weg gehen. Elli hatte sowieso eher einen Blick für die Uhren. »Die haben die Einbrecher alle hiergelassen?«, wunderte sie sich, dabei hielt sie eine reichverzierte Taschenuhr in der Hand.

»Die ist ungefähr von 1820«, erklärte Tom. Bevor sie sich doch noch dem Schreibtisch widmen würde, führte er Elli wieder Richtung Küche. »Zeit für den Nachtisch.«

Marie war der Schrecken in die Glieder gefahren. Mit einem lauten K r a c k war ihre Kreditkarte durchgebrochen. Sie hatte versucht, damit die Haustür aufzumachen. »Einfach von oben nach unten reinschieben und den Bügel damit herunterdrücken«, so stand es in der Onlineanleitung für das Öffnen von Türen. Auf den drei Bildern dazu und in Fernsehkrimis sah das einfach aus. Vor Wut trat sie gegen die alte Fußmatte. Zum Vorschein kamen: eine Schabe auf der Flucht und ein Schlüssel. Marie hob ihn auf und öffnete damit die Tür. Sie schlüpfte in den Flur und zog die Tür rasch hinter sich zu.

Ihre Gedanken kamen ihr vor wie Engelchen und Teufelchen auf den Schultern einer Comic-Figur. *Soll ich mich hier umsehen? Warum nicht? Du willst Erfolg, also tu was dafür.* Aus der Jackentasche holte sie die Taschenlampe hervor. In ihrem Schein tanzten Staubkörnchen. Es roch muffig. Langsam ging sie vorwärts, ließ den Lichtschein nach Möglichkeit nur über den Boden gleiten. Im Flur stand ein altes Telefon mit Schnur und Tastatur. Sie hob den Hörer ab – es funktionierte sogar. *Warum auch nicht?* Die kleinen Löcher in der Sprechmuschel waren verstopft von jahrzehntelanger feuchter Aussprache. *Eklig.*

Rechts war das Wohnzimmer, hinter einer Tür mit einer gelblichen Glasscheibe. Am liebsten hätte Marie rasch alle Fenster aufgerissen. Ihr wurde schlecht von der abgestandenen Luft. Sie sah sich um. Wie aus einer 1950er-Jahre-Filmkulisse. Zwei Ölbilder an der Wand, ein großer Tisch vor dem Sofa, ein kleiner links davon, darauf ein schwerer Aschenbecher. Ein Fernseher auf einer Kommode, daneben ein paar Zeitschriften. Obendrauf eine Brille, bestimmt zum Lesen. An der Wand rechts stand ein uralter Buffetschrank. Porzellan und Zinnbecher, bedeckt von einer Staubschicht, verteilt auf drei Regalböden. Darunter drei Schubladen. Sie zog die Fächer der Reihe nach vorsichtig auf. Da schien alles hineingeworfen worden zu sein, was in den letzten dreißig Jahren einen Platz hatte finden müssen. Mit spitzen Fingern stöberte sie durch den Inhalt. Batterien, Brillenetuis, eine Schachtel mit Feuerzeugen, alte, angerostete Schlüssel, Briefumschläge und Papier. Die unterste Schublade war voller Rätsel-Zeitschriften. Keine Kreuzworträtsel, wie sie beim Durchblättern sah, sondern Denksporträtsel. *Was suche ich?* An der Zimmertür blieb sie stehen und machte ein Foto von dem traurigen, verlassenen Wohnzimmer.

Das nächste Zimmer auf der rechten Flurseite war das Schlafzimmer. Da roch es weniger muffig, dafür nach Mottenkugeln. Die Einrichtung war wie erwartet: ein altes Doppelbett, auf jeder Seite ein Nachttisch, ein Kleiderschrank und eine Kommode mit einem blinden Spiegel, davor ein Stuhl. *So wie ein Schlafzimmer von normalen alten Menschen halt aussieht.* Auf dem Nachttisch links lag ein Buch, daneben ein Pillendöschen. Marie zog die beiden Schubladen auf. Kleinkram war darin, auch eine Bibel, mehr nicht. Im Kleiderschrank die Anziehsachen eines alten Mannes: abgewetzte und ausgebeulte Hosen, Hemden und Pullover. Im Fach daneben Unterwäsche, weiß gerippt und Socken. *Der hat ewig nichts mehr gekauft.* Sie fühlte sich unwohl dabei, in den Sachen eines Fremden zu wühlen. Im Bad, am Kopfende des Flures, gab es ebenfalls nichts Ungewöhnliches. Seife auf dem Waschbecken, ein Rasierpinsel und ein alter, seit Jahren nicht mehr von Schaumrückständen gereinigter Rasierer – mit richtigen Rasierklingen.

Marie hatte gerade die Tür zugemacht, als sie ein Geräusch hörte. Sie blieb stehen. Lauschte. Sie hielt den Atem an. Den Schein der Taschenlampe deckte sie mit der Hand ab, sie traute sich nicht, sie auszuschalten. Sie wollte nicht ganz im Dunkeln sein. *Nichts. Häuser machen halt Geräusche*, beruhigte sie sich.

Dem Schlafzimmer gegenüber lag die Küche. Der Tatort. Marie wurde schlecht. Schwarz verkrustetes Blut war vom Tisch bis zu einer Anrichte verteilt, Spritzer hatten der Wand ein ekelhaftes Muster verliehen. Das Fenster war abgeklebt, wie sie es bei ihrem ersten Blick von draußen vermutet hatte. *Warum nur? Wegen Gaffern? Wer sollte in der Einöde zum Gaffen vorbeikommen? Außer mir.* Hier konnte sie das Licht einschalten. Sie traute sich erst gar nicht hinein, blieb lange im Türrahmen stehen – sah sich nur um. Die Polizisten hatten hier die meisten Spuren hinterlassen, überall war das Pulver verteilt, mit dem sie Fingerabdrücke gesichert hatten. In den anderen Zimmern war es nur an den Türen und an den Fenstern. Auf den Boden zwischen Tisch und Anrichte waren Markierungen geklebt. Hatte so die Leiche gelegen? Und der Stuhl? Einer sah so aus, als wäre er hastig aufgestellt worden. Marie hatte nur Fernsehkrimiwissen, so nah war sie einem Tatort noch nie gewesen. Sie machte zwei vorsichtige Schritte in die Küche, drehte sich im Kreis. Noch ein Stück weiter. Vor der Anrichte blieb sie stehen. Sie zog eine Schublade auf, darin der übliche Krimskrams. In zwei anderen lagerten Unmengen Besteck, über ein halbes Jahrhundert lang angesammelt. Marie ging in die Knie und schaute in die unteren Fächer. Unter dem Möbel lag eine einsame Essiggurke. Marie machte ein Foto. *Wie traurig.* Auf der Anrichte stand ein Bild – die Schwarz-Weiß-Aufnahme einer Frau. Aufgenommen in der Natur. Die Frau war schlank, nicht besonders hübsch – normal. Das Alter konnte sie nicht schätzen. Ohne Zweifel war das die Ehefrau, denn im Flur hatte Marie sie auf dem Hochzeitsbild schon gesehen.

Von der Küche aus betrat sie ein kleines Nebenzimmer. Eine Art Mini-Wohnzimmer. Ein kleiner Tisch mit zwei Stühlen stand da. Darauf ein Schachspiel, einige Figuren waren umgefallen. An der Wand hingen Fotos aus glücklichen Tagen. Das Paar auf einem großen Felsen. Die Frau mit einer Heugabel. Der Mann mit einem Fernglas. Beide vor einem alten Volkswagen. *Fototechnisch sind die in den 1960ern stehengeblieben.* Kein einziges Foto in Farbe an den Wänden. In der Ecke lag ein alter Koffer, aufgeklappt. Lumpen, Pinsel, einige Farbtöpfe – offenbar war einer der beiden Hobbymaler. Marie machte ein Foto davon. Auf dem Rückweg durch die Küche blieb sie noch einmal stehen. Die Frau auf dem Foto auf der Anrichte sah sie an, bespritzt mit dem Blut des Ehemannes. *Fürchterlich.* Die Frau hatte in gewisser Weise alles mitangesehen. Er selbst hatte bis zuletzt das Bild seiner Frau vor Augen. Mit spitzen Fingern schob sie es ein wenig zurecht – das würde sie fotografieren, praktisch aus dem Blickwinkel des Opfers.

Sie hielt inne, was hatte da geknackt? Eine Treppenstufe? Maries Bauch kribbelte, das Herz schlug wild. Sie hielt den Atem an, zwang sich, ruhig ein- und auszuatmen. Leise. Stille. *Ich muss hier raus. Warum bin ich hier überhaupt rein?* Sicherheitshalber ging sie zur Küchentür, sah sich im Flur um. Niemand. Zurück in der Küche sollte es nun schnell gehen, noch mal das Bild ein wenig hin und her schieben, damit der Blickwinkel für das Foto stimmt – da kippte es nach hinten um, es hatte sich beim Schieben verkantet. Marie hob es auf. Die Rückwand stand etwas ab, so als wäre da ein zweites Bild dahinter. Sie ärgerte sich, dass sie ohne Handschuhe an einem Bild, das voll mit Blutspritzern war, rumfummeln musste. Sie löste die beiden Haken am Rückendeckel, der sprang ihr wie unter Druck sofort entgegen. Maries Herz raste. Sie war baff, als sie den Rahmen auseinandernahm.

Mit Toms Panna cotta hatte es doch ein wenig länger gedauert. Erst wurde sie im Kühlschrank nicht richtig fest, am Ende hatte sich die ganze Vanille am Boden abgesetzt. Ellis Fazit: »Lecker.«

Den Abend ließen sie im Wohnzimmer ausklingen. Auf dem Plattenteller drehten sich die »Doors«. Tom hatte für sich den Abend schon früh als gelungen und angenehm verbucht. Trotz der entspannten Atmosphäre scheute er weiterhin davor zurück, allzu Persönliches zu erzählen oder zu fragen. Elli antwortete auch ohne Fragen. Sie hatte ihm ausführlich von ihrem Leben in Hessen erzählt. Von ihrem früheren Beruf und von ihrer schwierigen Ehe mit einem Mann, der mit seinem Job verheiratet war. »Ich vermisse ihn trotzdem«, gab sie zu. Sie prostete Tom zu. Wäre es jetzt an ihm, das Gespräch zu bestreiten? Erst einmal nicht. Stattdessen lernte er ihre Freundinnen kennen. Zumindest den Vornamen nach. Seinen Versuch, sich die Namen zu merken, hatte er nach »der golfspielenden Charlotte« und »der Paula, die was mit ihrem Zahnarzt hat« aufgegeben. Egal, er hörte Elli gerne zu.

»Wie war das früher in deinem Leben, mit Beruf und Familie?«

»Ich glaube …«, setzte er an, überlegte, sah an ihr vorbei. »Ich war wie dein Mann. Rund um die Uhr im Dienst. Egal wo, egal wie. Immer auf der Suche nach einer Geschichte. Immer dabei, ein kleines Netzwerk zu unterhalten.« Er stand auf. »Magst du noch Wein?«

Elli nickte. Während Tom in der Küche verschwand, sah sie sich im Wohnzimmer um. Die vielen Bücher und Schallplatten, die alten

Möbel und die Standuhr, die beruhigend hin- und herpendelte. Ihr Blick folgte dem Pendel. In der Küche hörte sie Tom etwas wegräumen. Ein Korken ploppte. Zurück beim Sofa nahm sie ihr Handy zur Hand, wischte sich flink durch das Menü, tippte schnell etwas mit ihren dezent rot lackierten Fingernägeln. Als Tom zurückkam, legte sie schnell das Handy mit dem Display nach unten wieder auf den Tisch.

Marie war sprachlos. Hinten aus dem Bilderrahmen war ihr ein dünnes, einmal geknicktes Heftchen entgegengefallen. Vorsichtig faltete sie es auseinander. Die Schrift deutete mindestens auf die 1930er-Jahre hin. Mit Mühe konnte sie den Titel entziffern, so abgewetzt und löchrig war das Papier.

Codes für die Kommunikation

Für den dienstlichen Gebrauch

»Wow«, flüsterte sie. Sie lauschte. War da wieder dieses Geräusch, das sie vorhin schon aufgeschreckt hatte?

Vorsichtig blätterte Marie durch die paar Seiten. »Berlin 1938« stand auf der Innenseite des Umschlags. Das Heft enthielt eine Kurzanleitung, wie man Texte verschlüsselt und wieder entschlüsselt. Auf den letzten beiden Seiten waren Tabellen abgedruckt: endlose Zahlenkolonnen auf der einen, Buchstabensalat in Spalten auf der anderen. Auf der Rückseite war ein roter Stempelabdruck: »Dienstgebrauch«. Unten auf der letzten Seite stand etwas mit Bleistift geschrieben. Drei Zeilen.

Sie legte das Papier auf den Tisch, strich es glatt und öffnete eine Lupen-App auf ihrem Handy. Die erste und die letzte Zeile sahen selbst maximal vergrößert aus wie Bleistiftstriche. Sie machte ein Foto. Die mittlere Zeile war ein Satz. Mit der Handylupe entzifferte sie: »Freiheit für das Land.«

Die ganze Fahrt zurück nach Brixen überlegte Marie, warum der tote Kerschbaumer so ein Büchlein besessen und so gut versteckt haben könnte. Ihr fielen die Worte der Nachbarin wieder ein: »Er hat immer geschwiegen, seine Frau hoffentlich auch?« Ob sie damit das Buch mit diesen Codes gemeint hatte? Es war immerhin hinter dem Foto seiner Frau versteckt. Sie war drauf und dran, noch einmal zurückzufahren. Hätte sie die anderen Zimmer besser durchsuchen sollen?

Auf dem Rückweg nach Brixen über die Staatsstraße musste sie sich bremsen – bloß nicht zu schnell fahren. Am Ortseingang von Sterzing sah sie schon aus der Ferne am neu angelegten Parkplatz der Seilbahn einen Carabinieri-Streifenwagen stehen. *Mist.* Zwei Beamte standen daneben, einer mit einer Kelle in der Hand. Jetzt nicht auffallen, auf keinen Fall angehalten werden. Dieses Pech hatte ein Golf GTI aus Deutschland vor ihr. *Glück gehabt.*

Eine Dreiviertelstunde später kreiste Marie durch die Straßen in der Nachbarschaft. Parkplatzsuche war in Brixen nicht immer eine Freude. Unterwegs hatte sie vergeblich versucht, ihren Londoner Freund zu erreichen.

Sie hatte auch darüber nachgedacht, Tom Bauer anzurufen. Ein Codebuch aus dem Jahr 1938, das müsste ihn doch anstacheln. Aber sie hatte keine Lust auf dumme Fragen und eine erneute Abfuhr. Erst wollte sie selbst rausfinden, ob sie damit weiterkam. Dann würde sie ihm ihre Recherche unter die Nase reiben.

Zuerst würde sie das Büchlein genau inspizieren und nach Infos im Netz suchen. Später wollte sie es einscannen, um es ihrem Kumpel nach London zu mailen. *Wie geht es weiter?* Das würde sich bald mit aller Wucht zeigen.

Sie stießen an, die Kristallgläser gaben einen klaren, langanhaltenden Klang von sich. »Ein wunderschöner Abend«, hauchte Elli, bevor sie aufstand, um in der Plattensammlung zu stöbern. Dabei war sie nah an Tom herangetreten, der eine CD mit Lounge Jazz einlegte. Wie zufällig berührten sich ihre Arme.

»Der einzige Vorteil von CDs, man muss sie nicht dauernd umdrehen.« Nebeneinanderstehend sahen sie aus dem Fenster.

Elli lehnte sich an ihn. »Ich genieße es jedes Mal sehr, wenn wir zusammen sind.«

Ich auch. Viel zu lange hatte er sich dieser Nähe und Wärme entzogen. Sein Blick fiel auf die Gasse. Da unten ging der alte Maler, diesmal ohne seine Utensilien. »Siehst du den? Der malt den ganzen Tag immer nur den Zwölferturm.«

»Besser als betteln«, sagte Elli. »Hast du ihm ein Bild abgekauft?«

»Natürlich nicht«, antwortete Tom. »Sehe ich so aus?«

»Wenn ich mich hier so umsehe ...«

»Männer sind Jäger und Sammler.«

Sie sah ihn herausfordernd an. »Was jagt der Herr Bauer?«

Das fragte sich Tom jetzt selbst. Früher waren es Storys und professionelles Ansehen. Beides war ihm egal geworden. Obwohl es ihn ab und zu kitzelte. Er hatte sich sogar dabei ertappt, dass er überlegte, wie es wäre, Marie an die Hand zu nehmen, um ihr zu helfen. Zumal ihn diese Einbruchsgeschichte nicht losließ. »Vielleicht werde ich zum Erfinder.«

Elli sah ihn an. Sie stand jetzt mit dem Rücken an der warmen Heizung. »Was erfindest du?«

»Mich selbst. Ganz neu.« Er lächelte und trank noch einen Schluck Wein. »Zum Beispiel könnte ich Marie helfen, aus der zweiten Reihe. Das wäre mal was Neues für mich.«

»Was würde der neue Tom Bauer noch so alles ändern in seinem neuen Leben?« Elli sah ihn herausfordernd an.

In dem Moment ging die angelehnte Tür langsam auf. Müde schlich sich Luna ins Zimmer, die Krallen klackten bei jedem Schritt auf dem Parkett. Die Hündin blieb stehen und gähnte erst einmal ausgiebig.

»Da muss wohl eine mal raus.« Tom lächelte verlegen.

Sie lachte. »Kommt wie gerufen, das habt ihr doch einstudiert.«

Tom fasste Elli an den Hüften. »Luna kommt manchmal doch eher ungelegen.« Zögernd küsste er sie. Kurz. »Ich finde ...«, er suchte nach den richtigen Worten. »Also ich finde, wenn es am schönsten ist ...«

»Sollte man die Flucht ergreifen«, grinste Elli. »Bringt ihr beide mich zu meinem Hotel?«

Marie rauchte der Kopf. Sie hatte versucht, etwas über dieses Codebüchlein herauszufinden. Ein paar Treffer im Zusammenhang mit Südtirol hatte das Internet ausgespuckt. Zum Beispiel waren die Freiheitskämpfer über den deutschen Geheimdienst damit versorgt worden. Rege waren sie wohl aber nicht genutzt worden.

Marie hatte eine Idee. Vielleicht ließ sich mit den Codes aus dem Heftchen der wirre Zettel entschlüsseln, den sie bekommen hatte. Eine weitere Stunde brütete Marie über den Zahlen- und Buchstabentabellen. Egal wie sie »Rrvqv Kmuflhr löeeg Ffie qu Qmkfe iür Oplffmv« drehte und wendete – nie kam dabei etwas heraus. Mario in London hatte sich immer noch nicht gemeldet. Da fiel ihr der Link wieder ein, den er ihr geschickt hatte. Der führte zu einer Seite, um diese Vigenère-Chiffre zu entschlüsseln. Nacheinander versuchte sie verschiedene Schlüsselworte: »Südtirol«, »Freiheit«, »Gossensass«, »Kerschbaumer«, »Tribulaun«, »Sterzing«, »Befreiung«. Nichts davon ergab eine sinnvolle Lösung. Immer kamen weitere wirre Buchstabenkombinationen heraus.

Sie lehnte sich zurück und nahm doch noch einmal das Heftchen in die Hand. Da fiel ihr das Gekritzel auf der Rückseite wieder ein. Sie öffnete das Lupenfoto.

Freiheit für das Land

Es musste einen Grund geben, warum der Kerschbaumer das draufgeschrieben hatte. Dazu noch fast unleserlich klein. Sie tippte den kurzen Satz in die Maske. Klickte mit der Maus auf »decodieren« und konnte es nicht fassen.

Mario Gebauer tötet Cara in Meran für Walsche*.

Aus dem Buchstabensalat war ein kurzer, normaler Satz geworden. »Yessss«, sie ballte die Hand zur Siegerfaust, obwohl sie nicht wusste, was der Satz zu bedeuten hatte.

Freitag, 29. März

Mittags in Meran. Seit fast drei Stunden saß Marie in ihrem Auto. Sie hatte an der Verdistraße geparkt, gegenüber eines zweistöckigen Hauses mit gelber Fassade. In der Nähe lag das Krankenhaus. Immer wieder ertönten die schrillen Sirenen der Krankenwagen.

Im Erdgeschoss wohnte ein Mario Gebauer. Das hatte sie über eine Telefonbuchdatenbank im Internet herausgefunden. Der musste es sein. Denn Gebauer müsste im Rentenalter sein. Jüngere standen nicht mehr in Telefonbüchern.

Einen Plan hatte sie nicht. Erst mal wollte sie das Haus nur beobachten. Dabei war stundenlanges Rumsitzen gar nicht nach ihrem Geschmack, zumal es im Auto immer wärmer wurde.

Nichts passierte. Ein lauter Schlag gegen ihr Auto ließ sie hochfahren. Hektisch drehte sie sich nach allen Seiten um. Im Außenspiegel sah sie zwei Kinder, die beim Spielen ihren Ball gegen ihr Auto geschossen hatten.

Als sie sich wieder entspannt hatte, sah sie im Rückspiegel einen älteren Mann mit einem wadenhohen Hund näherkommen. Vor dem Eingang blieb er stehen und schloss das Gartentor auf. Marie richtete sich auf, damit sie nichts verpasste. *Das muss Gebauer sein.* Denn in der ersten Etage befand sich nur ein Dentallabor. *Was mach ich? Schnell raus und ansprechen? Abwarten?* In Sekundenschnelle spielte Marie alle Möglichkeiten durch. Als sie wieder zum Eingang sah, war der alte Mann verschwunden. Sie schlug aufs Lenkrad. »Verdammt.« Sie stieg aus, reckte sich und ging über die Straße auf das Haus zu. Langsam.

»Kann ich Ihnen helfen?« Der alte Mann war von der anderen Seite um das Haus herumgekommen und stand ihr am Zaun schräg gegenüber.

Marie fuhr zusammen. »Ich weiß nicht«, stammelte sie überrascht. »Sind Sie Mario Gebauer?« *Ob das geschickt war, so mit der Tür ins Haus zu fallen?*

»Ja.« Der Mann sah sie an – nicht unfreundlich, eher abwartend neugierig. Er war etwas größer als sie, für sein Alter gut in Form.

Unter einem blauen Blouson trug er ein hellblaues Poloshirt. Seine Haut war leicht gebräunt. »Wer sind Sie?«

»Tschuldigung. Mein Name ist Marie Pichler, ich arbeite für den ›Boten‹. Keine Angst, ich will Sie nicht überfallen.« Sie versuchte es mit ihrem harmlosen Marie-Lächeln. »Bei einer Recherche bin ich über ihren Namen gestolpert.«

Gebauer sah sie interessiert an. »Klingt spannend. Um was geht es da?« Er lächelte. »Muss ich mir Sorgen machen?«

»Nein. Das ist alles ein bisschen kompliziert, also ein bisschen sehr kompliziert.« *Hoffentlich schreckt mein Gestammel ihn nicht ab.* »Vielleicht dürfte ich kurz reinkommen?«

Langsam öffnete er das Gartentor. »Setzen wir uns hinters Haus in die Sonne und schauen mal, was die Zeitung von mir will.«

Über einen Kiesweg folgte sie Gebauer. Vorbei an der Treppe, die zur Haustür hochführte. Hinter dem Haus standen drei leicht angerostete Gartenstühle aus Metall. Nach ein paar Minuten kam Gebauer zurück aus dem Haus. Er hatte zwei Sitzkissen mitgebracht und ein Tablett mit zwei Bechern.

Mit spitzen Lippen nippte sie sofort am Cappuccino und verbrannte sich den Mund.

»Also, junge Frau, was kann ich für Sie tun?

»Ich fang am besten von vorne an«, sagte Marie. »Sonst klingt das alles zu chaotisch.« Also schilderte sie ihre holprige Suche nach Helfern und Helfershelfern. Schließlich sprach sie auch von den beiden Zetteln und wie sie den einen entschlüsselt hatte. So sei sie auf seinen Namen gestoßen.

»Da stand, dass ich Cara erschossen habe, hier in Meran für die Walschen*?« Er sah sie an und trank einen Schluck.

Marie nickte. »Das ist die Botschaft.«

Gebauer lächelte nicht mehr. Seine dunklen Augen sahen sie intensiv an. So als würde er versuchen, in ihr Innerstes zu schauen.

Marie fühlte sich unwohl. »Bis auf Ihren Namen und Meran weiß ich nichts damit anzufangen.« Sie drehte ihr Handy auf dem Tisch im Kreis.

»Wer oder was ist Cara?«

»Keine Ahnung.« *Ein Fehler, alles gleich zu erzählen?*

»Cara«, sagte er, streichelte dabei den Hund, der sich auf den Stuhl neben ihn gesetzt hatte. Er sah aus, als würde er mit sich selbst ringen. »Ich würde mal sagen, da hat jemand Carabiniere abgekürzt.« Seine Miene hatte sich dabei nicht verändert. »Zumindest habe ich es so mal gehört.«

»Sie haben in Meran einen Carabiniere erschossen?« Marie war das einfach so rausgerutscht. Eigentlich wollte sie ihn weiterreden lassen.

»Nein, habe ich nicht.«

Marie schwieg. Angeblich eine gute Verhörmethode.

Gebauer sagte auch nichts.

Schweigen funktioniert nicht. »Was kann diese Botschaft denn bedeuten?«

Darauf ging er aber nicht ein. »Fangen wir doch noch mal von vorne an: Von wem haben Sie denn diese Zettel?«

Jetzt fragt er mich aus. »Ich weiß es nicht. Die lagen in meinem Briefkasten. Entschlüsselt habe ich den einen mit einem Programm im Internet.«

»Woher hatten Sie den Schlüssel?«

Mist. Marie druckste ein wenig herum. »Sagen wir, ich habe ihn gefunden.« Marie kam sich blöd vor. *Warum nicht sagen, wie es war?* »Also neulich ist oben bei Gossensass ein alter Mann erschossen worden, in seinem Haus. Dort war ich dann für die Zeitung. Ich bin ins Haus, um Fotos zu machen.«

Gebauer hörte interessiert zu.

»Da habe ich ein Heftchen mit alten Codes gefunden. Hinten drauf war der Schlüssel gekritzelt. Eigentlich ganz einfach.« Marie grinste. *Wahrscheinlich dümmlich.*

»Manchmal sind es Zufälle, die uns zum Ziel bringen.« Nachdenklich streichelte er noch immer seinen Hund. »Manchmal sind es Zufälle, die den Lauf des ganzen Lebens verändern. Oder es beenden.«

Ist das eine Drohung? Marie wurde aus Gebauer nicht schlau.

»Ich hol mal eben was.«

Die kleine Unterbrechung störte sie nicht. Im Gegenteil, jetzt konnte sie ihre Gedanken neu sortieren. *Attacke, nicht mehr so defensiv rumstammeln.*

Als Gebauer zurückkam, hielt er ein Album in den Händen. Er öffnete es sofort, nachdem er sich gesetzt hatte. »Schau.« Er blätterte und zeigte auf ein Foto mit mehreren Soldaten. Sie alle trugen den klassischen Hut der Alpini, der Gebirgsjäger. »Der da«, er tippte auf einen jungen Mann in der Mitte, »das bin ich.« Wie selbstverständlich sprach er sie nun mit »Du« an. »Das war 1963, da war ich gerade 18.«

»Ein stolzer Alpino«, sagte Marie. Mehr fiel ihr nicht ein.

»Ganz frisch war ich dabei, beim fünften Alpini-Regiment. Das war damals das Größte für mich. Wir waren die Spezialisten, so haben wir uns gefühlt.«

»Habt ihr mit den Freiheitskämpfern zu tun gehabt?«

»Wir haben sie gejagt oben in den Bergen. Sie sind immer über die Pässe rübergekommen und haben sich, nachdem sie ihre Bomben gezündet hatten, wieder da oben versteckt.« Er sagte das fast mit Bewunderung. Bevor Marie etwas sagen konnte, blätterte er weiter. Er deutete auf das nächste Bild. »Ich bin da, der da ganz hinten. Das war bei einer Übung, zusammen mit Carabinieri, Polizia und Guardia di Finanza im Passeiertal.«

»Es gab Übungen mit allen zusammen?« Marie musste sich eingestehen, dass sie viel zu wenig über die Polizei- und Armeeeinheiten wusste.

Gebauer nickte. »Untereinander waren sich alle spinnefeind. Das hat bloß keiner offen zugegeben. Trotzdem gab es Querverbindungen. Wie eben damals 1963. Kurz nachdem das Foto gemacht wurde, ja, da muss es gewesen sein.« Er dachte nach und sah dabei lange Marie an, die ihr Notizbuch herauskramte. Gebauer schien abzuwarten, bis sie ihm wieder zuhörte. Es wirkte, als hätte er für sich eine Entscheidung getroffen. »Ich hatte damals Schulden, jede Menge – wegen Sportwetten und Mädchen. Eines Tages kam ein Carabiniere aus Bozen. Sein Vorgesetzter wisse von meinen Schulden, er würde mir helfen.« Es schien ihm unangenehm zu sein. »Ich sollte Geld kriegen, wenn ich einen Carabiniere aus Bruneck zu einer bestimmten Zeit an einen bestimmten Ort locken würde.«

»Warum Sie, äh, du?« Marie verstand den Zusammenhang nicht.

»Ich kannte den Mann, wir waren zusammen aufgewachsen. Das wussten die. Überhaupt, die wussten immer alles.«

»Okay«, Marie zog das Wort nachdenklich in die Länge. »Du hast es also gemacht.«

»Ich habe ihm ausrichten lassen, dass wir uns abends treffen. Ich wusste weder warum noch wer sich da mit ihm treffen wollte. Ich sollte ja nur den Termin ausmachen.«

»Was ist passiert?« Marie war gespannt.

»Der Carabiniere wurde erschossen. Einfach so. Genau da, wo wir uns bei Bruneck treffen wollten. Als ich am nächsten Tag davon im Radio hörte, war ich erst mal in Panik.«

Marie war sprachlos. Damit hatte sie nicht gerechnet. »Von wem? Warum?«

»Bis heute nicht aufgeklärt. Die Carabinieri haben kurz danach behauptet, dass Südtiroler ihn dort getötet hätten. Schon zwei Tage danach sind Hunderte Carabinieri und Soldaten eingerückt, haben alle Männer aus dem Dorf, wo der Mord passiert war, mitgenommen. Sie haben Häuser und Ställe verwüstet, Frauen und Kinder bedroht. Angeblich gab es sogar den Befehl von ganz oben, einige davon erschießen zu lassen. Die mussten jedenfalls leiden für etwas, was sie nicht verbrochen hatten.« Er hielt inne. »So war das damals. Getötet habe ich den Carabiniere nicht.« Er schluckte. »Ohne mich würde er jedoch noch leben.«

Marie war angespannt. Bekam sie das alles auf die Reihe? »Wie hieß der Getötete?«

»Matteo Rizzo.«

Sie schrieb den Namen auf. Ihr Stift hinterließ eine tiefe Furche im Papier, als sie mehrere Kreise um den Namen zog. Marie räusperte sich. »Wie ging es weiter?«

»Die haben die Gangart verschärft. Sind brutal gegen die Menschen vorgegangen. Immer wieder haben sie betont, dass es die Schuld der Freiheitskämpfer war.«

»Weiß man wirklich nicht, wer geschossen hat?«

Gebauer hob die Schultern. »Nein, das ist nie rausgekommen.« Er kramte in seiner Hosentasche und holte ein zerdrücktes Päckchen Zigaretten heraus. »Willst du eine?« Marie schüttelte den Kopf. »Vielleicht war es der Geheimdienst, der hatte immer seine Hände im Spiel.« Er zündete sich die Zigarette an. Filterlos.

Marie schrieb weiter fleißig mit. »Ist das nicht untersucht worden?«

»Natürlich. Mehrfach. Die Staatsanwälte in Brixen haben da immer schnell den Deckel draufgemacht.« Er blies nachdenklich den Rauch in den blauen Meraner Himmel.

»Hast du niemals was gesagt?«

»Was denn? Alpino mit Schulden hilft bei einem Mord. Nein, unmöglich. Ich hatte doch keine Beweise.« Er sah ratlos aus. »Außerdem hatte ich Angst. Man hätte mich doch drangekriegt. Aber so konnte ich finanziell neu anfangen.« Er nahm einen letzten Zug und drückte die Zigarette langsam und sorgfältig aus. »Verziehen habe ich mir das nie. Ein paar Jahre später habe ich den Dienst quittiert.« Nun sah er sie lange an. Er schien in Gedanken in die Vergangenheit abgetaucht und erst langsam wieder zurückzukommen ins Jetzt.

»Wie ist dein Name auf diesen Zettel gekommen? Was glaubst du?«

Er hob die Schultern und atmete tief aus. »Keine Ahnung. Davon wusste keiner. Damit geht man nicht hausieren. Glaub mir.«

»Warum erzählst du es mir?«

»Vielleicht, weil es endlich mal raus muss. Es nagt an mir, immer noch und immer mehr. Je älter ich werde. Außerdem hilft es dir vielleicht, einzuordnen, was damals hier los war.« Gebauer schien zu überlegen, ob er das Richtige getan hatte.

Marie hatte Mühe, ihre Gedanken zu sortieren. Das war eine riesen Story. Wo sollte sie ansetzen, wo nachfragen, wo nachbohren? »Ich muss das jetzt mal alles für mich sortieren. Ich würde mich auch gerne mit einem Kollegen beraten, wenn das okay ist.« Sie dachte an Tom Bauer.

Gebauer nickte nachdenklich. »Bitte halt meinen Namen da raus.«

»Natürlich«, versicherte Marie sofort. Kaum hatte sie das gesagt, ärgerte sie sich. Wie sollte sie die Geschichte veröffentlichen, ohne einen Namen zu nennen? Darüber würde sie mit Bauer reden. *Hoffentlich.*

Auf dem Heimweg musste sich Marie beeilen. Sie hatte komplett die Zeit aus den Augen verloren. In anderthalb Stunden sollte sie für den »Boten« eine Pressekonferenz des Handelsverbands in Brixen besuchen. Während der Fahrt ging sie noch mal das Gespräch durch. War fast so etwas wie ein Geständnis. Was war es wert? Würde er heute noch bestraft? Sie hatte Tom Bauer eine Nachricht geschickt. Marie war gespannt, ob und was er antworteten würde.

Eine Stunde nach Maries Nachricht hatte sich Tom noch nicht gemeldet. Das lag weniger an Desinteresse, sondern an einer Verabredung mit Elli zum Wandern. Winterwanderung im Frühling, so hatte er es in seiner SMS an Elli genannt. Sie hatte sofort zugesagt, als hätte sie darauf gewartet. Treffpunkt war das Café in Gasteig gegenüber des Feuerwehrhauses.

Der Weg schlängelte sich durch einen kleinen Wald am Mareiter Bach entlang. Elli hatte sich bei Tom eingehakt. Ihm gefiel das. Zur Begrüßung hatte er sie sogar in den Arm genommen und links und rechts geküsst. »Warst du mal in der Gilfenklamm?«

»Ich habe davon gelesen, muss wunderschön sein.«

»Eindrucksvoll, wie sich die Klamm in den Marmor gefressen hat.« Tom blieb stehen und zeigte durch einige Bäume nach links. »Da hinten ist der Eingang, leider zu im Winter.«

»So haben wir ein Ziel für den Sommer.« Elli grinste.

Sommer? Tom ging nicht auf diese Zeitplanung ein. »›Kaiser-Franz-Josefs-Klamm‹ hieß sie früher.« Sie gingen weiter. »Der Franz«, er imitierte dabei die hohe Stimme von Romy Schneider in den Sissi-Filmen, »der hat seine Spuren hier hinterlassen.«

Elli lachte. »Du Sissi, du.«

»Wusstest du, dass die Kaiserin Tattoos hatte?«

»Quatsch.«

Tom grinste. »Doch, einen Anker. Auf dem Schulterblatt, glaub ich. Das zweite Motiv habe ich vergessen.«

»Was du alles weißt. Ich bin beeindruckt.« Elli blieb stehen und zog Tom näher zu sich heran. »Ich genieße jede Minute mit dir.« Sie sahen sich einen Moment lang an. Sie küsste ihn. »Ich mag kluge Männer.«

Tom hatte ihr zu Beginn ihrer Wanderung kurz von Maries Nachricht erzählt. Zwar ohne Details, aber zumindest, dass Marie wohl weitergekommen war. Elli kam darauf zurück. »Du weißt echt nicht, was Marie herausgefunden hat?«

Tom, der gerade durch eine matschige Stelle gegangen war, interessierte sich gerade mehr für seine Füße, die nass waren. *Neue Winterschuhe wären gut.* »Ich werde sie heute oder morgen mal anrufen oder ihr schreiben.«

»Spannend ist das, so nah dran zu sein an einer großen Story«, begeisterte sich Elli.

»Übertreib mal nicht.«

»Warum bremst du immer? Gib ihr halt Tipps. Wenn das einer kann ...«

»Jaja«, murmelte Tom dazwischen. »Ich glaub, wir sollten langsam umdrehen. Meine Füße sind nass.« Er sah auf seine alten Stiefel. »Im Café, wo wir geparkt haben, da trinken wir noch was Warmes.«

Zum Abschied eine gute Stunde später musste er Elli versprechen, sich anzuhören, was Marie herausgefunden hatte. Beide umarmten sich, hielten sich lange fest. Diesmal gab Tom Elli einen Kuss.

Auf dem Rückweg pfiff Tom lauter, als das Autoradio spielen konnte.

Samstag, 30. März

Tom war gegen zehn Uhr bei Herbert aufgetaucht. Beflügelt war er früh in den Tag gestartet. Kurz nach dem Aufstehen hatte er Marie eine Nachricht geschrieben und sich mit ihr zum Frühstück verabredet. Unbewusst hatte er sogar das Südtiroler »Du« verwendet. »Orangensaft noch«, rief Tom Richtung Theke, wo Herbert an der Siebträgermaschine hantierte.

Tom sah auf die Uhr – eine Jaeger-LeCoultre aus den 1950er-Jahren, die recht zierlich wirkte an seinem Handgelenk. Marie war schon siebzehn Minuten zu spät. Genau in diesem Moment flog die Tür auf und sie kam an den Tisch gestürmt. »Sorry. Ich weiß, ich bin zu spät.« Sie begrüßte kurz Luna, die ihr schwanzwedelnd entgegengekommen war. Sie bestellte einen Toast mit Schinken und Käse – Herbert nickte. Dazu Latte mit Hafermilch – Herbert schüttelte grinsend den Kopf.

Marie erzählte wie ein Wasserfall von ihren Recherchen. Erst kurz von ihrem Besuch im Villnößtal, dann ausführlich von dem, was sie gestern in Meran erfahren hatte.

Tom hörte aufmerksam zu, machte sich zu Maries Erstaunen sogar Notizen – auf einer Papierserviette.

Als sie fertig war, sah er sie lange an. »Das war's?«

Marie richtete sich auf. »Das war's. Der Code ist geknackt, es war kein Scherz.« Triumphierend sah sie Tom an. »Reicht das?«

»Für was soll es reichen? Das ist die Frage.«

Marie antwortete nicht.

»Für ein Buch? Nein, dafür reicht es nicht. Eine Zeitungsmeldung – bestimmt. Kommt drauf an, was du willst.«

Was soll das? Arroganter Typ. In ihr brodelte es.

Er schaute auf seine Notizen. »Hast du das alles gegengecheckt? Darfst du Namen nennen?«

»Noch nicht.« Sie war aufgebracht. »Das habe ich doch alles erst gestern erfahren.« Sie trank hastig einen Schluck. »Ich dachte, du könntest mir einen Tipp geben. Keinen Totalverriss!« Das war lauter, als sie gewollt hatte.

Tom fuhr unbeirrt fort. »Such dir die beiden interessantesten Aspekte raus. Zum Beispiel den Tod des Carabiniere. Darauf würde ich mich konzentrieren und nach weiteren Informationen suchen.« Er trank einen Schluck Orangensaft.

»Das habe ich vor.« Marie hatte sich wieder etwas entspannt. »Eine Story ist das doch, oder?«, fragte sie vorsichtig. »Also so grundsätzlich, wenn ich das bestätigt kriege.«

»Ohne Frage, wenn auch vieles davon bekannt sein dürfte.«

Sie sah ihn fragend an.

»Dutzende Bücher von Zeitzeugen und Historikern sind voll davon. Die Ermittlungen in Brixen sind bestimmt aktenkundig. Da würde ich ansetzen. Du musst unterfüttern, zuspitzen und ausschlachten.« Tom schob Gläser und Teller etwas von sich weg. »Ich muss sagen, gute Arbeit. Bis hier hin.« Er tätschelte ihre Hand, die sich krampfhaft am Handy auf dem Tisch festhielt.

»Danke«, mehr fiel ihr gerade nicht dazu ein. *Was habe ich erwartet?* Am Tisch schräg neben ihr raschelte ein Mann mit seiner Zeitung, die er ausladend ausgebreitet hatte. Ab und zu verschwand er komplett dahinter.

»Jetzt musst du das alles sortieren. Schnapp dir ein großes Blatt und schreib auf, mit wem du für welche Info sprechen musst.« Tom sah durch das Fenster, da ließ sich gerade der Maler nieder.

Marie lenkte seine Aufmerksamkeit wieder auf sich. »Ich fang am besten im Archiv der Redaktion an, da müsste was zu finden sein.« Sie war jetzt wieder voller Tatendrang.

»Das klingt nach einem Plan.« Tom lächelte sie an. »Wenn du Probleme hast, meldest du dich.« Wieder tätschelte er ihre Hand. »Muss mal auf die Toilette, passt du auf Luna auf?« Die Hündin hatte kurz den Kopf gehoben.

Als Tom zurückkam, stand Herbert von ihrem Tisch auf. Er sprach noch mit Marie. »Mach dir keine Sorgen, das mit dem Auto kriegen wir hin. Ich denke mal, dass wir das morgen erledigen können.« Mit diesen Worten verschwand er wieder in seinem Siebträgerkönigreich. Hinterlassen hatte er noch einen Zettel mit einer handgeschriebenen Rechnung.

»Auto kaputt?«, fragte Tom, während er sich wieder setzte und in seinem Geldbeutel kramte.

»Eine neue Scheibe muss auf der Beifahrerseite rein. Außerdem blinkt die blöde Motorlampe, Ölwechsel ist also auch dringend fällig. Herbert hat einen Bekannten mit einer Hinterhofwerkstatt, da besorgt er mir einen Termin.«

Der Mann am Nachbartisch blätterte sich derweil weiter durch seine Zeitung. Ab und zu hielt er beim Lesen inne und schien den beiden zuzuhören. Als sie sich die Jacken anzogen, faltete er die Zeitung zusammen, legte etwas Kleingeld auf den Tisch und ging. Kurz nach ihnen.

Vor der Tür der Vinothek hatte sich der Maler mit seiner Ausrüstung niedergelassen. Auf der anderen Seite des Platzes stand ein Auto der Carabinieri. Die Beamten machten wohl gerade Pause. Obwohl eine dichte Wolkendecke am Himmel hing, trugen sie Sonnenbrillen. Der Maler blickte ab und an zu ihnen hinüber.

»Turm unter Wolken«, sagte Tom, als er mit Marie neben dem Maler stehen geblieben war. Marie betrachtete das Bild, es war etwa zur Hälfte fertig.

Der alte Mann sah zu ihnen auf. »So könnte man sagen.« Er legte den Pinsel beiseite. »Dunkle Wolken hängen gerade über uns.«

»Immer einen Spruch auf den Lippen«, sagte Tom. Bei ihren ersten Begegnungen war ihm das schon aufgefallen. Er verabschiedete sich von Marie und ging mit Luna nach links hoch zu seiner Wohnung. Marie musste geradeaus zum Parkplatz, auf der anderen Seite des Eisacks. Sie wollte aber nicht direkt an den Carabinieri vorbei, also wollte sie einen kleinen Umweg durch die Neustadt jenseits des Zwölferturms einlegen. Ohne Führerschein fühlte sie sich unwohl.

Der Maler hatte ihren Blick Richtung Streifenwagen bemerkt. Mit dem Kopf deutete er dorthin. »Das sind auch dunkle Wolken.« Er lächelte. »Der dahinten«, er deutete Richtung Zwölferturm, wo der zeitungslesende Tischnachbar verschwand, »der ist auch eine.«

Marie achtete gar nicht richtig auf seine Worte. Sie scrollte gerade durch ihre Mails und ihre Timeline bei Facebook. Auf dem geplanten Umweg marschierte sie zu ihrem Auto.

Was Marie nicht bemerkte: Der Zeitungsleser aus der Vinothek war ihr gefolgt. Als sie über die Brücke zu ihrem Auto ging, wandte er sich nach links. Nach ein paar Schritten stand er neben dem Streifenwagen.

Als der Fahrer ihn im Rückspiegel sah, stieg er aus. Der Uniformierte zündete sich eine Zigarette an. Die beiden Männer wechselten ein paar Worte. Schließlich schnippte der Beamte seine Kippe weg und stieg ein. Kurz darauf rollte der Streifenwagen langsam davon.

Der Zeitungsleser holte aus seiner Jackentasche ein klobiges Handy. Was man dem Gerät nicht ansehen konnte: Es war abhörsicher. Er drückte eine Kurzwahltaste, wartete einen Moment und legte auf. Kurz danach vibrierte das Gerät. Auf Italienisch schilderte er in knappen Worten, dass sich »diese Reporterin« mit »dem Journalisten« getroffen hatte. Eindringlich warnte er, dass die Frau etwas im Schilde führe. Bevor er das Gespräch beendete, riet er, zu handeln. Nun ging auch er zu seinem Auto – einem schwarzen Geländewagen mit verdunkelten Scheiben. Dieses Gespräch von etwa zwanzig Sekunden Dauer setzte eine Maschinerie mit Rädchen in Mailand, Trient und Brixen in Gang.

Marie ahnte von all dem nichts. Sie brütete an ihrem Esstisch über ihren Notizen. In einem Schreibwarenladen hatte sie noch einen Zeichenblock gekauft, auf dem sie alles notiert hatte, was sie bisher wusste. Dabei fiel ihr auf, dass sie Gebauer gar nicht nach dem genauen Ort des Mordes gefragt hatte. Gebauer anrufen, schrieb sie dazu. Das Datum wusste sie auch nicht. *Warum mach ich so viele Fehler?* Sie öffnete das Fenster, sie brauchte kalte, frische Luft. Kurz sah sie hinunter auf die Straße. Zwei Autos hinter ihrem Uno parkte ein dunkler Geländewagen mit sehr dunklen Scheiben.

Zurück am Tisch klappte Marie ihren Laptop auf. Sie hatte neue Mails. Eine Werbung für einen Abnehm-Drink mit vielen Proteinen auf Weizenbasis – eine Frechheit. Eine Nachricht eines Stromversorgers – komischerweise nicht ihrer, außerdem warnte ihr Antivirusprogramm davor.

Da war noch eine Mail von Herbert:

Komm morgen mit dem Auto vorbei, am Abend, wir fahren gemeinsam hoch zur Werkstatt. Auto ist Montagabend fertig. Busserl.

Sie antwortete:

Okay & Busserl zurück

Irgendwie konnte sie sich nicht mehr richtig aufraffen. Recherchen bei Gericht und der Staatsanwaltschaft waren samstags unmöglich. Gebauer in Meran war nicht erreichbar und Carabiniere Carlo ging auch nicht ans Telefon. Also verbrachte Marie den Abend auf dem Sofa. Mit Tee, Keksen und einer Netflix-Serie. Der Mann im Geländewagen fuhr kurz nach Mitternacht davon.

Sonntag, 31. März

Kurz vor dem Einschlafen hatte sich doch noch jemand auf Maries Handy gemeldet. Ihr Kollege Jakob. Sie hatten sich für zehn Uhr in der Redaktion verabredet. Als sie in das Büro der Online-Redaktion kam, saß Jakob bereits an seinem Platz. Er schien sauer zu sein.

»Ach, kommst du auch mal«, begrüßte er sie.

»Warum? Kurz nach zehn hatten wir doch gesagt.« Sie hielt zum Beweis ihren Arm mit der Uhr hoch. »Schau.«

»Wie spät ist es auf deinem Handy?«

»Mist. Sommerzeit. Ich Idiotin.« Sie schlug sich mit der Hand gegen die Stirn. »Kannst du mir noch mal verzeihen?«

»Nein.« Jakob war echt sauer.

Mit einem astreinen Marie-Lächeln schmeichelte sie: »Ich gebe dir auch einen Kaffee aus.«

»Gerne. Von dem kostenlosen Kaffee in der Küche?«

Er würde schnell wieder auftauen, so zumindest kannte ihn Marie.

Jakob erzählte, dass die halbe Redaktion noch immer hinter dem Finanzskandal her war. »Rausgekommen ist noch nichts. Außer, dass gerade jede Menge Arbeit liegen bleibt. Der Chef hat diese Woche nach dir gefragt, war aber nicht wichtig.«

»Er hat mir nur bescheuerte Mini-Termine mitgeteilt.«

»Was hast du so getrieben?«

»Die blöden Termine habe ich abgearbeitet. Außerdem bin ich bei meinen Recherchen weitergekommen.« Sie sah ihn triumphierend an und erzählte von Gebauer in Meran und dem geknackten Rätsel. Bauer mit seiner Einschätzung ließ sie erst mal weg. Außer: »Tom Bauer meint, dass das eine interessante Geschichte werden kann.«

Jakob pfiff anerkennend durch die kleine Lücke zwischen seinen Schneidezähnen. Er sah auf seine Smartwatch. »Ich muss weitermachen. Nachher soll ich der Redaktion beim Seitenlayout helfen.« Während Marie die Kaffeebecher in die Spülmaschine räumte, ging Jakob wieder an seinen Schreibtisch.

Gerade als Marie ebenfalls zurück an ihren Platz wollte, kam ihr Chef in die kleine Küche. »Marie, ihr letztes Bild und der Text haben mir gefallen.«

Was sollte das denn? Einer dieser langweiligen Blöd-Termine und dafür gab es Lob vom Chef? Marie überlegte, ob er sie auf den Arm nehmen wollte. »Vielen Dank«, antwortete sie. Sollte sie jetzt mit ihm über ihre Recherche sprechen? *Er hat nur verboten, dass ich den »Boten« erwähne. Habe ich nicht. Ein kleines Schlupfloch.* Inzwischen hatte Bernreuther seine Tasse umständlich in der Spülmaschine verstaut. »Ich müsste mal mit Ihnen sprechen«, druckste sie herum.

Bernreuther sah sie an. »Jetzt ist es schlecht, ich bin auf dem Sprung.« Er sah demonstrativ auf seine Uhr.

»Keine Eile, das kann noch warten.« *Bis ich die Geschichte doch an den Spiegel in Deutschland verkauft habe.* »Vielleicht die nächsten Tage mal.«

»Kein Problem, kommen Sie einfach rein«, meinte er und verschwand mit großen Schritten Richtung Ausgang. Er drehte sich noch mal kurz um. »Hoffentlich hat es nichts mit diesen Zetteln zu tun.« Er eilte davon.

Währenddessen parkte vor dem Verlagshaus ein neuer Fiat 500 aus. Seinen Platz übernahm ein schwarzer Geländewagen. Die beiden Fahrer grüßten sich mit einer knappen Geste. »Bereit«, tippte der Jeep-Mann in sein Handy und schickte das Wort über den Nachrichtendienst Telegram an seinen Auftraggeber. Die Antwort kam schnell: »OK«. Zwei Buchstaben, die in wenigen Stunden das Ende eines Menschen besiegeln sollten. Wie schnell es gehen konnte, wenn man seine Nase in fremde Angelegenheiten steckte.

Nicht mal eine Stunde später war er unterwegs. Die Fahrt ging nach Norden. *Warum fährt die Kleine immer über die Staatsstraße?* Ihm war es recht, denn so konnte er die Mautstationen meiden. Am Ortseingang von Sterzing hielt sich der kleine Fiat Uno links. Das Ziel erahnte er: das Wohnhaus des Gastwirts. Drei Minuten später sah er, dass er richtig lag. Während sie vor dem Haus parkte, fuhr er an ihrem Auto vorbei und wendete. Aus sicherer Entfernung hatte er so freien Blick.

Schon kurze Zeit später kamen beide aus dem Haus – Marie und Herbert. Sie stiegen in ihre Autos und fuhren los. Es ging raus aus Sterzing. Nach einer Viertelstunde wurde es einsam. Hier musste er aufpassen, dass sie ihn nicht entdeckten. Nicht leicht, denn es ging eine steile Serpentinenstraße hoch. Links und rechts steile Wiesen, im Schatten lagen sogar noch Schneereste. Sein Navi zeigte ihm einige Häuser, vermutlich einen Hof an. Das musste ihr Ziel sein, er konnte sich zurückfallen lassen. Als er oben ankam, sah er beide Autos vor einer Scheune stehen, in der wohl eine Werkstatt war. Zufrieden fuhr er an dem Gebäude vorbei und auf der anderen Seite wieder hinunter ins Tal. Die Örtlichkeit war perfekt.

Tom war am Nachmittag nochmals dem Maler begegnet. Bei der Eissporthalle hatte dieser ihn auf seinem Rückweg von einer längeren Gassi-Runde angesprochen. »Ein komischer Kauz«, schilderte er die Begegnung, als er am Abend mit Elli durch Brixen schlenderte. Sie wollten ins Kino. Ab und zu blieben sie an einem Schaufenster stehen. Ein Hotelier schien glühender Anhänger des FC Bayern zu sein, er hatte eines seiner Fenster mit Schals und Fotos der Mannschaft dekoriert. »Pass gut auf dich auf.«

»Wie bitte?«

»Nicht du. Das hat dieser Malermensch zu mir gesagt. Nicht zum ersten Mal hat er so was Seltsames gesagt.«

»Sonst nichts?« Kurz konnte sie ihren Blick vom Schaufenster eines Modegeschäfts lösen.

Obwohl Tom bekennender Bummel-Hasser war, gefiel es ihm allmählich. »Von bösen Mächten oder so hat er geredet. Vom großen Rätsel.« Sie gingen weiter. »Zum Abschied sagte er noch, dass ich auf mich und meine Lieben aufpassen soll.«

»Soooo, wer sind denn deine Lieben?« Sie hakte sich bei Tom ein.

Er blieb stehen und gab ihr einen Kuss auf die Wange. Elli lächelte und löste sich von ihm. Im ersten Schaufenster des Athesia-Buchladens, an dem sie gerade vorbeiflanierten, spiegelten sie sich. Elli blieb vor dem Schaufenster stehen, während Tom weiterging. Hinter Elli stand plötzlich ein Mann in einem schwarzen Winterparka mit Fellkragen und Mütze. Sie sah kurz sein Spiegelbild im Schaufenster, schloss aber schnell wieder zu Tom auf, der ein paar Meter weiter Bücher ansah.

Nach dem Kino – der Film war absolut nicht nach Toms Geschmack, das hatte er zwar vorher gewusst, trotzdem aber sofort zugesagt – kehrten sie noch auf einen Wein ein. Elli ging noch mal kurz auf den Maler ein. Sie fragte auch, wie Marie vorankam.

Tom hatte keine Lust, über all das zu sprechen. Also antwortete er nur kurz angebunden: »Keine Ahnung.«

»Ich glaube, du weißt mehr, willst nur nichts verraten.« Sie zwinkerte ihm zu.

Tom winkte dem Kellner. »Wenn ich dich treffe, will ich nichts von Arbeit wissen. Den Fehler habe ich früher gemacht.« Er stockte.

Sie legte ihre Hand auf seine. »Lass uns fahren.«

Er sah auf seine Uhr. Eine Omega aus den 1960er-Jahren, die er selbst hergerichtet hatte. »Wird langsam Zeit, sonst richtet Luna Chaos an.«

Montag, 1. April

»Ausschalten« stand gleich in der Betreffzeile der E-Mail. Ein Wort mit tödlichen Konsequenzen. Es folgten knappe Infos über Ort und Zeit. Über den Mail-Account tauschten sie sich mit ihrem Auftraggeber aus. Er schrieb eine Mail, schickte sie jedoch nicht ab, sondern speicherte sie als Entwurf. So machten sie es auch für ihre Antworten. Was nicht verschickt wurde, konnte nicht abgefangen werden. Ein toter Briefkasten im Computerzeitalter. Diese Marie Pichler sollte noch am Abend sterben.

Vor Ort erkundeten sie das Gelände. Der Große ging voran, der Kleine weit hinterher. Der war nicht so fit wie sein Partner. Das lag vermutlich an den stinkenden Toscani-Zigarren, die er ständig paffte. Fast wie zwei harmlose Spaziergänger schlenderten sie die steilen Serpentinen hoch. Oben lag die Hofwerkstatt – genau wie in dem E-Mail-Entwurf beschrieben. Zu erreichen war der alte Bauernhof von zwei Seiten. Wer aus Richtung Sterzing kam, würde auf jeden Fall hier hoch und wieder runterfahren.

Nach etwa Dreiviertel des Weges blieb der Große stehen. Er trank einen Schluck Wasser aus der Flasche, die er in seinem großen schwarzen Rucksack bei sich trug. Er wartete auf seinen Kumpan. Zusammen begutachteten sie das Gelände und waren schnell einer Meinung. Sie hatten die Kurve gefunden, in der der kleine Fiat von der engen Straße abkommen und die steile Böschung herabstürzen würde. Ihre Waffe: zwei starke Scheinwerfer, heller als ein Flutlicht in einem Stadion, eher wie ein grellweißer Blitz, gebündelt wie ein Spot. Ein perfekter Unfall.

An einem Baum, nicht weit unterhalb der Kurve, blieben sie erneut stehen. Aus dem Rucksack holte der Große abermals die Flasche und zwei Taschen, in denen er jeweils eine Autobatterie verstaut hatte. Sie würden den Strom für die Scheinwerfer liefern. Außerdem nahm der Kleine aus seiner Umhängetasche zwei Stative, die er an den Baum lehnte. Die Scheinwerfer würden den Kurvenausgang nur für ein paar Sekunden gleißend hell ausleuchten, damit das Leben der jungen Frau tiefschwarz würde. Mit geübten Handgriffen bereiteten sie die Batterien vor, entfernten Schutzkappen von den Polen, kontrollierten noch mal die Spannung, tarnten die Stative und machten sich auf den Rückweg. Das alles hatte nicht länger als eine Viertelstunde gedauert. Sie hätten ihre Vorbereitungen auch erst am Abend treffen können. Aber sie wollten auf Nummer sicher gehen. Um 19 Uhr etwa würde sie den Wagen aus der Werkstatt abholen. Das hatte noch als Information in der Nachricht gestanden. Unten an der Hauptstraße setzten sie sich in ihr Auto und fuhren ein Mal zu dem alten Bauernhof hoch und wieder hinunter. Dabei stoppten sie die Zeit. Jetzt waren sie vorbereitet.

Gegen zwölf Uhr parkte Carlo Pettone seinen Streifenwagen im Innenhof der Sterzinger Kaserne. Sie war über eine Zufahrt zu erreichen, die eher einem Großstadthinterhof glich. Der Carabiniere wollte nur einen kurzen Stopp einlegen, einen Kaffee trinken. Botenfahrten standen auf seinem Tagesplan. Dafür war er erst nach Brixen gefahren, anschließend hoch zum Brennerposten und nun sollte es nach Ratschings gehen.

Unterwegs war ihm eingefallen, dass er Marie einen Gefallen schuldete. Er wollte das Nummernschild des Wagens checken, der vor ihrer Haustür stand. In Sterzing würde er sich kurz den Computer eines Kollegen ausleihen. Natürlich vorsichtig, denn Privatabfragen im Polizeisystem wurden nicht gerne gesehen.

In Sterzing, während der Kollege Kaffee holte, setzte er sich dann schnell an dessen Computer und tippte das Kennzeichen ein. Nach wenigen Sekunden war das Ergebnis da: Alfa Romeo Stelvio, zugelassen in Mailand, ein Firmenwagen. Sonst keine Einträge. Er googelte die Firma. Ein Handelsunternehmen. Mehr stand da nicht. Google Maps zeigte nur ein verpixeltes Bild.

Eine halbe Stunde später war er fast in Ratschings. Die Carabinieri-Station dort mochte er. Sie war untergebracht in einem typischen Südtiroler Haus. Ohne das Carabinieri-Schild und die italienische Flagge würde man dort eher Ferienwohnungen vermuten. Gegenüber lag das gemütliche Gasthaus Gilfenklamm. Er mochte diese Botenfahrten. Sie waren ihm lieber, als Autofahrer anzuhalten. Er setzte die Sonnenbrille ab und betrat die Station.

Von Botenfahrten konnte die kleine Ermittlertruppe nur träumen. Chiara und Moser waren keinen Millimeter weitergekommen. Ihren Chef, Capitano Brambilla, schien das nicht weiter zu kümmern. Der Staatsanwalt hingegen war deutlich ungeduldiger. So richtig vorangekommen war jedoch auch er nicht, wie er den Ermittlern in ihrer Montagssitzung mitteilen musste. Er berichtete, dass sein Vorgesetzter, der Oberstaatsanwalt, jedoch alles recht entspannt sah.

Chiara Bonverde dachte während des Meetings an Marie. Sie nahm sich vor, die Reporterin anzurufen. Es wäre doch spannend zu erfahren, ob sie etwas Neues herausgefunden hatte. *Vielleicht ist sie effizienter als wir. Wäre cool, wenn ich auch auf eigene Faust ermitteln könnte, ohne die Bürokraten und Bremser hier.* Während der Staatsanwalt mit seinem Bericht fortfuhr, schrieb sie Marie eine Nachricht. Unter dem Tisch, damit es nicht gleich jeder in der Männerrunde mitbekam.

Hoi, wie geht's dir? Viel zu tun? Wir sollten noch mal auf ein Glaserl ausgehen. LG Chiara

Die Antwort ließ nicht lange auf sich warten.

Gerne. Vielleicht heute. Ich muss nur noch mein Auto aus der Werkstatt holen. Würde zwanzig Uhr passen? LG zurück

Chiara tippte schnell ohne hinzusehen:

Perfekt

Als sie aufsah, war der Staatsanwalt nicht nur fertig, er war weg.

»Schön, dass Frau Bonverde wieder bei uns ist«, ätzte ihr Chef Rossi. »Ihr habt es gehört, alles läuft weiter, mit Handbremse.« Er klappte die dünne Akte zu, nickte kurz und ging.

»Was heißt das?«, fragte Chiara Franz Moser, der ihr gegenübersaß.

»Das alles soll wohl langsam im Sande verlaufen. Der Fall wird nicht geschlossen, aber ohne Priorität bearbeitet.« Er wischte sich einige Krümel von seinem Pullover. Die waren hartnäckig, sie hatten sich in der groben Wolle verfangen. Neuerdings stand Moser auf Norwegerpullover.

»Es war doch Mord ...«

»Klar, wir kommen aber nicht weiter. Außerdem müssten wir den Kollegen in Bozen richtig Druck machen wegen der verschwundenen Hülsen. Den Knall, den wollen die da oben wohl nicht.«

»Also schreiben wir unsere Berichte und das war's?« Chiara konnte es noch immer nicht glauben. Sie war enttäuscht, dass ihr erster großer Fall, sogar ein Mord, so schnell abgehakt werden sollte. *Da kommt Alkohol heute Abend gerade recht.*

Die Stelle war wirklich ideal. Der Große und der Kleine warteten schon seit einer guten halben Stunde. Hier musste sie gleich in ihrem Uno herunterkommen. Sie befestigten die beiden Scheinwerfer auf den Stativen, schnell waren sie mit den Batterien verbunden. Der Aufbau war von der Straße aus nicht zu sehen, das hatte der Kleine kontrolliert. Wenn sie den Scheitelpunkt der engen Kurve erreichte, würde der Große die Spots anschalten. Sofort wäre sie praktisch blind. Sie würde nach rechts ausweichen, da ging es steil einen Wiesenabhang hinunter. Es würde aussehen wie ein Unfall. Jetzt musste der Große nur noch warten.

Der Kleine hatte schon die Straße unten mit einem Baustellenschild mit Umleitungspfeil abgeriegelt, damit sie ungestört blieben. Aber abends kam da sowieso niemand mehr. Oben lagen nur der Hof mit der Werkstatt und ein Haus mit Ferienwohnungen, aber das wurde saniert. Nun war der Kleine auch oben, um zu melden, wenn sie startete. Ein wasserdichter Plan. Zehn Minuten später wären sie verschwunden.

Das Funkgerät knisterte: »Allora, si parte.« Es ging los. Er sah auf die Uhr, in zwei Minuten würde es so weit sein, einen kleinen Puffer hatte er eingerechnet. Er überprüfte noch mal die Anschlüsse an den beiden Batterien.

Ein Lichtschein, zwei Serpentinen weiter oben, bohrte sich durch die Dunkelheit. Er war bereit. Eine enge Kurve noch, etwa dreißig Sekunden. Jetzt gleich. Das Auto war auf dem letzten geraden Stück vor der engen Kurve. Der Lichtkegel des Fiats linste schon ums Eck. Er zählte langsam runter. *Ganz schön flott unterwegs. Umso besser.* Sobald er den Wagen sah, legte er den Schalter um. Mit einem lauten K l a c k schalteten sich die beiden starken Scheinwerfer ein. Taghell, als würde man direkt in die Mittagssonne schauen. Im Auto sah man jetzt nichts mehr. Wie erwartet – mit einer Mischung aus Bremsung und Lenkmanöver – kam der Fiat von der engen Straße ab. Die Scheinwerfer waren jetzt schon wieder ausgeschaltet. Der schwarze Wagen kippte in dieser Sekunde nach rechts über die steile Böschung, rutschte ein Stück, überschlug sich. Es krachte ohrenbetäubend. Glas splitterte. Wie durch ein Katapult beschleunigt, wurde der Wagen in die Luft geschleudert, bevor er sich abermals überschlug.

Jetzt schnell. Er verstaute die Scheinwerfer, klappte die Stative zusammen und wuchtete die Batterien in seinen Rucksack. So schnell, wie es Dunkelheit und Nässe zuließen, eilte er die steile Wiese hinab. Gleich würde er dort auf die Straße treffen. Oben erahnte er das Wrack des Fiats. Ein Zischen war zu hören, sonst nichts. Hätte er nicht besser nachgesehen, ob sie wirklich nicht überlebt hatte? Sie konnte das nicht überlebt haben, so wild, wie das Auto sich überschlagen hatte, beruhigte er sich. Außerdem hatten die Kundschafter ihnen berichtet, dass sie sich nie anschnallte. Unten an der Straße wartete sein Partner, der bereits die Baustellenabsperrung abgebaut hatte. Keine zwei Minuten später waren sie schon unterwegs, zurück nach Trento. Von nun an konnten sie sich wieder ihrem eigentlichen Plan widmen. Zur Feier des Tages durfte der Kleine sogar eine seiner Toscani im Auto paffen.

Berge von Papier türmten sich auf dem Schreibtisch vor Tom. Seit Stunden wühlte er sich durch die Geschichte des Bergbaus am Schneeberg. Vor allem um das Leben in der Knappensiedlung bei St. Martin ging es ihm. Da sollte sein Buch spielen. Doch wie sollte er den Brand 1967 in der Arbeiterunterkunft in eine Romanhandlung packen?

Er lehnte sich zurück. Sein Blick fand den Weg aus dem Fenster und schweifte über den Hinterhof und das Dach des Nachbarhauses. Im trüben Grau dieses Tages erahnte er die Seilbahn, die auf den Rosskopf führt. Während unten der Frühling langsam gegen das Spätwintergrau ankämpfte, war es ganz oben auf dem Hausberg noch weiß. Wegen der präparierten Pisten verabschiedeten sich die Schneereste dort nur langsam. Zurück zum Bergbau, ermahnte er sich. Die große Standuhr schlug. Er zählte nicht mit, weil seine Gedanken zu Marie abgeschweift waren. Was sie wohl von ihm hielt? In ihren Augen war er vermutlich ein unfreundlicher, alter, enttäuschter Journalist. Er griff zum Handy und wählte ihre Nummer. Mailbox. Auf die sprach er grundsätzlich nicht. Er tippte Herberts Nummer ein. Wieder Mailbox.

Seine Gedanken wanderten zu Elli. *Eine erfrischend kluge Frau. Bisschen neugierig vielleicht.* Er lächelte. *Gut so. Sie tut mir gut. Zurück zur Story.* Wieder musste er sich ermahnen. Früher war das anders. Da musste er sich von der Arbeit losreißen. Wieder nahm er sein Handy. Er tippte:

Hallo, ich habe an dich gedacht. Wie war dein Tag?

Gruß, Tom

Das klang ihm etwas zu distanziert. Also korrigierte er:

Liebste Grüße, dein Tom

Kurz vor 20 Uhr kam Carlo Pettone von seiner Botentour zurück, die er ein wenig ausgeweitet hatte. Diese Überstunden wurden schließlich nicht kontrolliert. Er hatte noch einen Freund in Meran besucht. Ein schneller Caffè war schließlich immer drin. In der Station begrüßte er einige Kollegen. Er legte die Autoschlüssel zurück an ihren Platz, verstaute seine Waffe in seinem Schließfach und wechselte ein paar Worte mit den Kollegen. Dabei sah er einen Einsatzbericht. Die landeten zentral in einem alten Ablagefach aus Holz. Zur Kenntnis, wie es im Bürokratenjargon hieß.

Da stand hinter einem Kennzeichen:

Autounfall mit schwerem Personenschaden. Einsatz Rettungshubschrauber. Lufttransport Bozen. Möglicherweise Ex.

Er war wie erstarrt von den Stichworten. Er kannte das Kennzeichen – es war Maries. *Ex? Tot?*

»Gibt es nicht mehr zu dem Unfall?«, fragte er den Wachhabenden aufgeregt.

Der schüttelte den Kopf. »Noch nicht.«

Er fluchte.

Der Kollege sah ihn erstaunt an.

»Sorry, danke.« Er eilte in die Umkleidekabine und tauschte Uniform gegen Jeans, Pullover und Sneakers. Er wählte Maries Nummer. Mailbox. Er legte auf. Überlegte. Sollte er die Kollegen in Sterzing anrufen oder dorthin fahren? Angespannt ließ er sich auf die Holzbank fallen. Die Ausstatter von Umkleidekabinen hatten alle den gleichen schlechten Geschmack. Er musste abwarten. Die Kollegen hätten jetzt alle Hände voll zu tun. Er würde sich nur zum Gespött machen.

Draußen an seinem Auto versuchte er noch mal, Marie zu erreichen – wieder erfolglos. Sollte er doch zurück in die Dienststelle und warten, bis Neuigkeiten über Funk kamen? Er kickte einen Stein weg und ging noch mal hinein. Im Computer war der Unfall noch nicht erfasst. Nachfragen wollte er nicht. Wen kannte er, der auch Marie kannte? Ihre Familie könnte er anrufen. Nein, alles noch zu frisch. Die würden einen Riesenschreck bekommen. Das sollten die Kollegen übernehmen. Tom Bauer. Ja, der hatte Kontakt zu Marie, außerdem wussten Reporter doch immer alles. Er loggte sich ins Melderegister ein und fand sogar eine Festnetznummer. *Wer hat heutzutage noch Festnetz?*

Anderthalb Stunden später trafen sie sich vor dem Haupteingang des Krankenhauses in Bozen. Bauer hatte Luna im Jaguar gelassen. In der Ferne war immer wieder die durchdringende Sirene eines Krankenwagens zu hören. Ein Hubschrauber stand auf der Grünfläche mit dem großen »H«.

»Wie geht es ihr?« Tom hatte seine Frage bereits gerufen, als er noch gar nicht richtig angekommen war – und noch bevor er den Carabiniere in Zivil begrüßt hatte. »Ist sie schwer verletzt?«

»Keine Ahnung«, antwortete Pettone.

»Wie? Sie haben keine Ahnung?« Tom sprach noch immer in einer Lautstärke, als würden sie sich nicht gegenüber-, sondern mindestens zehn Meter voneinander entfernt stehen. Er schnaufte.

»Im Bericht stand nur ›Lufttransport Bozen‹«, wiederholte Pettone entschuldigend, was er schon am Telefon gesagt hatte. »Mehr nicht.« Er stand wie angewurzelt da.

Da stand »Möglicherweise Ex«. Von wegen, mehr nicht. »Gehen wir rein«, sagte Tom, es klang mehr wie ein Befehl als ein Vorschlag. Mit schnellen Schritten eilte er vor dem bestimmt dreißig Jahre jüngeren Pettone ins Gebäude. Er versuchte sich zu orientieren und den typischen Krankenhausgeruch zu ignorieren. Er hasste Krankenhäuser. Am Infoschalter war niemand. Mittlerweile hatte Pettone ihn eingeholt. Tom las ein Plakat. Italienisch. Warum hatte er nicht endlich einen Kurs gemacht?

Pettone half: »Gerade ist keine Besuchszeit, wir sollen klingeln.«

»Warum sehe ich hier nur italienische Plakate?« Tom wunderte sich. »Südtirol ist doch zweisprachig.«

Pettone zeigte nach links. Da stand es noch mal in Deutsch. Der junge Carabiniere klingelte. Es dauerte einige Minuten. Nach Toms Empfinden eine Ewigkeit. Schließlich tauchte eine junge Frau hinter der Scheibe des Schalters auf. Sie sprach sie auf Italienisch an. Pettone redete auf sie ein. »Marie«, »Pichler«, »Bressanone«, mehr verstand Tom nicht. Pettone gestikulierte, zeigte auf seine Uhr, deutete auf Tom. »Nichts zu machen, keine Besuchszeit und das heißt: keine Auskunft«, erklärte er kurz.

»Ernsthaft?« Tom war in Rage. »Zeigen Sie Ihren Dienstausweis, Sie sind Carabiniere.«

Pettone kramte aus seiner Jackentasche seinen Dienstausweis hervor. Die junge Frau studierte die Plastikkarte und sah sie beide an. Schließlich tippte sie auf der Tastatur, die vor ihr lag. Sie schüttelte den Kopf und sprach wieder mit Pettone. Sie würdigte Tom keines Blickes. »Marie wurde hier nicht eingeliefert«, übersetzte er später deutlich verkürzt.

»Was? Warum nicht?« Tom verstand das nicht.

»Zumindest ist sie nicht im System«, erklärte Pettone. »Vielleicht ist sie nur noch nicht erfasst.«

Tom war nicht sicher, ob das seine Vermutung war oder ob das die junge Frau wirklich so gesagt hatte. Oh, wie er Krankenhäuser hasste. Während sich Pettone bei der Frau bedankte, ging Tom zum Ausgang. Draußen tigerte er hin und her wie ein Raubtier im Zoo in einem zu engen Käfig. Zum ersten Mal seit vielen Jahren sehnte er sich wieder nach einer Zigarette. Er kramte in seiner Manteltasche. Wo war bloß sein Handy? Hoffentlich im Jaguar, vermutlich aber zu Hause.

Als Pettone zu ihm kam, sah dieser etwas angeschlagen aus.

»Und?«

Pettone sah ihn müde an. »Keine Ahnung, hier kommen wir nicht weiter.« Er sah auf seine Uhr. »Es ist spät, vielleicht sollten wir uns morgen früh wieder treffen. Jetzt können wir nichts machen.«

»Vielleicht haben Sie recht.« Sie gingen langsam zum Parkplatz. »Ich werde morgen gegen neun Uhr wieder hier sein.« Äußerlich gab er sich gelassen. Innerlich war er aufgewühlt.

Gedanken machte er sich dann erst später, als er wieder zu Hause war. Zur Beruhigung trank er ein Glas Wein. Kurz hatte er überlegt, ob er Herbert anrufen sollte. Das würde er morgen tun, wenn er im Krankenhaus etwas mehr erfahren hätte. Hoffentlich war die Kleine nicht tot. Die große Standuhr schlug Mitternacht. Er hörte es nicht.

Dienstag, 2. April

Das nächste Treffen fand virtuell statt. Diesmal nicht in der Mailänder Villa. Der Alte, Giordano, saß im Arbeitszimmer seiner Villa in der Toskana, De Lucca in seinem Stadthaus in Verona und Fischer in einem Hotelzimmer in Riva am Gardasee. Er war nicht nur der Jüngste, er war auch dauernd unterwegs. Punkt acht Uhr loggten sie sich in einem virtuellen Konferenzraum ein, über Datenleitungen, die zu hundert Prozent abhörsicher waren. Ihr Gespräch würde praktisch mehrere Male über verschiedene Server rund um den Erdball geleitet, dabei zerhackt und wieder zusammengesetzt. Manchmal konnte man das der Bild- und Tonqualität anmerken. Sicherheitshalber waren Zusammenkünfte dieser Art trotzdem immer nur auf wenige Minuten begrenzt.

»Bericht«, eröffnete der Alte die Runde, mit großen Begrüßungsfloskeln hielt er sich erst gar nicht auf. Bei Onlinemeetings war er immer angespannt, sparte sich sogar seine senilen Witze. Fischer vermutete, dass diese Knappheit eben am Alter lag.

»Erledigt«, antwortete Fischer ebenfalls kurz und knapp. »Das Duo ist wieder in Trento und wartet auf Anweisung.«

De Lucca war dran. »Lieferung kommt in den nächsten Tagen. Transport ist auf Sizilien gestartet.« Er wirkte ebenfalls immer ein wenig steif vor der Webcam.

»Perfekt.« Der Alte trug einen bordeauxroten Morgenmantel, während die anderen beiden korrekt angezogen waren. »Die Kleine ist aber sicher tot, oder?«

Fischer nickte.

»Haben deine beiden Blödmänner also doch was drauf«, scherzte De Lucca.

Der Alte beendete das Meeting: »An die Arbeit, die Zeit läuft.« Sie sahen, wie er den Arm bewegte, vermutlich wegen der Maus. Der Bildschirm wurde schwarz. Ihre kurze Besprechung war vorbei.

Am Morgen hatte Tom Elli eine Nachricht geschickt. Sie hatte umgehend zurückgerufen und sich nach Marie erkundigt. Dabei war Tom noch immer nicht schlauer als am Abend zuvor. Eigentlich hatte er sich in Bozen mit Pettone verabredet, aber der hatte in der Früh abgesagt. Denn er hatte vor lauter Aufregung vergessen, dass er ja zu einer Schulung musste.

Am Empfang saß diesmal eine andere Frau. Sie trug Krankenhauskleidung und sprach – zu Toms Freude – Deutsch. Das brachte ihn auch nicht weiter, wie er nach wenigen Minuten einsehen musste. Es gab feste Besuchszeiten. Jetzt gerade durften nur frischgebackene Väter hinein. Die Intensivstation würde er also erst am Nachmittag betreten dürfen, wenn überhaupt. Zweites Problem: Er wusste nicht mal, auf welcher Station Marie lag. Das dritte Problem stellte die ersten beiden klar in den Schatten. »Eine Marie Pichler haben wir nicht.« Die nette junge Frau auf der anderen Seite der Scheibe sah ihn mit dunklen Augen an.

»Sind Sie sicher?«

»Das müsste ich Sie fragen.«

Tom war ratlos. Mittlerweile musste sie doch erfasst worden sein und im Computer stehen. Vielleicht konnte man ihr nicht mehr helfen. Er schluckte. »Können Sie nachschauen, ob sie vielleicht tot ist?«, stammelte er.

Jetzt schienen die hübschen Augen fast schwarz. »Sie wissen nicht, ob Ihre Freundin lebt?«

Er nickte betreten. »Bekannte.«

»Tut mir leid, ich kann das nicht so schnell rausfinden. Ich darf das auch gar nicht.« Sie malte Anführungszeichen in die Luft: »Datenschutz.«

Sollte er am Empfang einer mittelgroßen Klinik scheitern? Früher in Deutschland wäre er ohne Probleme reingekommen, weil er Gott und die Welt kannte. Hier scheiterte er an Besuchszeiten und Datenschutz. »Danke. Ich muss telefonieren«, sagte er nachdenklich und sah in zwei Augen, die jetzt wie Bernstein schimmerten. *Wie macht sie das?*

An einem Imbiss vor der Klinik kaufte er einen Kaffee-to-go, der heißer war als erwartet und besser schmeckte als befürchtet. Er starrte sein Handy an, schließlich wählte er. *Geh schon ran, Herby.* Nach vier Klingeltönen sprang die Mailbox an. Tom sprach hölzern darauf. Er ging auf und ab und überlegte. Er fühlte sich komisch und dachte darüber nach. Machtlos war er. Ja, das war das Gefühl. Zuletzt hatte er sich vor Ewigkeiten so gefühlt. Damals, als seine Familie aus seinem Leben verschwunden war. Er schluckte. *Reiß dich zusammen.* Plötzlich klingelte sein Handy. »Knochen« hatte Marie es bei ihrer ersten Begegnung genannt. Da war sie ihm auf den Geist gegangen mit ihrer hektischen Art. »Bauer.« Es war Elli. Tom erzählte ihr, was passiert war, dass er aber sonst noch nichts wusste. Elli befürchtete das Schlimmste. *Marie tot?* Tom weigerte sich, darüber nachzudenken. Elli bot an, nach Bozen zu kommen. *Ja, gerne, bitte.* »Nein, brauchst du nicht.« Er stand jetzt neben der grün angestrichenen Bude und schaute in die Ferne über frühlingshafte Sträucher zu den Hügeln. Als er sich wieder umdrehte, traf ihn fast der Schlag, sein Herz stand beinahe still.

Hunderte Kilometer südlich wischte sich der Fahrer eines Lastwagens den Schweiß von der Stirn. Seine Baseballkappe hatte er dazu weit ins Genick geschoben. Die Klimaanlage in seinem Truck war kaputt. Er hatte sie vor der Abfahrt reparieren wollen, jedoch war das Okay für die Fahrt schneller gekommen als erwartet. Gestartet war er am Abend auf Sizilien. Nach der Überfahrt hatte er die Nacht in Scilla verbracht. In der Früh waren der angekündigte zweite Fahrer und das Begleitfahrzeug bei ihm eingetroffen, sie waren sofort losgefahren. Das war jetzt einige Stunden her. Seitdem fuhren sie auf der Staatsstraße 18 nach Norden. Links der Blick auf das Meer, rechts auf grünbraune Hügel, die meist die Straße begrenzten, vorne der alte 7er BMW, dem er folgen sollte.

So ganz hatte er nicht verstanden, warum sie nicht über die Autobahn fuhren. Er hatte gelernt, in dem Job besser keine Fragen zu stellen. Was er geladen hatte, wusste er nicht. Seine Anweisung war: Halt dich immer an die Verkehrsregeln. Wenn du müde wirst, löst dich einer der Männer aus dem BMW ab, der immer vor dir fahren wird. Zur Kommunikation untereinander nutzten sie Walkie-Talkies.

Am Abend in Scilla hatte er versucht, einen Blick in den Laderaum zu werfen. Die Plane war verplombt. Von seitlich vorne war es ihm gelungen, durch einen kleinen Spalt ins Innere zu schauen. Ein Großteil der Ladefläche war mit Europaletten befüllt. Dahinter standen noch zwei Holzkisten und eine olivgrüne Box. Zahlen und Buchstaben waren in weißer Farbe darauf gepinselt, auch eine italienische Trikolore. Er hatte aus Angst, erwischt zu werden, nicht allzu lange schauen können. Sie hätten ihn dabei erwischen können.

In Salerno nach mehr als sechs Stunden Fahrt würden sie einen längeren Stopp einlegen. Von da führte die Route durch das Landesinnere, gut neun Stunden lang, östlich an Roma vorbei bis nach Trento. Dort wäre sein Auftrag erfüllt. Er würde sein Geld bekommen, in einer Pension kurz schlafen und am Tag darauf zurückfahren zu seiner Familie nach Sizilien. Danach wäre Schluss. Endgültig. Seit mehr als zwanzig Jahren nahm er ihre Aufträge an. Meist brachte er nur Ladung von der Insel herunter, damit sie auf andere Lastwagen umgeladen werden konnte. So weit hatte er noch nie fahren müssen. Hoffentlich würde sein Lastwagen das durchhalten. Nicht auszudenken, wenn der alte Scania-Truck unterwegs schlapp machen würde. Er fuhr nicht gerne mit so einem Gefühl im Magen. Noch ein Grund, dem ein Ende zu bereiten. Er würde es gleich bei der Ankunft in Trento ansprechen. Vielleicht mit Verweis auf die Strapazen. Er war schließlich nicht mehr der Jüngste. Klang nach einem guten Plan. So könnte er künftig in Ruhe auf Sizilien bleiben, dort Fracht in der Spedition im Hafen aufnehmen und auf der Insel ausliefern – abends wäre er immer bei seiner Frau und könnte seine Enkel sehen. Sein Plan gefiel ihm. Es sollte alles anders kommen.

Er wischte sich eine Träne weg, die sich ihren Weg durch den Stoppelbart suchte. Jetzt erst spürte er, wie ihn die Ungewissheit mitgenommen hatte. Tom hatte sich nach seinem kurzen Telefonat mit Elli umgedreht und der Straße den Rücken zugewandt. Da hatte jemand seinen Namen gerufen. Das kurze »Tom« hatte ihn zunächst irritiert. Marie! Sie kam geradewegs über den Zebrastreifen auf ihn zu.

Sie standen mittlerweile mit dem zweiten Kaffee-to-go zusammen. Marie erzählte ihm, dass Herbert ihr Auto »netterweise« von der Werkstatt abgeholt hatte. Sie wollte es am nächsten Tag, heute, bei ihm abholen. Sie hatte länger an einem Artikel gesessen und sich zudem abends in Brixen mit einer Freundin verabredet – mit Chiara. Da war ihr Herberts Angebot gelegen gekommen, er wollte seinen eigenen Wagen in der Hofwerkstatt abstellen, damit sie die Sommerreifen aufziehen konnten. »Jetzt liegt er hier«, sagte sie traurig. »Ich habe erst heute früh davon erfahren, da haben die Carabinieri angerufen.«

Tom rekapitulierte, wie es zu dem Irrtum gekommen war: Pettone hatte Maries Kennzeichen erkannt. Er hatte das nicht hinterfragt. Normalerweise fuhr nur Marie mit ihrem Auto. »Ich habe dich doch angerufen, du bist nicht drangegangen.«

»Weil ich mein Handy lautlos hatte, da hat mich den halben Nachmittag so ein Idiot genervt. Ich wollte meine Ruhe haben. Später habe ich vergessen, es wieder auf laut oder Vibration zu stellen.«

»Ich habe gedacht … wir haben gedacht …«, er deutete hinüber zum Krankenhaus. »Rettungshubschrauber stand im Polizeibericht. Vielleicht sogar …«, er stockte, »… sogar tot stand da.« Er nahm sie in den Arm. »Deswegen haben die deinen Namen nicht im Computer gefunden. Lass uns reingehen und schauen, wie es Herby geht.«

Glücklicherweise saß noch immer die gleiche Frau an der Information. »Herbert Gasser liegt auf der Intensivstation, da können Sie nicht hin, wenn Sie keine Angehörigen sind.« Tom hatte daraufhin versucht, Johanna, seine Haushälterin, anzurufen. Als er gerade zu Marie »Mailbox« sagen wollte, kam sie auf die beiden zu. Sie war noch weniger zurechtgemacht als sonst und sah besorgt aus.

Schluchzend erzählte sie: »Die Ärzte sagen, sie wissen nicht, ob er es … ob er es schafft.« Mit einem Taschentuch aus Stoff putzte sie sich die Nase. »Ein Wunder, dass er überhaupt noch lebt, sagt der Arzt. Ich wollte gerade raus und anrufen, also die Familie … und Sie natürlich auch.« Marie nahm die rundliche Johanna in den Arm. Tom fehlten noch immer die Worte. Sie beschlossen, sich erst einmal ins Krankenhaus-Café zu setzen. Johanna kam nicht mit, sie wollte ein paar Sachen für ihren Bruder holen.

»Marie, du glaubst gar nicht ...«, setzte Tom an. »Ich habe mir wahnsinnige Sorgen gemacht. Haben die Carabinieri rausgefunden, was da passiert ist?«

»Ich weiß nur, dass Herby mit dem Fiat von der Straße abgekommen ist. Auf dem Weg runter ins Tal.« Sie trank einen Schluck Kaffee. »Ziemlich steil ist es da, enge Serpentinen.«

»Oh Mann, der arme Herby.« Tom rührte seinen Espresso kurz um. »Hoffentlich wird er schnell wieder.«

Marie nickte langsam, in Gedanken schien sie weit weg zu sein. Leise und nachdenklich sagte sie: »Das war ein Anschlag.«

»Wie? Wer sollte auf Herby einen Anschlag verüben?« Er kippte den heißen Espresso hinunter. »Der tut doch keiner Fliege was zuleide.«

»Nicht Herbert war das Ziel. Ich war es.« Sie sah ihn entschlossen an. »Ich weiß, du glaubst, ich leide an Verfolgungswahn. Herby kannte doch die Straße, der wäre da niemals zu schnell gefahren.« Sie biss in ein Cornetto mit Füllung. »Die haben natürlich gedacht, *ich* würde im Auto sitzen.« Sie wischte sich ein paar Krümel des Hörnchens aus dem Mundwinkel.

Tom wollte zu einer Erwiderung ansetzen, doch das würde jetzt nichts bringen. Also murmelte er nur ein unverdächtiges »hm«. Im Geiste ging er die Möglichkeiten durch. Wer sollte einen Anschlag auf Marie verüben und vor allem, warum?

Marie, die ihm seine Grübelei ansah, formulierte ihre Gedanken laut. »Irgendetwas hat irgendwen aufgeschreckt. Seitdem habe ich den ganzen Ärger. Jetzt noch der Unfall. Tom, kein Mensch hat so viel Pech am Stück, das kann einfach kein Zufall sein.«

»Hm«.

»Ich weiß doch auch nicht. Fakt ist, dass Herby da oben liegt, im Koma. Wir wissen nicht ...«, sie stockte, »... was aus ihm wird.«

Tom legte seine große haarige Hand auf ihre zarte, die ganz kalt war. »Marie, ich weiß gerade nicht, was ich sagen soll. Wenn du recht hast, müssen wir mit der Polizei sprechen.«

Tom nahm Marie im Auto mit, setzte sie daheim in Brixen ab. Während der Fahrt hatten sie bis auf wenige Worte geschwiegen. Tom fühlte sich verkatert, als sei er nach einer durchzechten Nacht mit anschließendem Albtraum mit mordsmäßigen Kopfschmerzen wach geworden. Einerseits war eine Sorge von ihm abgefallen, die nun andererseits von der Sorge um Herbert abgelöst wurde.

Marie war innerlich zu aufgewühlt für neue Diskussionen mit Tom. Schließlich sagte sie: »Wenn er nie wieder der Alte wird? Was wird aus der Vinothek?«

»Hm ...«

»Kannst du was anderes als Brummen?«

»Gerade nicht. Ich muss denken.«

Beide verabredeten sich für den Abend, um nochmals alles durchzusprechen. Marie musste wegen ihres Unfallwagens ohnehin nach Sterzing.

Das Wetter hatte sich selbst im Wipptal eindeutig Richtung Frühling entwickelt. Tom musste raus, frische Luft schnappen. Dafür war eine lange Runde mit Luna ideal. Sie führte ihn über den Radweg Sterzing-Brixen Richtung Freienfeld. Den Weg war Tom einige Male im Sommer geradelt, als er sich eingeredet hatte, er müsse wieder mehr Sport treiben. Er hatte es immer nur bis Brixen geschafft, zurück hatte er den Zug genommen.

Sie wanderten vorbei an dem kleinen Flugplatz, wobei Tom die Bezeichnung übertrieben fand. Eher eine Wiese, auf der man starten und landen konnte. Ab und zu tummelten sich dort Männer mit Modellflugzeugen. Herbert hatte ihm mal erzählt, dass der Flugplatz irgendetwas mit den Carabinieri zu tun hätte. Tom hatte nicht richtig zugehört. Als er daran dachte, wurde ihm flau im Magen. *Hoffentlich wird Herby wieder der Alte.* Kurz vor dem Abzweig zur Burg Reifenstein, die mit Burg Sprechenstein praktisch Wipptal, Eisack und die Brennerautobahn bewachte, hörte er seinen Namen. *Elli?* Er sah sie weiter vorn stehen, sie winkte. »Was für ein Zufall.«

»Muss ein Zeichen sein«, sagte sie, während sie Luna streichelte. Elli war aus Richtung Burg gekommen. »Was ist los mit dir, du siehst mies aus. Wegen Marie?«

Da fiel ihm ein, dass sie noch gar nichts wusste. Also erzählte er ihr, wie Marie am Morgen plötzlich putzmunter aufgetaucht war, dafür aber Herbert im Koma lag.

Sie hörte sprachlos zu. Als er sagte, dass es Marie gut ging, lächelte sie kurz – mit den Mundwinkeln, nicht mit den Augen. »Wie geht's Herbert denn?«

Tom hob die Schultern. »Er liegt im Koma. Nicht gut.« Sie gingen zurück nach Sterzing. »Hoffentlich bleibt nichts zurück.« Er blieb stehen, um auf Luna zu warten – Elli ging langsam weiter. Tom sah ihr hinterher. Sie wirkte heute teilnahmslos. *Wer will schon im Urlaub dauernd von Koma, Unfällen, Einbrüchen und so was hören?* Auf dem Rückweg gingen sie still nebeneinander. Vor ihrem Hotel umarmten sie sich.

»Ich. Glaub. Das. Nicht.«, polterte Marie. Jedes Wort unterstrich sie mit einem Schlag auf den Tisch. »All das passiert keinem Menschen innerhalb weniger Tage, dazu noch der Einbruch bei dir.« Ihre Augen funkelten.

Tom, der befürchtete, Marie würde dem alten Küchentisch den Rest geben, hielt sich zurück. Es war viel passiert in den letzten Tagen. Ihr und ihm. Maries Schlussfolgerung wollte er nicht unbedingt akzeptieren. Zumindest nicht sofort. Er goss Wein nach. Marie blieb bei Wasser.

Seit gut anderthalb Stunden saßen sie nun in seiner Küche und diskutierten. Marie hatte erzählt, dass die Polizei von einem Unfall ausging. Möglicherweise sei Herbert einem Tier ausgewichen oder zu schnell gewesen. Wahrscheinlich beides. Sie wollten erst abwarten, bis er aussagen könnte. Marie hatte Zweifel angemeldet, ohne Gehör zu finden.

Tom hatte versucht, alles, was Marie anführte, zu widerlegen. Es war ihm gelungen. In der Summe aber, da musste er Marie zustimmen, klang das einfach zu abenteuerlich. »Was sollen wir jetzt tun?« Kaum hatte er es ausgesprochen, biss er sich auf die Zunge. *Wir. Warum »wir«?*

Marie war das nicht entgangen. »Wir sollten uns da mal umsehen, wo der Unfall passiert ist.« Tom stimmte zu. Warum, wusste er nicht so genau. Sie goss sich nun auch einen Schluck Wein ein. »Die Carabinieri haben das bestimmt nicht alles abgesucht, die hatten mit dem Unfall genug zu tun.« Sie prostete Tom zu.

Als Marie gegangen war, eher gerannt, weil sie sonst ihren Zug nach Brixen verpasst hätte, lehnte sich Tom zurück. *Alter Junge, morgen schaust du dir mal diese Unfallstelle an. Wer weiß.* Ein bisschen freute er sich darauf, gestand er sich ein. Marie mit ihrer quirligen Art, alles und jeden zu hinterfragen, gefiel ihm. Sie könnte es weit bringen. Er sah wieder auf sein Handy. Er hatte Elli geschrieben; sie hatte nicht geantwortet.

Mittwoch, 3. April

Er sah auf seine ebenso geliebten wie ausgelatschten Chelsea-Boots hinunter. Sie waren vom Regen völlig durchweicht. Für eine Spurensuche im Dauerregen waren alte, handgenähte Schuhe die schlechteste Wahl. Eine Lederjacke aus dem gleichen Jahrzehnt genauso.

Trotzdem stapften Tom und Marie die Serpentinenstraße hoch. Die Unfallstelle war nicht zu übersehen, obwohl das Auto schon abgeholt worden war. Auf der engen Straße waren sehr kurze, aber sehr deutliche Bremsspuren zu sehen. Sie führten schnurstracks in die Wiese, die nach kaum einem halben Meter steil abfiel. Sie folgten den Furchen, die sich in den Untergrund eingegraben hatten. Sehr steil, wie Tom feststellte, als er langsam hinter Marie herging. Wann hatte er eigentlich seine Schuhe zuletzt neu besohlen lassen? Marie hatte keine Probleme mit der Nässe und der glatten Wiese, ihre schweren, klobigen Stiefel waren perfekt. Auf halber Höhe, bevor unten die Straße wieder am Abhang vorbeiführte, war Maries Auto zum Liegen gekommen. Nicht zu übersehen in der Wiese, die wie umgepflügt wirkte. Tom bückte sich und hob etwas auf. Ein Teil von einem Blinklicht. Nicht weit davon entfernt lag ein Außenspiegel. Er schloss zu Marie auf, die genau an der Unfallstelle stand, eigentlich war es eher eine Einschlagstelle. Fast wäre Tom auf dem letzten Stück ausgerutscht.

»Ganz schön steil.«

Marie murmelte etwas. Sie sah hoch zur Straße, wo das Auto abgekommen war.

»Das hier habe ich gerade ...«, setzte Tom an und hielt die Plastikscherbe des Blinklichts hoch. Er warf sie wieder weg.

»Auf dem ganzen Weg gibt es keine bessere Stelle für einen Unfall«, sagte Marie mehr zu sich selbst. »Die Kurve oben ist eng, der Abhang so steil wie an keiner anderen Stelle.« Sie sah Tom an.

»Nun ...«, was sollte er sagen? Er war kein Sachverständiger. »Ein Wunder, dass Herby das überlebt hat.« Sein rechter Fuß schmerzte, weil er so schief stehen musste. »Zum Glück war er angeschnallt.«

»Ich wäre es nicht gewesen«, sagte Marie. »Ich wäre jetzt tot.«

»Kann man nie wissen.« *Warum ziehe ich immer alles in Zweifel?* »Kann gut sein«, schob er schnell hinterher.

Marie war ein Stück weiter den Hang hinunter gegangen. Tom schlitterte hinterher. Je weiter unten man stand, desto spektakulärer sah der Hang aus. Tom fühlte sich an eine Weltcup-Skipiste erinnert. Marie machte mit dem Handy noch mehr Fotos. Tom beobachtete sie dabei. Sie war konzentriert und vollkommen bei der Sache. Das konnte er von sich nicht behaupten. Während Marie alle paar Meter irgendetwas fotografierte, bewegte er seine Zehen und bemerkte, dass aus einer Naht am Schuh Wasser und kleine Bläschen hervorquollen.

»Hast du was entdeckt?«, rief ihm Marie zu.

Ja, meine Füße schwimmen und blubbern. »Nein, ich war in Gedanken.«

»Lass uns noch mal hochgehen und den oberen Teil absuchen.«

Bloß nicht. Sonst lieg ich gleich im Matsch. »Ich geh runter und hol den Wagen«, rief er ihr hinterher. Zum Glück hatte er Luna im Jaguar gelassen. »Ich sammle dich oben ein.« Marie drehte sich nicht einmal um. Sie ging weiter, machte Fotos. Ab und zu bückte sie sich. Das tat er jetzt auch. Auf dem Boden hatte er etwas entdeckt. Zwei graue Plastikteile. Er hob sie auf. Ein paar Meter weiter lagen noch mal zwei, aber rote. Die hob er ebenfalls auf. Er hielt sie in der Hand und betrachtete sie. Sie kamen ihm bekannt vor. Tom sah sich um. Da lag noch etwas, das er aber nicht aufhob. Eine dieser eklig stinkenden toskanischen Zigarren, die aussahen wie vertrocknete Wurzeln. Er ging den Hang noch ein Stück weiter hoch. Im Boden vor ihm waren Löcher. Nicht groß. In der Form eines Dreiecks. Er ging ein Stück weiter. Marie war nicht mehr zu sehen, sie war hinter der engen Kurve verschwunden. Er stand nun fast wieder auf der Straße. Aus der Jackentasche holte er eines dieser Plastikteile hervor und sah es noch mal genau an. Wer wirft so etwas weg? Woher stammen diese Löcher? Wie von einem Wanderstock. Warum jeweils drei in gleichen Abständen an zwei verschiedenen Stellen? Während er noch vor sich hin rätselte, kam Marie zurück. Er zeigte ihr die vier Plastikdinger und die Löcher. Marie machte davon Fotos und steckte die Plastikteile ein, bevor sie zum Auto gingen.

»Sie sind sicher, dass dort eine Baustelle war?«, fragte Marie den Mann, den sie erst vor wenigen Minuten getroffen hatten. Unten am Auto hatte Tom erst einmal Luna herausgelassen. Während sich Luna austobte, war ihnen ein Hundebesitzer mit Dackel begegnet. Zum Glück hatte der Regen aufgehört.

»Vorgestern Abend konnte man da nicht hoch«, er zeigte mit gichtkrummen Fingern zur Straße, auf der der Unfall passiert war. »Da war eine Umleitung ausgeschildert«, wieder wedelte er mit seinen Fingern, die ein wenig an »E.T.« erinnerten.

»Das war vorgestern?« Tom fragte nochmals nach.

Der Mann nickte. »Mittags bei unserer Runde habe ich nichts gesehen. Abends war das Schild da.«

»Wir haben keine Baustelle gesehen«, sagte Marie. »Am Sonntag war da auch nichts.« Sie blickte hinüber zur Abzweigung.

»Gestern?« Wollte Tom wissen.

»Da war alles wieder weg«, sagte der Mann. »Fragen Sie wegen des Unfalls?«

Was sollten sie jetzt sagen? Wie oft fragt ein Hundebesitzer einen anderen, ob ihm in den letzten Tagen beim Gassigehen irgendetwas aufgefallen war?

»Genau.« Marie sprang ein. »Wir sind von der Versicherung.«

Tom sah sie erstaunt an. Das gab Pluspunkte im Fach »Investigative Recherche«. Er nickte schnell und setzte eine ernste Miene auf.

»Ach, habe ich mir gleich gedacht. Schlimme Sache. Bestimmt wieder so ein Raser.« Der Dackel hatte genug, er zerrte an der Leine.

Ruhig bleiben, Marie. Bloß nichts zu Rasern sagen.

»Das wird die Polizei wohl herausfinden.« Marie war ruhig geblieben. »Vielen Dank für Ihre Hilfe.«

Tom sah dem Mann nach, Luna seinem Dackel.

Marie hatte sich schon ins Auto gesetzt. »Können wir?« Sie trommelte mit den Fingern auf der Ablage.

»Zeig mir noch mal die Teile«, sagte Tom. Er und Marie hatten sich zum Aufwärmen in seine Küche gesetzt.

Marie gab sie ihm. Sie hatte die vier Plastikdinger ausgiebig betrachtet, sogar ein Foto davon ins Internet gestellt. Während Tom noch zweifelte, was das bringen sollte, vibrierte Maries Handy kurz. Sie wischte über das Display. »Yesssss.«

Tom sah auf. »Was?«

Das Handy brummte wieder.

»Yeah!« Sie machte eine Siegerfaust. »Sie schreiben, das sind Schutzkappen von einer Autobatterie.« Während sie das sagte, wischte und tippte sie auf ihrem Handy. »Hier.« Sie schob ihr Handy über den Tisch.

Tom drehte es zu sich. »Genau.« Er schlug sich mit der flachen Hand an die Stirn. »Die kamen mir gleich bekannt vor.« Wieder brummte das Handy. Mehrere Male noch. »Deine Freunde sind offenbar klüger als ich.«

»Sind nicht meine Freunde, die sind alle in einem Forum, da bin ich Mitglied.« *Oh je, bei dem muss man digital in der Steinzeit anfangen.* »Ich zeig es dir, wo steht dein Rechner?«

Das entpuppte sich als schlechte Idee. Der alte Computer fuhr zwar hoch, war danach aber so langsam, dass Marie doch ihre miese Datenverbindung auf dem Handy nutzte, um Tom das Forum zu zeigen. Seine Begeisterung ebbte ab, als Marie scherzte: »Vielleicht bietet die Volkshochschule dafür Computerkurse an?«

»Jaja«, murmelte er und nahm sich vor, sich mal ausführlicher mit Computer und Internet zu befassen. Erster Baustein für sein neues digitales Fundament war Maries Ankündigung, dass sich morgen ein Kollege mit dem Namen Brenner melden würde, um sich seinen Computer anzusehen. Der Rechner sei eine Krücke. *Rechner. Für mich ist das ein Computer.* Plötzlich kam ihm eine Idee, er stand auf und ging in sein Wohnzimmer. Marie folgte ihm.

»Was machst du?«, fragte sie. Sie stand vor der großen Uhr und sah sich das fein ausgearbeitete Zifferblatt an. »Willst du jetzt lesen?« Sie streckte die Hand aus, um das Pendel zu berühren.

»Finger weg«, rief Tom. *Das ist kein Bildschirm zum Tippen und Wischen.* Leise vor sich hin murmelnd ließ er seinen Zeigefinger über die Buchrücken wandern. Mit einem »hier« war er fündig geworden. Er zog ein Buch aus dem überladenen Regalfach. »Moment«, er setzte sich in den Sessel und blätterte. »Ha!« Er hielt ihr das Buch hin. »Lies!«

Marie setzte sich auf die Lehne. »Methoden der Stasi«, las sie den Titel vor, studierte die aufgeschlagene Stelle, blätterte einmal um und wieder zurück. »Du meinst …«

»Ich meine, das ist der Hammer, wenn das stimmt.«

Marie las die beiden Seiten nochmals und sah sich ein Foto an, das dort abgebildet war. Fast hätte sie mit dem Finger zum Vergrößern daraufgetippt. »Ich fass es nicht. Die Stasi in der DDR hat damals Anschläge mit Scheinwerfern verübt?« Marie sah noch mal auf das Bild.

»Zum Beispiel auf einen Fußballer, der sich in den Westen abgesetzt hatte. Das System ist ebenso einfach wie effektiv: In einer Kurve aufblenden, gegen Baum, tot«, fasste Tom die Infos aus dem Buch zusammen. »Schau dir das Foto an. Ein Stativ, darauf ein Scheinwerfer und daneben eine Autobatterie.« Das Schwarz-Weiß-Foto zeigte einen Aufbau aus Schulungsunterlagen des Ministeriums für Staatssicherheit.

Marie holte ihr Handy aus der Tasche und öffnete die Fotos, die sie am Unfallort gemacht hatte. »Hier, die Abdrücke in der Wiese: zwei Mal drei Löcher nebeneinander. Das könnten doch die Abdrücke von den Beinen eines Stativs sein.« Sie gab ihm das Buch zurück. »Warum sollte mich die Stasi umbringen wollen?«

»Nicht die Stasi, die gibt es nicht mehr. Eine Stasi-Methode. Das ist der Unterschied.«

Marie wurde erst heiß, dann kalt. »Hast du noch Wein?«

Er hatte es ihnen gesagt. Das sei seine letzte Tour für sie gewesen. Zu viel Aufregung, zu lange weg von der Familie auf Sizilien. Er hatte damit gewartet, bis sie die zwei Kisten und die Box in einen Sprinter umgeladen hatten. Die Europaletten blieben auf der Ladefläche, die würden als Tarnung wieder mit zurückfahren, ein vollkommen leerer Lastwagen wäre verdächtig. Danach ließen sie den Lastwagen stehen und fuhren mit ihm zu einem Imbiss in der Nähe des Industriegebiets in Trento. Da hatte er Schluss gemacht. Die beiden Männer aus dem BMW hatten das ohne Regung zur Kenntnis genommen. Sein Geld sollte er bekommen, wenn sie ihn wieder am Lastwagen absetzen würden. Er hatte sich entschieden, nicht in Trento zu übernachten. Er wollte weg und erst ein Stück weit Richtung Süden fahren. Er würde in der kleinen Kabine hinter seinem Fahrersitz schlafen. Nicht lange, denn er wollte heim. Schnell zu seiner Frau, zu den Kindern, zu den Enkeln.

Daran dachte er, als er auf dem Fahrersitz saß und das Geld zählte. Der Fahrer des BMW hatte es ihm in seinem Truck in einem braunen Umschlag überreicht und war auf der Beifahrerseite ausgestiegen. Jetzt startete er den alten Truck. Das Geräusch liebte er – das Zischen der Druckleitungen. Im Spiegel sah er den Mann telefonieren, der ihm den Umschlag gegeben hatte. Dabei trafen sich ihre Blicke. Der zweite Mann war nicht zu sehen. »Auf geht's«, flüsterte er. Er löste die Bremse.

Plopp, plopp. Zwei Schüsse, abgefeuert aus einer Beretta 92 mit Schalldämpfer, gingen rechts von ihm durch das offene Fenster der Beifahrertür. Da stand er, der zweite Mann. Die Geschosse trafen mitten in seinen Kopf. Da, wo er auf der stoppeligen Wange die große Warze hatte, die ihm beim Rasieren immer viel Mühe bereitete. Blut spritzte auf das Lenkrad, auf die Windschutzscheibe, die er immer mit so großer Sorgfalt sauber gehalten hatte.

Donnerstag, 4. April

»Da haben Sie ja ein Museumsstück«, grinste Jakob Brenner, der sich Toms Computer ansah. »Fehlt nur noch ein altes 56er Modem mit den komischen Geräuschen beim Verbinden.«

Tom sagte nichts. Er beobachtete Brenner bei seinen Vorbereitungen. *Der hat sogar Werkzeug dabei.* Tom hatte ihm seine Passwörter aufgeschrieben.

»Oh, oh«, sagte Brenner. »Nicht gut.«

Tom sah Zahlenkolonnen, die über den Monitor des ultraflachen Laptops sausten. Sein eigener Monitor war blau. »Was ist nicht gut?«

Jakob Brenner lehnte sich zurück und sah ihn ernst an. »Wie ich befürchtet habe. Ein Virus.«

»Was heißt das?« Er hatte doch einen Virenschutz installiert. Nur, wann hatte er zuletzt ein Update gemacht? »Ich mach nicht viel im Internet.« Es klang wie eine Entschuldigung.

»Das hat damit nichts zu tun«, erklärte Brenner, der in seiner – möglicherweise modischen – Cordhose und dem Pullover, aus dem der Hemdkragen hervorlugte, wie ein Vorzeige-Computerfreak aussah. »Ich habe Ihr System kopiert und lass es mal durchlaufen. So sehen wir, was oder wer Ihren Rechner verseucht hat.« Er sah Tom ernst an.

»Ist das jetzt schlimm?« Tom konnte mit alldem nichts anfangen.

»Das sehen wir gleich.« Brenner tippte rasch einige Befehle. Überlegte kurz, tippte wieder. »Ihr Virenschutz ist uralt und löchrig wie ein Netzhemd.«

Tom nickte betreten.

»Seien Sie froh, dass der Rechner so alt ist. Das Schadprogramm hat den quasi überfordert.« Er tippte weiter. »Aber so, wie es aussieht ...« Er hielt inne, tippte wieder.

»Wie sieht was aus?«

»Sie haben das Virus mit einer Mail bekommen und runtergeladen.«

»Ich habe gar nichts runtergeladen«, verteidigte sich Tom. *Oder doch?* »Ich nutze das Ding nur wie eine Schreibmaschine, ab und zu mal eine Mail.«

»Sie haben eine Mail gelesen und einen Anhang runtergeladen, zack – Virus.« Er sah Tom an. »Von einem Energieversorger.«

Tom erinnerte sich dunkel. »Was hat das angerichtet?«

»Erst mal hat es Ihren Rechner langsam gemacht. Er tippte wieder etwas ein. »Mhhh.« Er tippte weiter. »Spyware. Jemand hat von außen Zugriff gehabt. Auf alles auf Ihrem Rechner. Zum Beispiel auf Ihre Mails. Möglicherweise auf Ihre …«, er sah auf, »… nein, nicht auf Webcam und Mikrofon, denn das haben Sie ja nicht.« Er grinste. »Pluspunkt für die alte Möhre.«

Es klingelte an der Tür. Tom öffnete. Es war Marie. Sie begrüßte ihn kurz und eilte wie ein Wirbelwind ins Arbeitszimmer. Tom sah den beiden jungen Leuten interessiert zu, obwohl er kaum etwas verstand von dem, was sie miteinander sprachen. »Remote, Phishing, Firewall« waren nur drei Begriffe, von denen er wohl versehentlich einmal gelesen hatte.

Eine halbe Stunde später war Brenner fertig. Er versprach Tom, sich um einen neuen »Rechner« zu kümmern.

Tom war einverstanden. »Vielleicht einen Laptop. Ich wäre dann mobil.«

Marie hob eine Braue, Brenner nickte. »Daheim habe ich einen, den mache ich Ihnen fertig. Kostet kleines Geld.«

Tom war erleichtert, dankbar und zufrieden – wie immer war ein guter Technik-Geist erschienen und hatte sich seiner Probleme angenommen. Deshalb war er ahnungslos wie ein Fünfjähriger, der zum ersten Mal von Albert Einstein hört.

»Die Kollegen in Trento haben einen toten Lkw-Fahrer. Erschossen. Noch nicht identifiziert. Am Lastwagen waren die Nummernschilder abmontiert«, referierte Guido Rossi. »Keine Papiere. Der Mann war älter, geschätzt Mitte 60.« Er sah seine kleine Truppe an. Links von ihm saß Chiara Bonverde und ihr gegenüber Franz Moser, der ziemlich energisch einen Smoothie schüttelte.

»Brauchst du Hilfe?«, fragte die junge Beamtin und grinste.

»Gesund. Solltest du mal probieren. Ananas mit Kokos.« Demonstrativ hielt er die Plastikflasche hoch.

»Lass mal. Was meinst du, warum im Wort Fruchtzucker Zucker vorkommt?«

Moser setzte sich seine Lesebrille auf und versuchte, das Kleingedruckte zu entziffern.

»Ich will ja nicht stören …«, unterbrach Rossi. Als das nicht fruchtete: »Konzentriert euch! Über Trient seid ihr jetzt informiert. Mehr müssen wir nicht wissen. Aus Bozen kam eben eine E-Mail, die Techniker haben die Beweismittel im Fall Kerschbaumer wiedergefunden.«

Bonverde und Moser sahen auf.

»Die hat irgendein Trottel falsch abgelegt.« Er versuchte, ein Grinsen zu unterdrücken. Im Wettstreit der Behörden und Stützpunkte tat Bozen mal ein Dämpfer gut. »Die melden sich. Vielleicht kommen wir doch weiter. Gibt es dazu noch was?«

Die beiden Ermittler schüttelten den Kopf. Ehe sie sich versahen, war ihr Chef aufgestanden und ab durch die Tür.

»Glaubst du, dass wir jetzt weiterkommen?«, fragte Chiara.

Moser schüttelte den Kopf. Deutlich langsamer als eben den Smoothie.

»Mir ist nicht wohl bei der Sache.« Elli sah Tom ernst an. Er hatte ihr erzählt, was er und Marie entdeckt hatten, auch vom Virus auf seinem Computer. »Ich wollte es dir eigentlich nicht sagen, gestern bin ich so einem komischen Typen begegnet. Ich war noch mal draußen, da stand er auf einmal hinter mir. Genauso wie vor ein paar Tagen, als wir bummeln waren und ich gerade kurz allein vor der Athesia stand.«

Tom sah sie entsetzt an. »Wo? Erzähl!«

»Ich hatte gerade in ein Schaufenster geschaut, von dem Edelsteinladen in der Neustadt. Da spür ich, dass jemand direkt hinter mir steht. Er hatte eine Mütze auf. Ich konnte im Fenster sein Spiegelbild sehen.« Sie zitterte.

Tom nahm Elli in den Arm.

»Er hat gesagt: Sag deinen Freunden, sie sollen es lassen.« Sie schluchzte.

Tom war aufgebracht. »Was hat er gemacht?«

»Nichts, er ist gegangen. Ich habe mich nicht getraut, ihm nachzusehen oder hinterherzugehen.«

»Elli, warum hast du dich nicht gemeldet? Wir müssen zur Polizei.«

Sie schüttelte den Kopf. »Das bringt doch nichts, was soll ich denen denn sagen?«

Tom wusste keine Antwort. Seine Erfahrungen mit der Polizei waren ohnehin nicht die besten. Er hielt sie fester und küsste ihre Stirn.

»Vielleicht solltest du mir ganz genau erzählen, was ihr herausgefunden habt.«

Tom war nicht überzeugt. »Ich bin nicht sicher, ob das eine gute Idee ist. Außerdem, ehrlich, wir wissen nicht einmal, ob wir richtigliegen. Vielleicht sind wir total auf dem Holzweg.«

Langsam und nachdenklich setzten sie ihren Nachmittagsspaziergang fort. Elli hatte Angst. Tom war in Sorge wegen Elli und er hatte ebenfalls Angst. Erst später an diesem Tag entschlüsselte er seine Angst: Verlustangst. Da saß er an seinem Schreibtisch – mit Blick auf das Familienfoto. Er musste Elli unbedingt von seiner Familie erzählen. Tom griff zu seinem Handy, wählte Ellis Nummer. Sie ging nicht ran.

»Das ist doch der Wahnsinn.« Marie hatte ihrem Carabiniere Carlo erzählt, was sie und Tom herausgefunden hatten. Carlo hatte nur staunend zugehört. Aus seiner Freude über Maries Auferstehung, so hatte er es genannt, war schnell Anspannung geworden. Die beiden saßen zusammen in einer Pizzeria in Brixen. Carlo hatte Marie gleich eine Nachricht geschickt, als er erfahren hatte, dass nicht sie, sondern jemand anders bei dem Unfall verletzt worden war.

»Das klingt wie bei James Bond.« Carlo wirkte nicht gerade wie ein Carabiniere. »Dieser Bauer hat ein Buch, in dem diese Stasi-Methode drinsteht?«

»Wenn ich es dir doch sage. Wir müssen was tun. Das war ein Mordanschlag.«

»Du musst gar nichts tun. Ich spreche mit meinem Vorgesetzten, der wird wissen, was zu tun ist.«

»Deine Vorgesetzten ...« Marie sprach nicht weiter.

»Was ist mit denen?«

»Na, die haben doch bisher alle nicht geglänzt.« Marie gab sich Mühe, nicht das ganze Café zu unterhalten. Sie rutschte ein Stück näher an Carlo heran. »Lass uns zusammen zu deinem Chef gehen.«

Carlo dachte nach. Würden sie zusammen da aufkreuzen, könnte er die Geschichte nicht so erzählen, dass er als großer Aufdecker dastand. »Besser, wenn ich zuerst mit ihm spreche, du musst dann sowieso eine Aussage machen. Dein Tom Bauer auch.« Mit einem Wink bestellte er noch einen Espresso. »Das ist heikel. Wenn du recht hast, haben meine Kollegen schlampig gearbeitet.«

Marie war einverstanden, manchmal war der Weg durch die Hintertür der bessere Weg. Carlo versprach, sich so schnell wie möglich bei ihr zu melden.

Freitag, 5. April

Tom hatte lange geschlafen. Von der Gassi-Runde hatte er sich zwei Tageszeitungen mitgebracht, die er mehr überflogen als gelesen hatte. Die letzten Tage hatten ihn geschlaucht. Die Sonne fiel quer über den Tisch, beleuchtete die Zeitung. Es fühlte sich fast wie Urlaub an.

Es klopfte, im gleichen Augenblick drehte sich ein Schlüssel im Schloss der Wohnungstür um. Johanna kam. Deutlich später als sonst.

»Herbert geht es besser«, polterte sie gleich zur Begrüßung los. Während sie balancierte, um in die ausgelatschten Pantoffeln zu schlüpfen, berichtete sie: »Gestern Abend haben sie ihn aus dem Koma geholt.« Tom hörte ihr erfreut zu. »Ich war heute ganz früh bei ihm.«

»Das sind wunderbare Nachrichten. Haben Sie mit ihm gesprochen?«

»Kurz. Er hat mich um einen Gefallen gebeten. Sie müssten mir helfen. Bitte.«

Tom nickte.

»Ich soll zwei Rechnungen für die Vinothek ausdrucken und überweisen. Er hat mir gesagt, wo ich alles finde. Ich kenne mich mit Computern aber nicht so gut aus.«

»Kein Problem«, schwindelte Tom. *Ich auch nicht. Zur Not nehmen wir Marie mit.* »Haben Sie denn sein Passwort?«

Sie schlug auf ihre Hosentasche, rechts vorne am Bein einer seit bestimmt zwanzig Jahren nicht mehr modischen Jeans. »Hier drin.«

»Hat er was zum Unfall gesagt?«

»Er weiß fast nichts mehr. Ihn hat wohl ein Auto geblendet, das ihm entgegengekommen war.«

Geblendet! »Wann können wir ihn besuchen?« *Wir?*

»Das weiß ich leider nicht«, antwortete sie, dabei bugsierte sie den Staubsauger aus dem Wandschrank. »Ich durfte nur kurz rein. Nach wenigen Sätzen war ihm das alles zu anstrengend.« Sie warf das dröhnend saugende Ungetüm an.

»Bitte vorsichtig im ...«

Der Staubsauger schepperte gegen die Kommode mit den alten Taschenuhren.

Bevor Marie nach Sterzing aufbrechen konnte, um Tom zu helfen, stand noch der »Besuch« bei ihrem Chef an.

»Was kann ich für Sie tun?« Nicolaus Bernreuther war bester Laune. Das Wetter war genau richtig für die kleine Golfrunde, zu der er sich für später, am frühen Nachmittag, verabredet hatte. Er mochte den Platz des Golfclubs Eppan.

»Ich bin da an einer riesen Story dran«, begann Marie vorsichtig. Erst mal neugierig machen, hatte sie sich als Marschroute vorgenommen. »Der Unfall oben bei Sterzing, das war kein Unfall.« Wirken lassen. Schritt zwei der Marschroute.

Bernreuther sah sie über den Rand seiner Lesebrille an, die er neuerdings trug. »Welcher Unfall?«

Idiot. »Na, der bei dem sich das Auto so wild überschlagen hat und bei dem Gasser, der Wirt der Vinothek, schwer verletzt worden ist. In meinem Auto.« So, Höhepunkt gesetzt.

»Ihrem Auto?« Er nahm die Brille ab. »Warum in Ihrem Auto?«

»Weil der Unfall mich treffen sollte, also der Anschlag.« *Jetzt bloß nicht die Marschroute aus den Augen verlieren.* »Mein Auto war in der Werkstatt oberhalb der Unglücksstelle. Herbert, ... der Gasser, hat das Auto für mich abgeholt. So ist er in meinem Auto Opfer des Anschlags geworden.«

Bernreuther bohrte sich einen Brillenbügel ins Ohr.

»Verstehen Sie denn nicht? ›Reporterin entgeht Anschlag‹. Das ist doch der Knaller!«

»Hm.« Jetzt knabberte er an dem Brillenbügel. »Gibt es da irgendwelche Beweise? Was sagt die Polizei?«

Marie war kurz davor zu explodieren. »Noch nichts.« Sie hielt krampfhaft ihren Kaffeebecher fest. »Ich habe über einen Informanten angefragt, noch gehen die von einem Unfall aus.« Sie wollte noch nichts von Bauers Hilfe erzählen.

Jetzt saß die Brille wieder vorne auf der Nase. »Warum?«

»Warum was?«, patzte Marie zurück.

»Warum sollte es jemand gerade auf Sie abgesehen haben?«

Wie er das »Sie« betont hatte. Sie, die Onlinetante des »Boten«, immer bei allen Geschäftseröffnungen und Handschüttelterminen vor Ort. »Ich weiß es nicht, ich vermute ...«

»Sie vermuten.«

Sie brodelte innerlich wie ein Whirlpool. Sicherheitshalber stellte sie ihren Kaffeebecher auf den Schreibtisch, sie war kurz davor, ihm mit dem Becher die lächerliche Brille von der Nasenspitze zu schlagen. »Es hängt mit meinen Recherchen zusammen. Also zu den Anschlägen. Die Zettel ...«

»Marie, das war vor 60 Jahren. Warum sollte deswegen jemand einen Anschlag verüben?«

Sie sprang auf. *Das finde ich schon raus.* »Ich habe noch fünf Tage Resturlaub aus dem letzten Jahr, den würde ich jetzt gerne nehmen«, polterte sie. »Also, wenn das geht.«

»Kein Problem, sagen Sie im Sekretariat einfach, wann Sie wiederkommen. Machen Sie mal eine Pause, fahren irgendwohin, wo Sie ...«

Den Rest hörte Marie nicht mehr, weil sie gegangen war. Ihren Becher, der natürlich wieder Ränder auf dem Tisch hinterließ, hatte sie stehen lassen.

»Komisch, in einer fremden Wohnung«, sagte Tom. Er sprach leise. Warum eigentlich? Schließlich waren sie keine Einbrecher. Sie taten einem Freund in einer Notlage einen Gefallen. Johanna hatte ihm den Schlüssel, den Zettel mit dem Passwort und einige Anweisungen mit auf den Weg gegeben. Marie hatte schon vor dem Haus gewartet.

»Ja, dabei sind wir hier nicht eingebrochen.« Marie folgte ihm durch den Flur ins Arbeitszimmer. Da stand Herberts Laptop. Marie setzte sich auf den Schreibtischstuhl und klappte ihn auf. »Immerhin ist er besser ausgestattet als du«, feixte sie.

Tom murmelte etwas, das sie nicht verstand. Er sah sich in einem Regal mit Büchern um.

Marie kramte den Passwortzettel hervor. »Das kann doch wohl nicht wahr sein.«

»Was?« Tom drehte sich zu ihr um, er befürchtete irgendwelche Probleme.

»10, 9, 8, 7, a, b, c, d – das ist sein Passwort. Ich kann es nicht glauben.« Sie klickte sich durch Datei-Ordner. »Ich nehme alles zurück, er ist kein bisschen besser als du.«

»Ich verwende immerhin meinen Geburtstag und den meiner Mutter.«

Marie nahm einen Stift vom Tisch und warf ihn nach Tom. »Kein. Stück. Besser.« Schnell hatte sie die beiden Rechnungen im Posteingang gefunden. In der obersten Schreibtischschublade lagen, wie angekündigt, mehrere unterschriebene Überweisungsformulare, die sie nur noch ausfüllen musste. »Das ist mindestens genauso schlimm«, schimpfte sie. »Warum macht der kein Onlinebanking?« Während Tom in einem Buch blätterte, klickte sich Marie noch durch einige Mails. »Schau mal«, rief sie plötzlich.

Tom kam zu ihr und folgte ihrem Zeigefinger, der nervös auf den Posteingang deutete. »Was?«

Marie schnaubte. »Der Absender ist ein Energieversorger, mit Anhang. Wie bei dir.«

Jetzt verstand Tom. »Hat er auch ein Virus?«

Marie klappte den Laptop zu. »Das finden wir raus, den nehme ich mit.«

Später am Abend schlenderte Marie durch Brixen. Sie hatte den Laptop zu Jakob gebracht. Der hatte mit drei Klicks festgestellt, dass auch Herberts Rechner verseucht war. Immer wieder hatte er Marie bedrängt, ihm zu sagen, um was es dabei ging. Er hatte sogar die Polizei rufen wollen. Marie hatte ihm sehr deutlich klargemacht, dass sie nicht das Heft aus der Hand geben wollte. Sie genoss die milde Abendluft. Der Winter war Geschichte. Vor den Bars saßen einige Menschen in dicken Jacken. Vor dem Weißen Turm, da, wo tagsüber Einheimische und Touristen Speck, Wurst, Honig und Tee kauften, da sprach er sie an. Der Maler.

»Mädchen, bist du weitergekommen?« Er sah sich dabei immer wieder um.

Marie war verdutzt. »Was meinen Sie?«

»Mit den Bombenjahren«, murmelte er durch seinen Bart. »Mit unserem Kampf für die Freiheit.«

»Sie müssen mich verwechseln«, sagte Marie schnell, sie wollte Zeit gewinnen.

»Für dich waren doch die Zettel«, setzte er wieder an. »Ich lese davon nichts in deiner Zeitung.« Er sah sich wieder um.

»Woher wissen Sie davon?«, fragte Marie, die sich nun ebenfalls umsah. »Haben Sie mir die Zettel in den Briefkasten geworfen?«

Der Alte stand nun da, die Hände tief in den Taschen seines Mantels vergraben, überall waren Spuren von Farbe zu sehen. »Ich war ein Bote, sagen wir es mal so. Du arbeitest beim Boten.« Seine Augen funkelten. »Aber du spielst nicht mit ...«

»Doch ...« *Wie weiter? Sagen, dass nichts herausgekommen ist bei ihrer Recherche? Oder erzählen, was in den letzten Tagen alles passiert ist?*

»Der Kerschbaumer, seine Idee war's. Der hat Rätsel geliebt. Deswegen haben sie ihn nie erwischt.« Seine Augen wurden traurig. »Jetzt haben sie ihn doch getötet.«

Marie lief es eiskalt den Rücken hinunter. »Was wollte er mir damit sagen?«

»Anschubsen wollten wir dich. Jemand muss die Geschichte aufschreiben. Die, die noch nicht erzählt ist. Von uns leben nicht mehr viele. Manche haben noch immer Angst.« Er sah sich um. »Mir haben die Walschen* gedroht, dass sie mich und meine Familie töten, wenn ich was verrate.« Er machte eine Pause. »Deswegen bin ich verschwunden damals. Deswegen verschwinde ich jetzt wieder. Man kann nie wissen.« Bevor Marie etwas sagen konnte, drehte er sich um und ging. So schnell und zielstrebig, wie es Marie dem alten Mann nie zugetraut hätte.

»Warten Sie.« Sie lief ihm nach. »Was muss ich wissen, wie komme ich weiter?«

»Such weiter, sprich mit ihnen, sammle alles ein.« Er ging unbeirrt weiter auf einen Bus zu.

»Warum musste der Kerschbaumer sterben?«

Die Bustür öffnete sich zischend. In der Tür drehte sich der Alte noch einmal um. Mit müden Augen sah er sie an. »Das weiß ich nicht.«

Der Bus fuhr davon.

3. Teil

Samstag, 6. April

Brenner sah verschlafen aus, als er um kurz nach zehn an Maries Tür klingelte.

Marie machte ihm erst einmal einen starken Kaffee. *Die treue Seele hat sich bestimmt die halbe Nacht mit unserem Virus abgeplagt.*

»Ich habe die ganze Nacht wegen euch vor dem Rechner gesessen«, jammerte er.

Ok, die ganze Nacht. »Bist du weitergekommen?«

Er nickte. »Natürlich. Es gibt nichts, was ein Brenner nicht kann.«

Fahr mal runter. »Erzähl.«

»Ich weiß jetzt, wie wir rausfinden, wer euch da attackiert hat. Wir brauchen ein bisschen Glück. Legal ist das nicht.«

»Was ist schon legal? Mach dir da mal keine Sorgen. Wie machen wir es?«

»Wir drehen den Spieß um. Wir schicken dem Absender eine Mail, die einen Spionagelink enthält. Wenn er versucht, auf einen der beiden infizierten Rechner zuzugreifen, haben wir ihn. Am besten wäre, wenn er dazu sein Handy benutzt oder es später mit seinem Rechner synchronisiert.«

Für Marie waren das böhmische Dörfer, obwohl sie technikinteressiert war. »Das hast du heute Nacht ganz allein programmiert?«

»Halb. Ich habe mir Hilfe von einem Freund im Darknet geholt. Der hat so was mal für eine IT-Sicherheitsfirma in Israel programmiert.«

»Wann geht's los?«

Jakob grinste. »Schon geschehen.« Er lehnte sich zufrieden zurück. »Ich habe heute Nacht unseren kleinen Gegenangriff gestartet.«

Polizistin, das war ihr Traumberuf. Mordermittlungen, das war die Königsklasse. An diesem Samstagmittag war Chiara Bonverde enttäuscht, lustlos und frustriert. Nichts ging vorwärts. Sie hatte sich nochmals die Unterlagen zum Mordfall Kerschbaumer vorgenommen. Die kleine Ermittlergruppe kam ausnahmsweise an einem Samstag für ein Update zusammen. In der digitalen Akte zu dem Fall fand sie als jüngstes Dokument einen Bericht von der Kriminaltechnik. Sie las das File aufmerksam.

Kurz darauf berichtete sie dem Ermittlungsleiter Rossi und dem Kollegen Moser: »Die Beweismittel sind tatsächlich wieder aufgetaucht, die Idioten hatten sie falsch einsortiert. Sie haben uns das Analyseergebnis geschickt.«

Moser schnaubte.

Rossi sah ihn tadelnd an. »Jeder macht mal Fehler.«

Chiara überlegte kurz. »Können wir sicher sein, dass es die richtigen Asservate sind?«

»Wie meinst du das?«, fragte Moser.

Rossi sah sie neugierig an.

»Na, da steht nichts von markierten oder lackierten Hülsen, auch die Fotos zeigen davon nichts.«

Rossi blätterte in seinen Unterlagen. »Das wird schon seine Richtigkeit haben. Die da unten waren zwar schlampig, aber die werden uns wohl kaum falsche Hülsen unterjubeln.« Er blätterte weiter.

»Glaub ich auch nicht«, sagte Moser.

»Du hast doch damals mit Bozen Kontakt gehabt«, sagte Chiara zu Moser. »Und?«

Moser richtete sich aus seiner Liegeposition auf und blätterte in seinem Notizbuch. Zurück, vor, wieder zurück. »Hier: Forensik, Doppelpunkt, Auffälligkeit, Doppelpunkt, Hülsen markiert.« Er las Wort für Wort vor.

Chiara konnte es nicht fassen. »Kannst du Sätze sprechen?«

Rossi schüttelte den Kopf. Aus der Innentasche seines Sakkos fischte er einen Kugelschreiber. K l i c k . K l i c k .

Chiara wandte sich wieder Moser zu. »Mit wem hast du da gesprochen? Warum gibt es dazu keine Notiz in unserer Datei?«

K l i c k . »Das würde mich jetzt auch interessieren.« K l i c k .

Moser antwortete mit einem Anflug von Rechtfertigung: »Das war doch da nicht wichtig, das war ein erster Eindruck von denen.

Die liefern doch immer noch einen ausführlichen Bericht. Das haben sie doch jetzt getan.«

»Da steht nichts mehr davon«, protestierte Chiara. »Franz, du musst fragen, warum da nichts mehr von markierter Munition steht.«

»Erteilst du jetzt die Aufträge?« An Rossi gewandt: »Habe ich was verpasst?«

K l i c k. »Nein, trotzdem hat sie recht. Vielleicht hast du was falsch verstanden damals.« K l i c k.

Chiara verstand das alles nicht. »Ich würde mich gerne selbst darum kümmern«, sagte sie, sah aber keinen der beiden Kollegen direkt an.

»Gerne«, murmelte Moser. »Ich gebe dir nachher meine Infos.«

»Behalt sie, die drei Stichworte habe ich mir gemerkt.« Sie war auf 180. »Wenn sonst nichts mehr ist, ich mach Feierabend.« Demonstrativ legte sie ihre Unterlagen zusammen.

K l i c k. »Kein Problem, wir sehen uns am Montag.« K l i c k.

Marie konnte es nicht glauben, als ihr Chiara abends von den Beweismitteln erzählte. Sie fühlte sich in ihrer vorsichtigen Haltung gegenüber den Carabinieri bestätigt. Da schien gehörig Sand im Getriebe zu sein. Ihre Laune steigerte sich auch nicht, als sie wieder von Carlo Pettone belagert wurde, der mit einigen Kollegen der Spätschicht in dem kleinen Club in der Nähe des Brixner Krankenhauses aufgetaucht war. Er gesellte sich zu den beiden Frauen. Seine weißen Sneakers sahen nagelneu aus. Sie zeigte auf die strahlend weißen Schuhe. »Da kommt das Militär durch, oder?«

Carlo grinste. »Sì.« Er wippte im Takt der wieder viel zu lauten Musik. Er nahm Marie in den Arm und flüsterte ihr ins Ohr: »Ich bin so froh, dass es dir gut geht.« Marie sah etwas verlegen zu Chiara, die das zum Glück nicht gehört hatte. »Darf ich den Damen ein Getränk holen?« Schon tänzelte er Richtung Bar davon.

»Der ist süß.« Chiara hatte sich für dieses Bekenntnis extra nah zu Marie gebeugt.

»Kennst du ihn nicht?«

»Nö, ist mir nie begegnet.«

Bevor die beiden Frauen ihr Gespräch vertiefen konnten, traf der dauerwippende Pettone wieder ein. Sie prosteten sich zu. Chiara war hin und weg und hörte sich Carlos Kasernengeschichten an. Sie lachte übertrieben laut. Das ging zwei Stunden so. Marie fühlte sich ein wenig abgemeldet. Wenn sie länger darüber nachdachte, fand sie Männer in hautengen Jeans zunehmend unattraktiv. Und Jeans mit Löchern sollte keiner über 16 tragen. Weil Polizisten Herdentiere sind, musste sich der »süße« Carlo, wie Chiara ihn getauft hatte, bald verabschieden – seine Freunde wollten weiterziehen.

»Na, der hat es dir ja angetan«, zog Marie Chiara auf. Die beiden Frauen hatten es sich mittlerweile in einer Sitzecke gemütlich gemacht. »Ich kann es immer noch nicht glauben, was du mir über eure Ermittlungen erzählt hast.« Marie versuchte, wieder auf das Thema zurückzukommen.

»Hör auf, heute war ich kurz davor, alles hinzuschmeißen. Von Ermittlungen kann man da nicht mehr reden. Die alten Herren wollen bloß keinen Stress. Die schaffen es noch, dass mir mein Traumjob keinen Spaß mehr macht.« Ihr Strohhalm saugte ins Leere. »Ich hol Nachschub.« Sie stand auf und schlängelte sich durch die Tanzenden zur Bar.

Marie war nicht sicher, ob sie von sich erzählen sollte. Wie würde das alles klingen? Da kam Chiara zurück, zwei frische Drinks in den Händen.

»Du siehst nachdenklich aus.« Sie ließ sich neben Marie auf das Loungesofa plumpsen.

»Ein bisschen«, sagte sie vorsichtig. »Ich habe dir doch von diesem Tom Bauer erzählt, seinen Computer hat man gehackt. Herby, unser Lieblingswirt, bei dem haben wir auch ein Virus gefunden.«

Chiara versuchte gerade, den Halm mit ihrem Mund einzufangen. Sie brummte etwas Unverständliches, trank einen großen Schluck und war wieder in der Lage zu sprechen. »Das passiert doch alle naselang.«

»Klar, aber beide haben mir bei meinen Recherchen geholfen. Dieser Einbruch bei Bauer, von dem ich dir neulich kurz geschrieben hab, und der ...« Zum Unfall kam sie nicht mehr, weil Chiara ihr ins Wort fiel.

»Jetzt glaubst du, dass es da einen Zusammenhang gibt?« Chiara war selbst beschwipst geistig hellwach.

»Geben *könnte,* sag ich mal.« Marie zögerte noch immer. »Wenn wir herausfinden, wer hinter dem Virus steckt, wissen wir, ob es einen Zusammenhang gibt.« An der Bar entdeckte sie ihren besonderen Freund aus den Reihen der Staatsanwaltschaft. War wohl sein Revier hier.

Chiara folgte ihrem Blick. »Dein Lover«, flachste sie.

»Auf keinen Fall«, entgegnete Marie. Sie erzählte kurz und knapp, ohne zu viele Details, auf was der Herr Staatsanwalt im Bett so steht. Chiara war entsetzt. Dabei reifte in Marie ein Plan, der weit über das hinausgehen würde, was sie bisher getan hatte – viel weiter. Zu weit?

Sonntag, 7. April

Aus der Ferne hörte sie ein Klingeln. Weit weg. Der Kopf tat ihr weh. Sie war doch eben erst ins Bett gegangen! *Wieder dieses Klingeln. Die Tür?* Sie zog sich die Decke über den Kopf. Jetzt brummte ihr Handy. Sie streckte einen Arm aus. Befühlte den Boden neben dem Bett. Da war es. Gerade als sie es in der Hand hatte, hörte das Brummen auf. Dafür klingelte es wieder an der Tür. Mühsam richtete sich Marie auf. Der Radiowecker auf dem Boden, ein altes Modell mit Klappziffern, zeigte ... Marie blinzelte ... 10:48. Drei Minuten, fünf Flüche und einen am Bett angeschlagenen Zeh später wusste sie, wer sie geweckt hatte. Brenner.

Munter wie ein junges Reh, frisch geduscht, mit seiner Laptoptasche unterm Arm stand er vor ihrer Tür. Er polterte gleich los: »Wir haben ihn!« Er machte eine Faust. Die ließ er in einer albernen Geste nach unten sausen. »Strike.«

Jetzt war Marie halbwegs wach.

»Die Virenschleuder hat angebissen.«

»Was heißt das?« Marie fiel das Sprechen noch schwer.

»Er hat die Mail mit dem unsichtbaren Link angeklickt. Zack! Sein Pech. Das hat er nicht etwa mit einem geschützten Rechner gemacht, sondern mit seinem Handy. Das hat er später mit dem Rechner verbunden. Doppelzack! Doppelpech!«

»Hast du was genommen?« So aufgekratzt hatte sie Jakob noch nie erlebt. »Also wissen wir jetzt, wer es war?«

»Wir haben seine Handynummer und seine IP-Adresse. Damit können wir was anfangen. Ein mittelmäßig begabter Polizist braucht keinen halben Tag, um den Namen rauszufinden.«

»Keine Polizei. Erst mal nicht.«

Jakob sah sie erstaunt an. »Äh ...«

»Nichts da, wir müssen selbst rausfinden, wer dahintersteckt. Wenn wir jetzt die Polizei einschalten, versandet das wieder.«

Das überzeugte ihn. Er packte seinen Laptop aus und verschwand in seiner digitalen Welt. Marie duschte derweil und holte sich zurück ins Jetzt, während Jakob an ihrem Küchentisch vermutlich in den Tiefen des Darknet mit Nerd-Freunden und anderen Halbweltlern kommunizierte. Zum Glück hatte Jakob Toms Laptop fertig – ein guter Vorwand, um nachher in Sterzing vorbeizuschauen.

Als die beiden bei Tom eintrafen, las der sich gerade durch die Sonntagszeitungen. Soeben hatte er sich noch über Donald Trump aufgeregt, der kundgetan hatte, dass er kein Interesse am Bericht des Sonderermittlers Robert Mueller hatte. Am Ende wird es eh keine Konsequenzen haben, da war Tom sicher. Er war froh, dass er nicht mehr Teil dieses Zirkus war. Was ist das für eine Welt, wenn selbst große Staatsmänner anscheinend Immunität genossen gegenüber den Recherchen der Presse, sogar von Sonderermittlern? Am Ende würden sie dann sogar noch wiedergewählt.

Marie und Jakob rissen ihn aus seinen Gedanken. Jakob zeigte ihm seinen neuen Laptop. Ein hochmodernes, schlankes und leichtes Gerät. »Macht 500, weil Sie es sind, Sie können gerne mit PayPal zahlen.«

Tom sah ihn ratlos an.

Marie lachte. »Jakob nimmt auch Bargeld.« Sie sah sich um. »Dahinten stellen wir den Router auf.«

Tom brummte etwas, das wie »okay« klang.

Als Tom seinen Laptop im Griff hatte, erzählten die beiden ihm, was sie über den Absender der Virenmails herausgefunden hatten. Und wie sie ihn reingelegt hatten.

»Besonders helle kann der nicht sein«, unkte Jakob. »Sonst hätte er einen Virenschutz auf dem Handy.«

Marie nickte. Tom hörte gespannt zu.

Jakob quatschte weiter: »Vielleicht hat er überhaupt nicht mit uns gerechnet. Auf jeden Fall glaube ich nicht, dass er Computerexperte ist. Er wird die Spionagesoftware einfach angewendet haben.«

»Heißt?«, wollte Tom wissen.

»Irgendjemand hat ihm gesagt: Verschick das, dann passiert das und das.« Jakob sah Bauer an. »So, wie Sie den Laptop nutzen. Aufklappen, losgelegen, ohne eine Ahnung, was sich da im Inneren abspielt.«

Tom war nicht sicher, ob Brenner ihn damit aufzog. »Wie findet man heraus, wie er heißt?«

»Nicht verzagen, Brenner fragen«, grinste der junge Mann, der am Küchentisch saß. Marie verzog das Gesicht. »Während sich Frau Pichler heute früh hübsch gemacht hat, habe ich mich mal ein bisschen mit dem Absender beschäftigt.«

»Geht es weniger spannend?« Tom konnte solche Gespräche nicht leiden. Er war ein Freund der Auf-den-Punkt-Kommunikation.

»Gabler heißt er, Peter Gabler.« Er sah Tom freudig an.

»Kenn ich nicht.« Tom durchsuchte sein Gedächtnis. Der Name war ihm nie untergekommen.

»Wir sollten beratschlagen, wie wir weiter vorgehen.« Marie gab somit das Motto für die nächsten Stunden aus. Brenner sah nicht so aus, als wäre er begeistert. Erst recht nicht, als Marie und Tom ihm von ihren Vermutungen über den Anschlag berichteten. Zuerst wollte Jakob sofort aussteigen, ließ sich schließlich aber doch mit viel Mühe überreden. Also blieb er erst einmal bei den beiden. Sie schmiedeten einen Plan, wie sie weiter vorgehen wollten.

Montag, 8. April

Chiara mochte das Landeskommando der Carabinieri in Bozen an der Dantestraße. Anders als in Brixen oder Sterzing wehte dort so etwas wie ein Hauch von Großstadtarbeit durch die Flure, die trotzdem eher an die 1960er-Jahre erinnerten. Die Umgebung um das stattliche alte Gebäude fand sie immer spannend. In der Nähe lagen die Quästur der Staatspolizei, das Legionskommando und die Drususbrücke. Das faschistische Italien hatte den Namen der Brücke in den 1930er-Jahren sehr bewusst gewählt, um die römische Tradition zu betonen. Chiara hatte ihren Besuch bei der Kriminaltechnik für Mittag angekündigt. Sie wollte der Sache mit den Patronen persönlich vor Ort auf den Grund gehen.

Zu ihrer großen Freude war ihre Ansprechpartnerin eine Frau und kein miesepetriger alter Forensiker. Emma Russo war ihr auf Anhieb sympathisch. In ihren dunklen Augen blitzte immer wieder Interesse auf, als Chiara erzählte, warum sie gekommen war. Sie hatten in ihrem Büro Platz genommen. Die einzige persönliche Note kam von einer Topfpflanze.

Als Chiara das Aktenzeichen genannt hatte, ließ sie ihre dezent lackierten Fingernägel über die Tastatur fliegen. »Zwei Geschosse, stark verformt, zwei Hülsen, Kaliber 9mm«, referierte sie. »Waffe, vermutlich Beretta 92, das ist nicht safe«, ratterte sie weiter die Infos runter. Bei »safe« hatte sie gegrinst. »Das Muster stimmt mit keiner bei uns gespeicherten Waffe überein.«

»Also die Spuren auf den Hülsen«, sagte Chiara vorsichtig. Sie hatte noch nicht oft damit zu tun gehabt.

»Hauptsächlich. Nach dem Abfeuern finden wir auf den Hülsen besondere Spuren, also die Abdrücke, die der Schlagbolzen hinterlassen hat oder die beim Auswerfen entstanden sind. Auf Geschossen gibt es ebenfalls solche Signatures.«

Safe und Signatures. Vielleicht war ihr Emma Russo doch nicht so sympathisch. »Mein Kollege hat berichtet, dass einer eurer Techniker spezielle Markierungen auf den Hülsen gefunden hatte. Eine

Lackierung oder so. Davon steht nichts mehr in dem Bericht.« Sie lächelte unsicher.

Schnelles Tippen war die Antwort. Russo bewegte ihre Computermaus hin und her, drehte das kleine Rädchen zwischen den Tasten vor und zurück. »Stimmt.«

In Chiara keimte Hoffnung auf.

»Stimmt. Darüber steht nichts in dem Bericht.«

»Das weiß ich. Ich will wissen, warum es nicht drinsteht.«

»Natürlich.« Russo lachte herablassend und tippte flink wie eine Chefsekretärin eine Nummer in ihr Telefon. Den Hörer nahm sie erst ab, als sich eine männliche Stimme auf Italienisch meldete. Russo ratterte rasend schnell auf Italienisch alles herunter, was sie gerade besprochen hatten. Dabei sah sie Chiara milde lächelnd an. Nach einem kurzen Wortwechsel legte sie auf. »Also, der Techniker erinnert sich nicht daran. Er sagt, es wäre ihm aufgefallen, wenn die Hülsen markiert gewesen wären. Im Abschlussbericht der Kollegen aus Parma steht auch nichts davon.« Technische Beweise wurden zur Analyse stets zur Untersuchung ins RIS, Reparto Investigazioni Scientifiche, also in die Abteilung für wissenschaftliche Untersuchung, geschickt.

Ok. Auf ins Minenfeld. »Wäre es möglich, dass es sich um andere handelt als die ursprünglichen Patronen?«

Russo lachte aufgesetzt. »Hier wird nichts vertauscht. Da können Sie sicher sein.«

Chiara versuchte es noch einmal. »Erst waren die Hülsen und Geschosse verschwunden, später tauchten sie wieder auf. Als sie hier abgegeben wurden, da hat einer Ihrer Kollegen Markierungen bemerkt, die bei der Untersuchung später nicht mehr vorhanden waren. Jetzt sagen Sie mir, dass die auch nie da waren. Klingt doch komisch. Alles.«

»Wollen Sie uns etwas unterstellen?« Russo grinste nun nicht mehr, weder aufgesetzt noch herablassend. »An den Hülsen sind keine Markierungen, verstehen Sie, keine Markierungen. Es waren keine dran.«

Chiara nickte vorsichtig. »Vielleicht sind es gar nicht die ...«

»Ich weiß, was Sie meinen. Sie liegen falsch.« Mit der Maus klickte sie Dokumente zu. Marie konnte das von ihrem Platz aus sehen. Das Gespräch schien beendet. Sie sah jetzt demonstrativ auf ihre Taucheruhr im Glitzerstil.

»Vielleicht könnte ich selbst mal mit dem Kollegen sprechen«, startete Chiara einen letzten Versuch.

»Nein, der hat viel zu tun. Der Dienstweg führt Sie nicht umsonst zu mir.« Damit war das Gespräch beendet.

Am Nachmittag war Marie mit dem Zug nach Bozen gefahren. *Warum sehen Menschen in Krankenhausbetten immer so klein aus?* Marie dachte darüber nach, seit sie in Herberts Zimmer im Bozner Klinikum war. Sie hatte den Plastikstuhl nah an sein Bett geschoben. Die ganze Zeit, während Herbert schlief, spukte ihr im Kopf herum, dass sie da jetzt liegen könnte. Oder sie wäre tot.

Sein Kopf steckte in einem weißen Etwas, das aussah wie ein großer Strumpf. Ein Auge war blau und geschwollen. Seine Stirn sah rot aus, so als wäre sie mit Jod bepinselt worden. Der linke Arm war eingegipst und fixiert, die rechte Hand verbunden. Schläuche aus zwei Infusionsbeuteln verschwanden unter dem Verband. Marie bekam weiche Knie bei dem Anblick. Ein Bein war ebenfalls eingegipst oder mit einem dicken Verband umwickelt, das konnte sie nicht richtig erkennen, weil die Bettdecke das meiste verdeckte. In der Nase steckte ein durchsichtiger Schlauch, neben dem Bett stand ein großer Kasten mit zwei Monitoren, die allerlei Zahlen zeigten. Ab und zu piepste es.

Es klopfte. Marie sah auf.

Johanna trat ein. »Hallo«, begrüßte Marie sie. »Schläft er?«, flüsterte sie. »Ich wollte ihn nicht aufwecken.« Marie fühlte sich fehl am Platz bei einem Treffen von Bruder und Schwester in einem Krankenzimmer. »Ich glaube, ich hol einen Kaffee«, sagte sie leise. »Soll ich einen mitbringen?«

»Nein, bleib ruhig hier, ich hol uns Kaffee und Kuchen. Dann freut sich Herbert.«

Gerade als sie die Tür hinter sich geschlossen hatte, wachte Herbert auf. Er schien sich erst orientieren zu müssen. Müde kleine Augen blickten umher. Als er Marie erkannte, lächelte er. »Marie, wie schön.« Seine Stimme war rau. Er räusperte sich. Marie reichte ihm einen Becher mit Wasser, der auf dem Tischchen am Bett stand. Er sah sie hilflos an. Wie unaufmerksam, wie sollte er den Becher halten? Marie beugte sich vor und hielt ihm den Becher mit dem Strohhalm an den Mund. Herbert trank einen Schluck.

»Herby, es tut mir so leid.« Marie spürte, dass sie gleich weinen musste. »Ich weiß nicht, was ich sagen soll. Eigentlich würde ich jetzt da ...« Weiter kam sie nicht. Die Tränen kullerten über ihre Wangen.

Herbert tastete mit seiner verbundenen Hand nach einer kleinen Fernbedienung. Mit leisem Surren richtete sich der obere Teil des Bettes etwas auf. »Marie, dafür kannst du doch nichts.«

Wenn du wüsstest. Sie musste es ihm sagen. Jetzt? Was sie alles herausgefunden hatten. Dass es ein Anschlag war. Alles nur wegen ihrer Nachforschungen, obwohl ihr das immer noch unwirklich vorkam.

Herbert unterbrach ihre Gedanken. »Wie geht's deinen Eltern?«

Typisch, nie an sich zu denken. »Denen geht es gut. Sie lassen grüßen.« Sie atmete tief ein. Gerade als sie zu ihrer Beichte ansetzen wollte, kam Johanna zurück. Sie balancierte ein kleines Tablett mit drei Espressi und zwei Stück Kuchen.

»Ah, du bist wach, Bruderherz, sehr schön.« Sie stellte das Tablett auf den kleinen Tisch unter dem Fenster. Wäre die Sicht frei, hätte man von dort aus Sigmundskron sehen können.

Herbert und Johanna unterhielten sich. Vielmehr unterhielt Johanna Herbert. Für sich selbst hatte sie keinen Kuchen dabei, was sie mit einer Geste über ihren Bauch mit einer Diät begründete. Marie gabelte den Streuselkuchen weg, während Johanna ihren Bruder nach Arztdiagnosen fragte, ihm den aktuellen Sterzinger Ortsklatsch erzählte und ihn liebevoll fütterte.

Als Herbert wieder mühsam das Wort ergriff, wandte er sich Marie zu. »Danke, dass ihr Johanna mit den Überweisungen geholfen habt. Richte Tom liebe Grüße aus.«

Jetzt könnte sie vom Virus erzählen. Ein Anfang für diese komplizierte Geschichte.

Herbert war noch nicht fertig. »Könntet ihr nach dem Laden sehen? Nächste Woche sollen die Angestellten wieder öffnen. Vielleicht wäre es gut, wenn ihr ab und zu mal vorbeischauen könntet.«

»Natürlich«, antwortete Marie sofort. »Tom ist sonst auch jeden Tag da, also kann er gleich den Geschäftsführer geben«, sie grinste aufgesetzt. »Ich helfe ihm dabei.«

Auf der Rückfahrt im Zug schrieb sie Tom eine Nachricht. Mit Johanna hatte sie nicht mitfahren wollen, weil Herbert früher immer Witze über den Fahrstil seiner Schwester gemacht hatte. In der Kurznachricht schrieb Marie, dass Herbert wieder munter war.

Kurz vor Brixen erreichte sie Toms Antwort:

Müssen reden. Warte in Brixen am Bahnhof auf dich.

So dringend? Hatte er etwas herausgefunden? Marie war gespannt. Tom hatte sich verändert. Er war zwar noch immer nicht Feuer und Flamme, hatte aber wenigstens nicht alle Ideen und Vermutungen gleich zerredet. Am Zugfenster wischte Klausen vorbei.

Vor dem Bahnhof in Brixen sah sie Tom sofort. Rechts vom Ausgang lehnte er an seinem alten Jaguar. Der Wagen passte zu ihm, fand Marie. Sie begrüßten sich knapp und stiegen ein.

»Ich fahr dich heim.« Er wirkte angespannt.

»Soll dich von Herby grüßen. Den hat es echt arg erwischt.« Bevor sie von seiner Bitte, sich ein wenig um die Vinothek zu kümmern, erzählen konnte, räusperte sich Tom.

»Ich bin raus.« Er sah stur geradeaus, als würde er nicht durch Brixen fahren, sondern durch Paris oder Rom. »Das alles ist ein Hirngespinst. Du solltest ebenfalls aufhören, einem Phantom nachzujagen.«

Marie war sprachlos. *Was ist denn mit dem auf einmal los?* »Wir sind schon so weit. Tom, dieser Gabler hat dich und Herby mit Viren verseucht. Er hat euch ausspioniert. Das interessiert dich nicht mehr? Außerdem der Anschlag ...«

»Manchmal geht's nicht um wer oder was oder warum«, fiel er ihr ins Wort. Manchmal reicht es, wenn man weiß, dass einem was passiert ist.« Er hielt an. Sie standen jetzt in der Parkverbotszone vor Maries Haus.

Marie suchte noch nach den richtigen Worten. Sie löste den Sicherheitsgurt. Auf der Rückbank wuselte Luna herum, die auf einen Spaziergang lauerte. »Ich versteh dich nicht.«

»Was gibt es da nicht zu verstehen? Ich habe gesagt, ich bin raus, weil ich keinen Sinn darin sehe. Es ist Zeitverschwendung. Wenn was dran ist, ist es ein Fall für die Polizei.« Er war jetzt lauter geworden. »Was sagen denn deine Carabinieri-Freunde? Na, was sagen sie? Nichts sagen sie. Also lass es sein.«

In ihr kochten Enttäuschung und Wut hoch, wie die Kohlensäure in einer Dose Oransoda, die man erst in die pralle Sonne gelegt und kurz vorm Aufmachen kräftig geschüttelt hatte. Gleich würde sie platzen. Oder heulen. Oder beides. Sie musste raus. Weg. »Wenn du das so siehst.« Sie machte die Tür auf und stieg aus. »Du alter ... du müder Mann. Du hast es nicht mehr drauf.« Sie warf die Tür so fest zu, dass es durch die ganze Straße hallte. Eine ältere Dame mit einem Hund sah sie verschreckt an. »Was?«, fauchte Marie sie an. Sie lief die drei Stufen zu ihrer Haustür hoch.

Tom blieb noch einen Moment dort stehen. Luna musste raus. Tom fuhr los.

In ihrem Büro sichtete und sortierte Chiara Akten. Der langweiligste Teil ihrer Arbeit. Auf die Aktendeckel kritzelte sie ihr Kürzel und legte sie gestapelt in die Hauspost. In Gedanken war sie wieder in Bozen. Hätte sie anders vorgehen können? Ihr fiel keine andere Antwort als ›Nein‹ ein. Das Team-Meeting nachher würde kein Spaß werden.

Eine gute Stunde später hatte sie den Kollegen Moser und Rossi von ihrem Besuch in Bozen erzählt – von ihrem Misserfolg. Moser konnte sich ein Grinsen nicht verkneifen. Sie hatte ihn daraufhin angeblafft. Das hatte ihn noch mehr angestachelt. »Typisch Männerwelt. Nie Fehler zugeben, nie anderen helfen. Wir sind doch ein Team«, hatte sie gesagt.

»Sind wir«, hatte ihr Chef geantwortet, Moser hatte zustimmend gegrunzt. »Dazu gehört, dass wir nicht dauernd die Fehler der anderen suchen oder darauf warten.«

Chiara wusste nicht, was sie sagen sollte. Dazu sah sie das zufriedene Grinsen von Moser. *In Unfähigkeit sonnen, das kannst du.* »Ich habe nicht auf Fehler gehofft«, setzte sie zu einer Rechtfertigung an. »Ich bin nur einer Sache nachgegangen, die mir unklar und wichtig erschien.« Sie musste sich bremsen, um nicht zu schreien. »Franz hat uns damals von der markierten Munition erzählt. Dass er sich nicht mehr ohne Notizen erinnern kann, dafür kann ich nichts.« *Atmen.* »Ich habe nur nachgefragt, ob da was schiefgelaufen ist.« *Atmen.*

Rossi lockerte seine Krawatte. »Es geht doch darum ...«

»Ich weiß, um was es geht«, fauchte sie dazwischen. »Es geht darum, dass der Fall zu den Akten soll. Von Anfang an. Euch ist nur wichtig, Bozen nicht auf die Füße zu treten.« Sie war doch immer lauter geworden. »Um mehr geht's hier anscheinend nicht. Doch, es geht noch darum, eine ruhige Kugel zu schieben. Bloß nicht zu viel arbeiten. Das hier ist keine Mordermittlung, das ist ein, eine, ein ... ach, fuck.«

Moser hatte während des ganzen Monologs einen Schokokeks in der Hand gehalten, der jetzt geschmolzen war. Rossi hatte seinen Kugelschreiber in der Hand, wagte es aber nicht, damit zu klicken. Chiara hatte ihn und den Kuli nämlich kurz wie ein wilder Stier angestarrt.

»Ich mach jetzt meine Akten fertig, danach bin ich weg. Ich nehme ein paar Tage frei, wenn das recht ist.« Damit stand sie auf, packte ihre dünne Primaloftjacke und die zwei Schnellhefter vor sich und rauschte davon.

K l i c k. »Also ...« K l i c k. »Ich muss wohl noch mal mit ihr reden«, stammelte Rossi, der so einen Auftritt von der jungen Kollegin niemals erwartet hätte.

Moser blieb sprachlos. Fast. »Die kriegt sich wieder ein.«

Dienstag, 9. April

Jakob Brenner zählte zu den Spitzenreitern auf der Liste der harmoniesüchtigsten Menschen der Welt. Zumindest in Maries Augen. Sie hatte ihn gleich in der Früh angerufen und gebeten, vorbeizukommen. Deswegen startete er sofort mehrere Schlichtungsversuche, um Marie zu beruhigen. »So hat Bauer das gesagt?«, fragte er mehrmals, als Marie das Gespräch schilderte.

Marie musste aufpassen, nicht zu wütend zu klingen. Sonst würde Jakob noch abspringen. »So hat er es gesagt.«

»Er muss es doch begründet haben.«

»Hat er nicht, muss er nicht.« Sie schnaubte. »Lass gut sein, wir schaffen das auch ohne ihn.«

»Wir?« Er sah Marie durch seine Nerd-Brille an und wischte sich die Hände an der Hose ab. »Marie, wenn jemand einen Anschlag auf dich verübt hat, wenn selbst ein Reporter wie Bauer nicht mehr mitmacht – was erwartest du von mir?«

»Deine Hilfe.« *Wird er auch abspringen?* »Ich brauche dein Computerwissen und deine Freunde im Darknet, sonst kommen wir nicht weiter.«

»Sag nicht immer, ›wir‹.« Er zupfte an seinem dünnen Bart.

Marie ließ sich auf den Stuhl gegenüber Jakob fallen. »Ich. Zufrieden? Ich komme sonst nicht weiter. Wir müssen doch rausfinden, wo dieser Gabler wohnt.«

»Wieder, ›wir‹! Was willst du machen, wenn du es weißt? Hingehen, klingeln und ...«, er sah sie an, »... Ding Dong, Sie haben Viren verbreitet, meine Freunde ausgehorcht und einen Anschlag auf mich verübt!«

»Weiß nicht.« Was nicht der Wahrheit entsprach. Marie feilte sehr wohl an einem Plan – einem waghalsigen Plan, der nun auf noch wackligeren Beinen stand. »Schritt für Schritt, Brenner. Erst mal schauen, wo der Typ wohnt und wer er ist.«

Jakob gab sich geschlagen. Mehrere Stunden surfte und hackte er sich in die unterschiedlichsten Datenbanken. Er fand eine veraltete Wohnadresse. Gabler war in Sterzing aufgewachsen und hatte dort die Schule besucht. Die letzten zwanzig Jahre gab es keine Spur mehr von ihm. »Jetzt kann dir nur noch die Polizei helfen«, sagte Jakob, klappte seinen Laptop zu und lehnte sich zurück. »Alles, was ich jetzt noch anzapfen könnte, ist super geschützt.«

Marie sah ein, dass sie so nicht weiterkommen würde. Aufgeben kam trotzdem nicht infrage, noch nicht.

Marie lief ziellos durch Brixen. Sie brauchte frische Luft. Dringend. Ein paar Mal hatte sie Tom angerufen – erfolglos. Typisch, eine Mailbox hatte er nicht. Vor einer Bar hinter dem Weißen Turm entdeckte sie Chiara an einem Stehtisch. Rauchend. »Du rauchst?«

»Hoi, nein, eigentlich nicht. Gerade musste es mal sein.«

»Scheiß Tag?«

»Ich werfe hin.« Sie sah aus, als hätte sie sich den Magen verdorben.

»Was wirfst du hin? Deinen Job?« Marie war fassungslos. Kurz vergaß sie sogar, dass ihr Tag auch nicht gerade prächtig verlaufen war.

»Diese Idioten. Die kriegen nichts auf die Reihe. Bremsen, was das Zeug hält, machen mich fertig, weil ich meine Arbeit tue.«

Marie winkte dem Kellner, deutete auf das Werbeschild für Aperol Spritz und zeigte mit Zeige- und Mittelfinger zwei. »Darf ich eine?«

Rauchend und trinkend erzählte Chiara von ihrer Fahrt nach Bozen, wie sie dort abgeblitzt war, wie ihr Chef und Moser reagiert hatten. Dabei plauderte sie noch mehr über die Ermittlungen aus. Ihr war's egal. Ihr war gerade alles egal.

Marie hörte aufmerksam zu. »Was willst du jetzt machen?«

Chiara hob die Schultern. Sie schluchzte. »Weiß nicht. Wenn ich bei der Polizei bleibe, nur woanders. Oder ich fang an zu studieren.« Jetzt rollten Tränen über ihre Wangen. »Am liebsten würde ich den Fall ganz allein lösen und allen den Stinkefinger zeigen.«

Marie nahm sie in den Arm. »Mein Tag war auch mies. Richtig mies.« Sie erzählte von ihrem Streit mit Tom. Nach dem dritten Aperol berichtete sie von dem Hacker und wie sie herausgefunden hatte, wer dahintersteckte. Jakob ließ sie außen vor. Chiara hörte gespannt zu.

»Krass. Dafür hätten meine Kollegen drei Wochen gebraucht. Oder sie hätten es gar nicht erst versucht.« Sie versuchte ein Grinsen, das aussah, als hätte sie Bauchschmerzen. »Wie geht's jetzt weiter?«

»Keine Ahnung. Ein Freund hat sich ein bisschen im Web umgesehen – keine Spur von dem Typen.« Sie rührte mit ihrem Strohhalm in den angeschmolzenen Eiswürfeln.

»Ich gebe morgen auf der Dienststelle meinen Urlaubsantrag ab, dann befrag ich mal den Computer. Schick mir einfach das, was du weißt.«

Marie war baff, damit hätte sie nicht gerechnet. »Klar, vielen Dank.«

»Was machst du, wenn du mehr über ihn weißt?«

»Dann schau ich mir den Typ mal an. Vielleicht frag ich ihn, was das sollte.«

Chiara schmunzelte, so gefiel ihr Marie. »Da bin ich dabei. Ich präsentiere ihn allen Kollegen wie eine Trophäe.« Eine folgenschwere Zusage.

Mittwoch, 10. April

Maries Wohnung war an diesem schönen Frühlingsvormittag zum Treffpunkt geworden. Wie immer war Jakob zuerst aufgetaucht. Er hatte zwei Laptops dabei. Viel Zeit hatte er nicht, denn er musste nachher in die Redaktion. Bis auch Chiara zu ihnen stieß, richteten sie sich an Maries Küchentisch ein.

»Ich habe nichts mehr über diesen Gabler gefunden«, referierte Brenner dann. Von Marie sah er zu Chiara. Er drehte den Laptop und zeigte ihnen drei Bilder. »So sieht er aus, also so sah er *damals* aus.« Die Fotos waren alt. »Habe ich auf so einem Klassenfoto-Portal gefunden, die waren nicht öffentlich sichtbar. Der da in der Mitte ist es.« Die Bilder zeigten Klassenfotos aus drei Jahren hintereinander, denn die meisten Schüler hatten sich von Bild zu Bild kaum verändert. Gabler war unauffällig, etwas pummelig, in einer Art, die sich nicht auswachsen würde.

Marie zog den Laptop etwas näher zu sich heran. Sie zeigte auf einen Jungen, der auf dem offenbar zuletzt aufgenommenen Bild hinten rechts stand. »Das ist doch Herby!«

Während Chiara sie ratlos ansah, tippte Jakob den Namen des Wirtes in seinen zweiten Laptop ein. »Gasser heißt der, oder?«

Marie nickte, ließ die Augen nicht von dem alten Klassenfoto. Auf den anderen beiden konnte sie Herbert nicht erkennen.

»Stimmt, du hast recht«, triumphierte Jakob. »Eindeutig. Herbert Gasser war in der gleichen Schule zur gleichen Zeit.«

»Also unser Herbert kennt Gabler von früher. Gabler zapft dessen Rechner an.«

»Möglicherweise eine alte Geschichte zwischen eurem Herbert und diesem Gabler«, mutmaßte Chiara.

»Ich ruf Herby an und frag ihn.« Ihr Handy hatte sie schon in der Hand. »Mailbox.« Sie sprach nicht darauf. »Ich fahr später hin.«

»Wenn sich die beiden kennen, galt der Anschlag vielleicht wirklich Herbert«, sagte Jakob langsam. So, als würde er vor jedem Wort nachdenken. Dann rief er »Aua«, weil Marie ihn unter dem Tisch gegen das Schienbein getreten hatte.

Jetzt war Chiara hellhörig: »Welcher Anschlag?«

»Er meint den Unfall.« Marie überlegte, ob sie noch mehr verraten sollte. Immerhin war Chiara Polizistin. Vielleicht würde ihr ihre Mithilfe zu heiß werden. »Ich habe nur nach den ganzen Vorfällen spekuliert, ob der Unfall gar keiner war, sondern ein Anschlag. Außerdem, ob er mir hätte gelten sollen, denn eigentlich war geplant, dass *ich* das Auto an dem Abend abhole.« Es fiel ihr immer noch schwer, daran zu denken, dass Herbert wegen ihr im Krankenhaus lag. Sie sah Chiara gespannt an und malte lauter kleine Kringel auf ihr Notizpapier.

»Was sagen die Kollegen?«

»Nichts bisher. Die gehen von einem Unfall aus.«

»Was sagt euer Herbert?«

»Nur, dass er geblendet worden ist, weil ihm wohl ein Auto entgegengekommen war.«

Jetzt plauderte Jakob drauflos: »Mit einem Scheinwerfer wurde er geblendet. Bauer hat Marie so was in einem Buch über die Stasi in der DDR gezeigt.« Sein Bein hatte er vorsorglich außer Trittweite gebracht.

Jetzt war auch das raus. »Wir haben da oben Abdrücke wie von schweren Stativen gesehen und Schutzkappen von Autobatterien gefunden.« Marie zeigte ihr die Handyfotos.

Chiara hatte aufmerksam zugehört, wenngleich sie sich das alles nicht vorstellen konnte. »Vielleicht geh ich nachher noch mal zur Dienststelle. Wer weiß, möglicherweise findet sich doch noch was.«

»Du bist ein Schatz, danke.« Marie war erleichtert.

Chiara schien voller Tatendrang. Kurz nachdem Jakob aufgebrochen war, machte sich auch Chiara auf den Weg. Sie und Marie verabredeten sich für den Abend noch mal auf Skype.

Marie schlenderte gemütlich zum Bahnhof, den nächsten Zug würde sie locker erreichen.

Im Bozner Krankenhaus hatte sie Glück. Sie konnte ungestört mit Herbert sprechen. Sein Zimmergenosse, ein alter Mann aus Eppan, war gerade zu einer Untersuchung abgeholt worden. Heute sah Herbert fitter aus, obwohl er noch genauso mumienhaft verpackt war. Marie hatte ihm eine Tüte Weingummis mitgebracht und einige Zeitschriften. Nachdem sie sich kurz nach seinem Befinden erkundigt hatte, kam sie gleich zur Sache, sie wollte es schnell erledigen, bevor der Nachbar zurückkam.

»Kennst du einen Peter Gabler?«

Herbert nickte, soweit das sein Mumienkostüm zuließ. »Warum fragst du?« Er sah sie neugierig an, was mit dem geschwollenen blauen Auge recht seltsam aussah.

Marie ging nicht auf ihn ein. »Wer ist das?«

»Mit dem war ich früher in der Schule.«

»Wann habt ihr euch zuletzt gesehen?«

Er überlegte. »Vor ein paar Wochen war das, kurz vor Fasching. Da hatten wir ein Klassentreffen.« Er blinzelte mit den Augen, die trockene Luft machte ihm zu schaffen. Er räusperte sich. »Warum willst du das alles wissen und woher kennst du den Gabler?«

»Ich kenn ihn gar nicht.« Was sollte sie verraten? Irgendetwas musste sie sagen.

»Was soll dieses Verhör, Marie?« Herbert wurde ungehalten.

»Kennt er Tom?«

»Was hat denn Tom damit zu tun? Marie, was ist los?« Er fingerte mit der verbundenen Hand an der Fernbedienung für sein Bett, es richtete ihn surrend noch ein Stück mehr auf.

»Dieser Gabler hat einen Computervirus auf Toms Rechner installiert, also über eine Mail.« Sie ließ Herbert nicht aus den Augen. Er sah sie erstaunt an. »Auf deinem war auch einer.«

»Ein Virus? Bei mir und Tom?«

Marie sah genau, wie die kleinen Gehirnzahnräder hinter Herberts Verbandsturban sich drehten.

»Gabler soll uns den geschickt haben? Marie, das ist Unsinn, der hat keine Ahnung von Computern, der ist ein Bürohengst, ein Verwalter.« Herbert schien davon überzeugt.

Marie nicht. »Und er ist verschwunden. Den gibt es eigentlich gar nicht.«

»Klar gibt es den, ich habe doch nach dem Klassentreffen noch mit ihm telefoniert.« Herbert machte eine Pause. »Ich habe neulich noch versucht, ihn zu erreichen. Ich bin nicht durchgekommen.«

»Nicht durchgekommen?«

»Na, er hat wohl eine neue Handynummer. Oder so.«

Marie ließ nicht locker. Sie sah auf die Uhr an der Wand. Sie war nun eine halbe Stunde im Zimmer. »Warum wolltest du ihn erreichen?«

»Ich wollte dir helfen, also bei deiner Recherche. Also habe ich mit alten Freunden von mir und Bekannten meiner Eltern gesprochen.«

»Das wusste ich gar nicht.« Marie war gerührt.

»Du musst nicht alles wissen.« Herbert versuchte zu grinsen.

»Warum Gabler?«

»Na, der ist nach der Schule zum Militär und dann beim Geheimdienst gelandet.« Er versuchte, sich anders hinzulegen. »Da hat er zwar nur in der Verwaltung gesessen ... Ich dachte, vielleicht kennt er jemanden, der an Infos für dich rankommt.«

»Zumindest würde das erklären, wie er an diese Spyware gekommen ist. Nicht, warum er das getan hat.«

»Ich weiß es nicht. Keine Ahnung. Hat er denn Schaden angerichtet?« Herbert klang müde.

»Keine Ahnung.« Mehr musste er jetzt nicht wissen. »Der Virus war im Anhang einer Mail. Was abgegriffen wurde, keine Ahnung.« Ihre Anschlagstheorie verschwieg sie. »Wo wohnt Gabler?«

»Weiß nicht. Ich habe ein paar Schulfreunde deswegen gefragt, es wusste keiner.«

Es klopfte. Tom Bauer steckte seinen Kopf herein. »Sorry, ich will nicht stören, ich geh in die Cafeteria.« Noch bevor Herbert oder Marie antworten konnten, war der Kopf wieder verschwunden.

Herbert schien zu spüren, dass etwas nicht stimmte. »Geh ihm mal nach.« Er versuchte dabei, seinen Kopf zeigend Richtung Tür zu drehen. Was eher wie ein seltsames Zucken aussah. »Na los.«

Sie sah Tom sofort, als sie in die Cafeteria kam. Er saß mit einem Espresso an einem Tisch in der Ecke. Sein Blick war nach draußen gerichtet, in die Ferne. »Ist hier noch frei?«, fragte sie mit dem Versuch eines Lächelns. Ihr Marie-Lächeln hatte sie länger schon nicht mehr hinbekommen.

Er sah sie verwirrt an. Er schien in Gedanken weit weg gewesen zu sein. »Gerne. Setz dich.«

Auf dem Weg in die Cafeteria hatte sie versucht, sich einen Schlachtplan zurechtzulegen. Welcher Weg war der Richtige, um wieder mit Bauer ins Gespräch zu kommen? Um ihn wieder ins Boot zu holen? Sie entschied sich für die Flucht nach vorne – Angriff.

Zur gleichen Zeit, fast genau 300 Kilometer entfernt, wählte sich Christian Fischer über eine sichere Verbindung in eine Onlinebesprechung ein. Diesmal saß er nicht in einem schicken Hotel am Gardasee oder in einer Nobelpension in Südtirol, sondern in einer heruntergekommenen Wohnung im siebten Stock eines hässlichen Hochhauses in Cesano Boscone bei Mailand. In den Wohnblocks im Quartiere Tessera besaßen sie fünf Wohnungen unterschiedlicher Größe und Lage. Diesmal schaltete sich die Dreiergruppe nicht per Video zusammen, sondern nur mit Ton.

Der Alte, Gabriel Giordano, erwartete einen Bericht über den Stand der Vorbereitungen.

Nicolo De Lucca vermeldete, dass in Trento alles nach Plan verlaufen sei. Der Sprinter mit der Lieferung würde übermorgen in der Früh mit dem Berufsverkehr nach Südtirol aufbrechen. Der Lieferant, wie er den Fahrer aus Sizilien nannte, sei von seinen Aufgaben entbunden worden. Er lachte dreckig.

Das gefiel dem Alten, der sein glucksendes Lachen zum Besten gab.

Fischer hörte erst einmal nur zu. Er stand am Fenster und sah auf die Nachbarhäuser. Irgendwo hinter den Betonklötzen verlief die Autobahn. Dahinter breiteten sich Wiesen, Felder und Seen aus – wie ein grünes Wunder, an das man angesichts der Umgebung nicht glauben würde. Nun war er an der Reihe mit seinem Bericht. »Südtirol läuft. Keine Störungen zu erwarten, die Pressetante ist zwar nicht tot, aber ruhig. Die Carabinieri halten die Füße still, sie gehen von einem Unfall aus, kein weiteres Vorgehen erforderlich.« Militärisch kurz und knapp, so wie er es gelernt hatte. So, wie er es selbst schätzte.

»Sprechen wir über den Zeitplan«, begann der Alte.

De Lucca, wie immer eifrig, fiel ihm ins Wort. »Freitag laden wir die Lieferung um – in einen Kleinwagen und einen anderen Sprinter. Ladeplatz ist das frühere Militärgelände am Kalterer See. Am Samstag geht's später am Tag Richtung Sterzing, mit einem Stopp in Franzensfeste. Finale um neunzehnhundert.«

Der Alte gab eine Lautfolge von sich, die man als zustimmendes Gemurmel deuten konnte. Fischer stellte sich vor, wie er da in seiner Villa saß und sich genüsslich die Hände rieb. Angesichts der jüngsten Pannen war Giordano auffallend ruhig geblieben. Wurde wohl altersmilde. »Südtirol«, damit war Fischer gemeint, »übernimmt den Ablauf vor Ort zusammen mit G.«

»Läuft. Alles klar.«

»Für unser Duo in Trento war es das! Verstanden?«

Jetzt, befürchtete Fischer, würde Giordano doch noch mal auf die Pannen zurückkommen. »Positiv«, antwortete er militärisch kurz.

»Update morgen, gleiche Zeit, gleicher Weg.« Damit war Giordanos Leitung tot.

Fischer mochte diese knappen Runden. Er dachte an den See in der Kiesgrube hinter der Autobahn, gar nicht weit weg. Auf dem Grund gammelte eine ganze Bankiersfamilie vor sich hin, die sie vor einigen Jahren mal aus dem Weg räumen mussten, weil sie verdeckte Konten auffliegen lassen wollte. Seitdem ging er dort nicht mehr schwimmen. Zumindest die Fische dürften satt geworden sein.

Marie wagte die Flucht nach vorne: »Was ist los mit dir?« Tom antwortete nicht, er sah sie nur müde an. Da war noch was anderes, das spürte Marie. Sein Dreitagebart war schon nah an einem Wochenbart mit grauen Flecken. Die Ringe unter den Augen sprangen einen förmlich an. Der Mann war fertig. Das nahm sie erst jetzt richtig wahr. *Leer! Tom Bauers Augen sehen leer aus.* »Tom. Sprich mit mir.«

Er schien nach Worten zu suchen. »Marie, du darfst nicht weiterbohren, wir dürfen nicht weitergraben.« Er machte eine Pause. »Ich verstehe, wenn es dir komisch vorkommt. Es geht nicht.«

»Lass uns zur Polizei gehen. Jetzt sofort zeigen wir an, dass jemand deinen Computer gehackt hat.« Das wollte sie zwar auf keinen Fall, aber eine bessere Antwort war ihr auf die Schnelle nicht eingefallen. Außerdem klang es nach wie vor nach Attacke. »Ich erstatte Anzeige, weil auf Herbert ein Anschlag verübt wurde. Dich gebe ich als Zeugen an.«

Tom antwortete nicht. Er sah zum Nachbartisch. Dort hatte sich ein Rentnerpaar mit einer jungen Frau im Bademantel niedergelassen. Tom sprach leise weiter: »Ich kann dir nicht mehr sagen.«

»Erklär es mir!« Ihre Gefühle schwankten zwischen Ernüchterung, Trauer, Wut und Kampf. »Weißt du, wir schaffen das auch ohne dich.«

»Darum geht es nicht. Ihr sollt gar nichts schaffen. Du sollst nichts machen. Wir sollen nichts machen. Lass uns diese ganze Sache begraben.«

»Das kann ich nicht. Das ist meine Chance, hier rauszukommen. Ich stecke mittendrin in einer Riesenstory. Ich spür das. Die Zusammenhänge habe ich zwar noch nicht ganz verstanden – das kommt noch. Das lass ich mir nicht kaputtmachen, von keinem. Nicht mal vom großen Tom Bauer.« Sie stand auf, riss ihre Jacke vom Stuhl und ging. »Sag Herby, dass ich mich melde.«

Im Zug nach Brixen fand Marie keine Ruhe. Während vor dem Fenster die steilen Wände vorbeisausten, arbeitete es in ihrem Gehirn. Das ließ sich nicht abstellen. Sie würde diesen Gabler finden. Sie musste ihn aufspüren. Als der Zug in den Brixner Bahnhof einfuhr, wusste sie, wie.

Drei Stunden später, es war fast dunkel, machte sie sich auf den Weg. Ihr Ziel war der kleine Club. Mittwochs und donnerstags war er eine beliebte Afterwork-Location. Sie positionierte sich an der Bar, bestellte ein Wasser und wartete. Den Eingang ließ sie nicht aus den

Augen. *Hoffentlich taucht jetzt nicht Carlo mit den Carabinieri-Kumpels auf.* Als sie gerade das dritte Wasser geleert hatte, sah sie ihn. Groß, muskulös, im Anzug, die Krawatte locker. Sie drehte sich so zur Tür, dass er sie sehen musste. Zum Glück war der Club noch nicht zu voll. Bingo. Der Fisch hatte angebissen.

»Schöne Frau, du hier, so früh?«

»Natürlich.« Marie grinste ihn an. »Nur wegen dir.«

Er lachte. »Klar. Marie, das glaubst du selbst nicht.«

Sie musterte den jungen Staatsanwalt von oben bis unten. »Du machst was her im Anzug.« Sie versuchte ein Grinsen.

Er bestellte mit einem Wink ein Bier. »Hast du dich erholt von unserer kleinen Grenzerfahrung?«

Sie gab ihm ein Zeichen, dass er näherkommen solle. Sie beugte sich vor und flüsterte: »Habe ich. Das ist jetzt egal. Weißt du, wenn ich jemanden abschleppe, lass ich im Schlafzimmer immer meine kleine Kamera mitlaufen.« Sie sah ihn ernst an. »Was die gefilmt hat, das gefällt dir jetzt im Nachhinein nicht mehr. Da bin ich sicher.« Sie deutete auf seine Hand, auf den goldenen Ring. Neulich nachts hatte er keinen getragen. »Wie ich sehe, gibt es noch jemanden, der bestimmt keine Lust hat, von dieser Grenzerfahrung zu erfahren.«

Er sah sich um. »Was willst du, was soll das?« Er sprach die Wörter nicht aus, er zischte sie. Kurz prostete er abwesend einem Typen auf der anderen Seite der Bar zu. »Ich bin Staatsanwalt, ich könnte dich in den Knast bringen«, plusterte er sich auf.

»Ich könnte deinen Ruf und deine Ehe zerstören. Wenn es dir das wert ist. Nur zu.« Sie lächelte ihn kalt an. »Die Reihenfolge bestimmst du.«

»Was soll das?«

»Ich brauche deine Hilfe. Ich gebe dir einen Zettel mit einem Namen, du gehst in dein kleines Büro und lässt alle Drähte glühen. Ich warte hier. Wenn du zurückkommst, sagst du mir alles, was du über den Mann herausgefunden hast. Alles! Vor allem, wo er wohnt.«

Er schwieg. »Hör zu, ich kann nicht einfach ...«

»Doch, Du kannst. Denn kannst du nicht, dann kann *ich*.« Sie freute sich über das gelungene Wortspiel.

»Um wen geht es? Wer ist das?«

»Das sagst du mir dann. Mehr musst du nicht wissen. Danach sind wir quitt.« Sie sah auf die Uhr. »Sagen wir zwei Stunden ab jetzt.«

»Ich weiß nicht, wie du dir das vorstellst. So einfach ist das alles nicht. Außerdem ist es Erpressung.«

»Tja, mein Lieber. Eine Frau zu würgen ist womöglich ein Mordversuch oder eine Vergewaltigung. Oder beides. Auf jeden Fall ist es auch noch eine Sauerei der eigenen Frau gegenüber. Für den Ruf ist es ebenfalls nicht gerade förderlich. Die Zeit läuft.« Sie holte einen Kugelschreiber aus ihrer Jackentasche und schrieb »Peter Gabler« auf einen Bierdeckel.

»Du hast was?« Chiaras Stimme entgleiste fast, als sie hörte, was Marie abgezogen hatte. »Du hast einen Staatsanwalt erpresst?«

Marie lächelte. »Sagen wir, ich habe ihn sanft zur Mitarbeit aufgefordert.« Sie zog ihr Notizbuch aus der Tasche, die sie neben dem Couchtisch abgestellt hatte. Der Würger war nach einer Stunde tatsächlich wieder aufgetaucht. Marie war sofort aus dem Club verschwunden und hatte auf gut Glück bei Chiara geklingelt. »Peter Gabler ist ein Mysterium. So alt wie Herbert, ist mit ihm zur Schule gegangen. Das hat mir der feine Herr Ehebrecher bestätigt. Auch was mir Herbert erzählt hat, nämlich, dass Gabler beim Militär war – beim Geheimdienst SISMI*. Nach 2007 gibt es über ihn nichts mehr. Der Herr Staatsanwalt hat sich richtig ins Zeug gelegt, mir sogar seine aktuelle Adresse und eine Telefonnummer aufgeschrieben.«

»Marie, du spinnst. Was hast du jetzt vor?«

»Gabler wohnt in der Burgfriedenstraße, ein anonymes Mehrfamilienhaus. Da werde ich ihn nachher mal rauslocken.«

»Waaaas?« Gefühlt zwölf a's war Chiaras Kommentar lang, die Stimme dabei schrill. »Du willst zu ihm hin?«

»Warum sonst sollte ich mir mit solchem Aufwand seine Adresse besorgen?« Sie lehnte sich zurück, versuchte sicherer auszusehen, als sie war. »Ich werfe ihm einen Zettel in den Briefkasten, vielleicht ruf ich ihn sogar noch an.«

»Was willst du ihm schreiben?«

»Das ich ihn treffen will. So habe ich Ort und Zeit in der Hand. Am Telefon mache ich ihn darauf aufmerksam, dass ich es ernst meine.«

Chiara wusste nicht, was sie sagen sollte. Sie war aufgestanden, hatte sich aber sofort wieder hingesetzt, um kurz danach gleich wieder aufzustehen. »Wo und wann soll das sein?«

»Morgen Abend. In Sterzing.« Sie klimperte mit ihrem Schlüsselbund. »Ich habe Herbys Schlüssel für die Vinothek. Soll mich ja nächste Woche darum kümmern. Im Moment ist sie geschlossen, also sind wir da ungestört. Jetzt setz dich mal hin, du machst mich ganz verrückt.«

»Hast du mal darüber nachgedacht, wie gefährlich das ist?« Sie hatte sich wieder gesetzt. »Du musst Anzeige erstatten.«

Lange und sehr gründlich hatte sie über ihren Plan nachgedacht. Sie wollte aktiv werden, etwas riskieren. »Erst will ich mit ihm sprechen. Komm doch mit. Du hast einen Dienstausweis und sogar eine Waffe.« Marie grinste.

»Bist du deppert? Ich kann doch nicht privat Polizei spielen und mit der Waffe herumrennen.«

»Weiß ja keiner. Wenn der Typ harmlos ist, musst du nicht in Aktion treten. Wenn er komisch wird, ist er eh ein Fall für deine Leute und wird sich kaum beschweren.«

Marie machte es Chiara nicht leicht. Sie schien alles durchdacht zu haben. Sie schien tausendmal tatkräftiger als alle ihre Kollegen zusammen. Wahrscheinlich hatte sie recht, am Ende wäre alles ganz harmlos. Das ging Chiara durch den Kopf, bevor sie einen folgenschweren Satz sagte: »Ok, ich bin dabei.«

Donnerstag, 11. April

Fischer breitete die Karte von Südtirol vor sich aus. Sein Zeigefinger ruhte auf Mauls. Der kleine Ort am Eisack war markiert. Rechts daneben verlief eine rote Linie nach Norden zum Brenner und weiter bis nach Innsbruck in Österreich. Der Verlauf des geplanten Brenner-Basistunnels. Ein gigantisches Projekt. Er fuhr mit dem Finger diese Linie entlang bis Sterzing. Dort galt sein Interesse der Seilbahn. Er schaltete seine Digitalkamera an. Öffnete das Album mit dem unverfänglichen Namen »Südtirol« und klickte sich durch die Bilder. Erst sah er sich die Fotos der Baustelle für den Tunnel an. Sie waren in Mauls aufgenommen worden. Die nächsten Bilder stammten aus Sterzing: die gemütlich über die Autobahn schwebende Seilbahn. Ein Wahrzeichen, das jeder Urlauber von der Fahrt in den Süden kannte. Drei Aufnahmen vergrößerte er, sie zeigten die Standpfeiler der Bahn.

Fischer stand auf und sah aus dem Fenster. Von seiner Wohnung aus konnte er direkt auf die Kathedrale sehen. Gestern Abend war er nach Trento umgezogen, in eine weitere sichere Wohnung. Die Kathedrale erinnerte ihn immer ein wenig an eine Festung. So gerne er unterwegs war, bald würde damit Schluss sein. Wenn es nach ihm ginge, würde er hier in Trento bleiben. Er sah auf seine Uhr. Eine alte Uhr aus Glashütte in Sachsen, sein Vater hatte sie ihm vererbt. Auf der Rückseite war eine Widmung: »Für treue Dienste im MfS*.«

Zeit für den Anruf. Über seinen Laptop wählte er sich in die sichere Verbindung ein. Giordano und De Lucca tauschten sich bereits aus. Er steuerte letzte Details des Plans bei. Wo der Transporter parken würde. Wie er sich die Übergabe vorstellte. Diese sollte bei Franzensfeste stattfinden, dorthin würde auch das Auto für die Lieferung nach Sterzing kommen. Er bestätigte erneut den Zeitplan. Nach nicht mal drei Minuten war die Besprechung vorbei. Er beschloss, die nächsten Stunden in der Stadt zu genießen. Spätestens übermorgen wäre das erst mal nicht mehr so leicht möglich.

»Der kommt niemals.« Chiara murmelte das seit einer halben Stunde vor sich hin. Sie war um 19 Uhr in die Vinothek gekommen. Marie stand gerade hinter dem Tresen und sah wie eine Wirtin aus. Die Vinothek sollte möglichst normal aussehen. Chiara sollte sich an einen Tisch setzen, wie ein normaler Gast. Jakob, der aussah, als hätte er schlimme Bauchschmerzen, würde an einem weiteren Tisch sitzen. Der Plan sah vor, dass Jakob bezahlte und ging, sobald Gabler kam. An der Tür würde er das Schild auf »Geschlossen« drehen, damit bloß keine normalen Gäste in die Vinothek wollten.

»Glaube nicht, dass er kommt.«

Marie ging Chiaras Angst langsam auf den Geist. Sie brachte ihr einen Schnaps. »Trink und beruhige dich.«

»Ich kann doch jetzt keinen Alkohol trinken«, protestierte Chiara – sie kippte das Stamperl trotzdem hinunter. Marie hatte ihr den Tisch nahe am Eingang zugewiesen. Einen, der nicht am Fenster stand. *Hoffentlich kommt auch wirklich kein normaler Gast rein.* »Marie, das ist absurd. Lass es uns abblasen.«

Marie nahm davon keine Notiz. Noch zehn Minuten. Jakob, der jetzt aussah, als würde er sich am liebsten sofort in Luft auflösen, trank sein Glas mit Oransoda fast leer, damit er gleich bei Gablers Ankunft gehen könnte. »Marie, hör auf Chiara, mir ist nicht wohl bei der Sache.« Marie hatte ihn in die Vinothek gelockt und erst vor Ort überrumpelt, mitzumachen.

»Ganz ruhig. Alles easy. Ich will doch nur sehen, wie der Typ aussieht, wie er so wirkt. Nur *vielleicht* spreche ich ihn auf Herbert und den Virus an.«

Da ging die Tür auf. Jakob hätte fast sein Glas umgestoßen. Marie beobachtete ihn aus dem Augenwinkel. Sie sah kurz hinüber zu Chiara, die so tat, als würde sie etwas auf ihrem Handy lesen. Auch sie hatte den Mann, der hereingekommen war, genau gemustert. *Profiblick. Sie schien voll bei der Sache, trotz ihrer Bedenken.* Maries Herz raste. Sie grüßte den Mann mit einem Kopfnicken. Möglichst unauffällig musterte sie ihn von oben bis unten. Er wirkte viel älter, was an seiner grauen Stoffhose und dem leicht abgewetzten Lederblouson lag. Er war untersetzt mit einem deutlichen Bauch.

Die Haare grau, die Geheimratsecken ausgeprägt. Es war Gabler, kein Zweifel. Die um einige Jahrzehnte ältere Version des Jungen auf dem Schulfoto.

Er sah sich um. Sein Blick huschte über Chiara, stoppte bei Jakob, der aufgestanden war, sich kurz verabschiedete und ging. Wie verabredet drehte er am Eingang schnell und wie zufällig das Schild auf »Geschlossen.« Gabler setzte sich an den ersten Tisch in der Nähe der Bar.

»Was kann ich bringen?«, sagte Marie, die noch immer hinter dem Tresen stand und die Barkeeperin mimte.

»Ein Glas Rotwein, bitte.« Gabler sah auf die Uhr. Er drehte sich etwas um, um noch einmal Richtung Chiara zu schauen, die schnell ihren Blick wieder auf ihr Handy richtete. Hätte er aus dem Fenster gesehen, hätte er innerhalb der letzten Minute einen unschuldig dreinblickenden Jakob vier Mal vorbeigehen sehen.

Marie servierte Gabler den Wein. Dazu ein Schälchen Nüsse. Was nun? Sollte sie ihn ansprechen? Die Antwort auf ihre Gedanken lieferte Gabler selbst.

»Wo ist denn Herbert?«

Mist. Marie hatte bei der Auswahl des Ortes nicht bedacht, dass die beiden sich kannten und Gabler sofort nach Herbert fragen würde. »Er ist krank. Wir, äh ich, schmeiß solange den Laden.« Sie blieb am Tisch stehen. »Kennen Sie sich?«

Gabler nickte. »Ewig. War lange nicht hier.« Er trank einen Schluck. »Vor ein paar Wochen hatten wir kurz Kontakt, da ging es ihm noch gut.«

Klar, du Mistkerl. »Er hatte einen Autounfall.« *Wurde bei einem Anschlag fast getötet.* »Liegt in Bozen.«

Gabler sah jetzt irritiert aus. Zum ersten Mal sah er Marie genau an. Sie spürte, wie er sie musterte. »Wer sind Sie?«

»Eine Freundin, ich helfe hier aus.«

Marie sah an Gabler vorbei zu Chiara. Sie saß auf ihrem Stuhl wie eine gespannte Feder. Bereit, jeden Moment aufzuspringen. Marie schüttelte leicht den Kopf.

»Wie heißen Sie, wenn ich fragen darf?«

Als Marie gerade antworten wollte, griff Gabler in die Tasche seiner Lederjacke. Aus dem Augenwinkel sah Marie Chiara aufspringen. Ihr Stuhl fiel scheppernd zu Boden. Gabler drehte sich um, die Hand noch immer in der Jacke. Marie stürzte sich auf Gabler. Alles lief in Sekundenbruchteilen ab. Marie hätte später keine schlüssige Reihenfolge der Ereignisse berichten können. Das Geräusch schneller Stromschläge war zu hören. Gabler schrie auf. Chiara auch. Dann war Ruhe. Gabler war zusammengesackt.

»Marie, was …?« Chiara war schon bei ihr. »Was hast du getan?«

Marie hatte Gabler mit einem Elektroschocker außer Gefecht gesetzt. Er hing schlapp über dem Tisch. Als Gabler in seine Tasche griff und Chiara aufsprang, hatte Marie das Gerät aus der Gesäßtasche ihrer Cargohose gezogen. »Ich dachte, der zieht eine Waffe. Du doch auch. Du bist schließlich aufgesprungen wie der Joker aus seiner Box. Los, schnell, hilf mir.«

»Wobei? Der braucht einen Arzt.«

»Quatsch.« Marie griff hinter die Theke, da hatte sie ihr Handy und einige Kabelbinder versteckt, die sie gefunden hatte. Sie zerrte den wehrlosen Gabler vom Stuhl auf den Boden, drehte ihm die Arme nach hinten und band sie an den Handgelenken zusammen. Mit einem leisen R a t s c h zog sie die Plastikfessel fest.

»Bist du komplett durchgeknallt?« Chiara war außer sich. »Wir können den doch nicht einfach fesseln!«

Marie beachtete sie gar nicht. Sie gab ihr stattdessen Anweisungen. »Schnell, schließ die Tür ab. Schlüssel steckt. Und hilf mir.« Sie zerrte an Gablers Jacke. Der kraftlose Körper war schwerer als gedacht.

Chiara blieb keine andere Wahl; wenn jemand hereinschauen würde, wäre sie in einer weitaus schlechteren Position. Als sie von der Tür zurück war, hatte Marie Gabler schon fast vom Gastraum in das kleine Bürozimmer gezogen.

Er stöhnte.

»Los, ich brauch dich.«

Chiara protestierte, packte dennoch Gablers Beine. Nach ein paar Schritten waren sie im Nebenraum. Sie setzten Gabler auf einen Stuhl. Marie fixierte erst seine Arme mit Klebeband hinten am Stuhl, dann die Beine – die Kabelbinder schnitt sie wieder durch. Zum Schluss klebte sie noch einen Streifen über seinen Mund.

»Du hattest das geplant?!«, zischte Chiara. Unklar, ob es eine Feststellung oder Frage war. »Marie, was soll das alles?«

»Sei doch mal ruhig, ich muss nachdenken. Hol uns doch mal was zu trinken.«

Jetzt wurde Chiaras Stimme schrill. »Was zu trinken? Spinnst du total?« Demonstrativ setzte sie sich auf den Tisch, der zwei Schritte von Gabler entfernt stand.

Anstelle von Chiara ging Marie Wasser holen. Mit drei Gläsern kam sie zurück. Gabler schien sich langsam zu erholen. Er schrie etwas Unverständliches in das Klebeband auf seinem Mund, ruckte und zuckte in seinen Fesseln. In seinen Augen sah Marie Angst. Nicht gerade das, was sie von einem Geheimdienstmann erwartet hatte. Chiara war aufgestanden, sie lehnte hinter Gabler an der Wand. Marie vermutete, dass sie nicht in seinem Blickfeld stehen wollte, damit er sich später nicht an sie erinnern könnte. »Können wir reden, ohne Geschrei?« Gabler nickte. Marie riss mit einem Ruck das Klebeband ab. »Nicht schreien. Sonst brutzelt es wieder.« Sie sah, wie Chiara den Kopf schüttelte.

»Was soll das?«, keuchte Gabler.

»Das frage ich Sie. Wir wissen, was Sie getan haben.«

»Was habe ich getan?« Er fixierte Marie, er hatte es aufgegeben, mit seinen Augen nach Chiara zu suchen, die aus seinem Blickfeld verschwunden war. Also hatte er mitbekommen, dass zwei ihn überwältigt hatten. »Mach mich sofort los.«

»Erst wenn Sie unsere, äh, meine Fragen beantworten.« Marie saß genau vor ihm auf dem Tisch. Neben ihr lag der Elektroschocker.

»Kann ich trinken?«

Chiara nickte im Hintergrund.

»Nein. Noch nicht.« Marie trank selbst einen Schluck. »Warum verschicken Sie Mails mit Viren, warum spionieren Sie Ihren alten Klassenkameraden aus, warum schnüffeln Sie im Computer von Tom Bauer herum?«

Keine Antwort. Gabler sah sie nur an.

»Warum?« Marie versuchte sich zu erinnern, was sie einmal über Verhörmethoden gelesen hatte. Es fiel ihr nicht mehr ein. »Oder soll ich fragen: Warum haben Sie einen Anschlag auf Herbert verübt, der mir gelten sollte?«

Gabler starrte geradeaus. Kurz schien er etwas sagen zu wollen. Blieb jedoch stumm.

Chiara stand noch immer an der Wand. Sie sah Marie wütend an. Immer wenn Marie sie anblickte, schüttelte sie den Kopf. Sie überlegte, wie sie den Raum verlassen könnte, ohne dass Gabler sie sehen würde. Wie sollte sie dem ganzen Schlamassel entkommen? *Wenn das auffliegt, kann ich nicht mal mehr die Toiletten der Plosebahn putzen.*

Marie schien sich über so etwas keine Gedanken zu machen. »Ok, wenn Sie nicht wollen? Machen wir halt morgen weiter.«

Chiara stieß sich von der Wand ab. Sie schüttelte den Kopf, wedelte mit beiden Händen, als würde sie irgendetwas abwehren wollen. Sie winkte Marie zu sich. »Bist du jetzt völlig übergeschnappt?« Sie flüsterte, versuchte es zumindest. »Wir können den doch nicht eine ganze Nacht hierbehalten. Marie, das kostet mich meinen Job, das bringt uns in den Knast!«

»Geh einfach. Ich zieh das allein durch. Der hat Dreck am Stecken, der wird uns nicht verpfeifen.«

»Da bist du dir sicher?« Sie klang jetzt verächtlich. »Marie, die schon *so viele* Menschen verhört hat.«

Marie stachelte das nur noch mehr an. »Ich tu wenigstens was. Im Gegensatz zur Polizei oder zu Tom Bauer. Verschwinde! Kein Mensch weiß, dass du hier warst.« Sie sah Chiara entschlossen an. Der Blick eiskalt. »Los. Raus.«

Kurz darauf, Chiara war tatsächlich gegangen, summte ihr Handy. Eine Nachricht von Jakob mit einem Screenshot. In aller Eile verklebte sie Gablers Mund. »Ich muss dringend weg. Keine Sorge, ich komm bald zurück.« Sie grinste.

»Deswegen willst du nicht mehr mitmachen. Gib es zu!« Marie sagte es Tom auf den Kopf zu. Sie verriet nicht, woher sie ihr Wissen hatte. Denn Jakob hatte sich, nachdem er aus der Vinothek verschwunden war, nochmals in Gablers Rechner gehackt und dessen Mails durchgesehen. Dabei war ihm ein gespeicherter Handy-Screenshot aufgefallen, den Gabler an irgendjemand weitergeleitet hatte. Da stand, an Tom Bauer adressiert: »Wir haben deine Freundin, die Deutsche, also halt die Füße still.« Jakob hatte eins und eins zusammengezählt und den Screenshot sofort an Marie weitergeleitet.

Jetzt saß sie an Toms Küchentisch und hatte ihn mit der Drohung konfrontiert.

»Ich weiß nicht, was du willst.« Tom sah müde aus, er schien nächtelang nicht geschlafen zu haben. »Du spinnst dir da was zusammen.«

Ok, also doch die Wahrheit. Sie zeigte ihm den Screenshot. »Die Nachricht war an dich adressiert.«

Da brach Tom zusammen.

Marie konnte förmlich zusehen, wie er die letzten Funken Zurückhaltung und Kraft verlor. Würde so etwas ein Geräusch machen, es würde klingen wie ein Luftballon, aus dem man langsam die Luft entweichen lässt.

»Es stimmt. Elli ist weg. Ich habe sie seit Tagen nicht mehr gesehen, sie nicht erreicht. Sie hat sich nicht mehr gemeldet.« Er zog die Nase hoch. »Ich war in ihrem Hotel, mehrfach. Sie hat nicht ausgecheckt, gesehen haben sie sie da auch nicht mehr.« Er fuhr sich mit den Händen durch seine Haare, bis sie nach allen Seiten abstanden. »Dann kam die Nachricht.«

»Wann war das?« Marie war hoch konzentriert. Sie sah ihn an, dieses Häufchen Elend.

»Am Montag. Morgens. Ich habe es dir gleich in Brixen am Bahnhof gesagt.«

»Nichts hast du gesagt. Du hast gesagt, dass wir nicht weitermachen sollen. Warum hast du nichts von Elli erzählt?«

»Ich wollte sie nicht in Gefahr bringen.« Er trank ein Glas Wasser in einem Zug leer.

Marie trommelte mit den Fingern auf der Tischplatte, wie eine Raucherin, die seit Tagen auf Entzug war. *Ok, ich schenk ihm reinen Wein ein.* »Wir haben Gabler.«

Tom riss die Augen auf. »Was?« Sein Körper, der eben noch in sich zusammengefallen schien, war angespannt. »Wo? Wer ist ›wir‹?«

Marie erzählte kurz, was passiert war.

»Das hast du doch nicht allein mit Jakob durchgezogen?«

»Chiara war dabei. Ich habe sie überrumpelt, sie ist irgendwann ausgestiegen. Jakob war nur anfangs am Start.« Sie versuchte erst gar nicht, irgendeine Form der vielen verschiedenen Marie-Lächeln auszuprobieren.

»Marie, wenn das rauskommt. Denk an Elli. Denk an dich.« Er wühlte nun förmlich in seinen Haaren. Tat er das nicht, spielte er mit dem Wasserglas.

»Das kommt nicht raus. Der Typ hat Dreck am Stecken, der wird uns kaum verpfeifen.« Kurzer Versuch des Marie-ist-überzeugt-Lächelns.

»Was wird aus Elli, wenn du ihn freilässt? Nicht, dass er sie umbringt.«

Darüber hatte Marie auf dem Weg zu Toms Wohnung auch nachgedacht. »Glaub ich nicht, ein Hacker tötet keine Menschen.«

»Ein Hacker verschleppt auch keine.«

Ok, ein Argument. »Ich werde ihn morgen befragen, was das alles soll. Dich lass ich da raus, so sieht er, dass du nicht mehr mitmachst. Wenn er auspackt, lasse ich ihn frei.«

»Mir ist schlecht.« So sah Tom auch aus. »Vielleicht sollten wir doch zur Polizei?«

»Vergiss es, so kommt raus, dass Chiara dabei war. Wir müssen das so zu Ende bringen – also ich.«

Tom stand auf. Er sah aus dem Fenster auf die kleine Gasse. Nicht weit entfernt, links die Straße hinunter, saß Gabler in einem Hinterzimmer fest. Geknebelt und gefesselt. Vor ihm in seiner Küche saß Marie. Er sah ihr an, dass sie sich des Schlamassels bewusst war. Eine verfahrene Situation. Bisher schien sie alles durchdacht zu haben. Ellis Entführung hätte sie nicht ahnen können. Genauso wenig seine

Angst, Elli zu verlieren. Wie sollte es weitergehen? Er wusste keine Antwort. »Mach es morgen früh so, wie du denkst. Kommt nichts dabei raus, bringen wir ihn zur Polizei.« Vielleicht war das im Augenblick der einzig mögliche Weg.

Marie nickte, sie schien sich der Zwickmühle bewusst zu sein.

Tom saß noch lange allein am Küchentisch. Im Geiste spielte er immer wieder alle Möglichkeiten durch, wie bei einem Schachspiel vor dem wichtigsten Zug. Je mehr er grübelte, desto mehr kam ihm eine Lösung in den Sinn – eine, die ihm gar nicht gefiel. Eine, die von A bis Z gegen seine Natur war. Er machte sich auf den Weg. Voller Wut.

Freitag, 12. April

Seine Uhr zeigte kurz vor halb zwei in der Nacht. Durch die Hintertür war Tom in die Vinothek getreten. Wieder einmal kam er sich vor wie ein Einbrecher. Den Schlüssel hatte er von Johanna bekommen, damit er sich um die Vinothek kümmern konnte. In dem kleinen Büroraum, der aus seiner jetzigen Perspektive vor dem Gastraum lag, entdeckte er Gabler. Er begann zu zappeln und gegen das Tape über seinem Mund zu schreien, als er bemerkte, dass jemand hinter ihm den Raum betreten hatte. Da saß der Mann, der Elli verschleppt hatte. Der etwas mit einem Anschlag im Stil der Stasi zu tun hatte. Der Mann, der seinen Computer ausspioniert hatte. Ein Mann, den er nicht kannte. Tom wusste nicht einmal, warum sich ihre Wege hier und jetzt kreuzten.

Tom trat von hinten an ihn heran. »Ich mach jetzt Ihren Mund frei. Wenn Sie schreien, kleb ich wieder Tape drauf.« Mit einem Ruck, allein das Geräusch verursachte Tom Schmerzen, riss er das Klebeband von Gablers Mund.

»Wasser«, flüsterte Gabler mit heiserer Stimme.

»Wenn wir uns unterhalten haben.« Tom gab sich Mühe, souverän zu klingen. Dabei war er alles andere als das. Er hatte Angst – davor, erwischt zu werden, davor, dass sich dieser Gabler doch befreien könnte und vor dem, was er ihm vielleicht sagen würde. »Wo ist Frau Brinkmann?«

»Keine Ahnung.« Gablers Stimme war etwas fester geworden.

»Elli Brinkmann, wo ist sie? Sie haben mir die Nachricht geschickt. Wo ist sie?« Keine Antwort. Tom stand weiter hinter Gabler. Warum, wusste er selbst nicht, denn Gabler musste ihn schließlich kennen. Trotzdem fühlte sich Tom dort sicherer. »Sie haben Elli verschleppt, wohin?«

»Ich weiß nicht, wovon Sie reden. Ich muss dringend pissen.«

»Lassen Sie es laufen. Wo ist meine Freundin Elli?« Tom sah sich um. In dem kleinen Raum gab es links zwei Regale mit Handtüchern und Tischwäsche, vor Gabler stand ein kleiner Tisch. Den nutzte Herbert ab und zu als Schreibtisch, das wusste Tom. Einige Zeitungen lagen darauf, auch ein paar eingeschweißte Getränkekarten. Außerdem ein schwarzes Ding aus Plastik. Tom erkannte einen Elektroschocker. Marie musste ihn hier vergessen haben. »Noch mal. Ich will wissen, wo Elli Brinkmann ist, wo halten Sie sie versteckt?« Würden diese Fragen in Dauerwiederholung bei jemandem wirken, der mal beim Geheimdienst gearbeitet hatte? »Raus mit der Sprache. Dann mach ich Sie los, Sie gehen pinkeln und können verschwinden.«

»Ich weiß es nicht. Wie oft noch?« Gabler versuchte, mit seinem Stuhl hin und her zu kippen, vermutlich wollte er sich umdrehen und Tom ansehen.

Tom ging nach vorne, setzte sich auf den Tisch. »Wo. Ist. Meine. Freundin?« Keine Antwort. Gabler sah ihn nur an. Zwar ängstlich, wie Tom zu erkennen glaubte, keinesfalls jedoch panisch oder wie vor einem Zusammenbruch. *Neue Strategie.* »Warum haben Sie unsere Computer ausspioniert?«

»Ich habe das der Frau doch gesagt. Ich war das nicht, ich weiß nicht, wie Sie auf mich kommen. Vielleicht hat jemand meine Identität gestohlen.«

Gabler log, Jakob hatte eindeutige Beweise gefunden. In Interviews hatte er früher höchstens eine Viertelstunde gebraucht, bis die Menschen plauderten. Das hier war kein Interview. Das war ein Verhör. »Ich habe Beweise, dass Sie das waren. Wegen Ihnen liegt Herbert im Krankenhaus. Ihr Freund. Warum?«

»Ich brauche Wasser«, hechelte Gabler.

Tom dachte an ein langes Feature, das er mal geschrieben hatte. Damals hatte ein Polizist dem Entführer eines Bankierssohns mit Folter gedroht, um das Versteck des Jungen zu erfahren. In einem Kommentar dazu, einem scharfen, hatte er das Vorgehen damals als zutiefst unmoralisch bezeichnet. Genau das war der Gedanke, der ihn nicht hatte schlafen lassen. Der ihn hierhingetrieben hatte, mitten in der Nacht. Auge in Auge mit einem gefesselten Mann. Tom nahm betont langsam den Elektroschocker, ließ dabei Gabler nicht aus den Augen. Keine Reaktion. Er legte den Sicherungsbügel um, drückte auf den kleinen Knopf. Ein knisternder Lichtbogen spannte sich von einer

Elektrode zur anderen. Gabler beobachtete das mit aufgerissenen Augen. »Ein letztes Mal, warum ich? Wo ist Elli Brinkmann?«

Tom stand langsam auf und ging die zwei Schritte auf Gabler zu. Er ließ das Gerät wieder knistern, mit einem Heidenrespekt. Strom war ihm suspekt. »Wo ist meine Freundin?« Er presste den Schocker auf Gablers rechtes Bein. Ein leichter Druck mit dem Zeigefinger, es knisterte, Gabler zuckte, er schrie. Es dauerte nur Sekunden. Gablers Hose war im Schritt nass. »Wussten Sie, dass in irakischen Gefängnissen Männer gefoltert wurden, indem man ihnen Stromstöße in den Penis gejagt hat?« Tom war entsetzt über seine eigenen Worte.

Tom presste das Gerät wieder auf Gablers Oberschenkel, wieder dieses Knistern. Gabler keuchte und zuckte. Er sackte zusammen, die Fesseln hielten ihn aufrecht. Tom spürte Wut in sich aufsteigen – auf diesen Mann, der sein Leben durcheinanderbrachte, der eine Frau, in die er sich verliebt hatte, in seiner Gewalt hatte. Wut auch auf sich selbst, weil er alles, was ihm heilig war, in den letzten Minuten verraten hatte. Tom ging an Gabler vorbei hinaus. Aus der Putzkammer nebenan nahm er einen Eimer und ließ ihn voll Wasser laufen. Er baute sich erneut vor Gabler auf. Tom konnte sehen, dass Gabler versuchte, sich einen Reim auf den Eimer zu machen. Aus einem Regal nahm Tom ein Handtuch. Jetzt schien Gabler klar zu sein, was passieren würde.

»Mann, tun Sie das nicht.« Gabler ließ ihn nicht aus den Augen, immer wieder sah er zu dem roten Eimer hin. »Das können Sie nicht tun.«

»Ich kann alles tun, egal was. Weil Sie mir meine Fragen nicht beantworten.« Er gab sich weiterhin Mühe, hart und unnachgiebig zu klingen. »Gleich werden Sie merken, wie es ist, wenn man ertrinkt.«

Gabler rutschte auf seinem Stuhl etwas vor, wieder zurück. Seine Augen waren weit aufgerissen, als Tom hinter ihn trat, seinen Kopf zurückbog und das Handtuch über das Gesicht legte. »Mann, hören Sie auf damit!« Gablers Stimme klang jetzt schrill.

»Pst, nicht laut werden«, ermahnte Tom ihn. »Nur meine Frage beantworten.« Tom hob den Eimer und ließ vorsichtig etwas Wasser auf das Handtuch rinnen. Gerade so viel, dass es nass wurde. »Aufhören. Bitte!« Gabler prustete. Das Wasser lief an seinem Hals entlang und über Brust und Nacken. Tom schüttete wieder etwas Wasser auf das Handtuch. Gabler schnappte nach Luft. Er zappelte, fast wäre er mit dem Stuhl umgekippt. Es folgte der nächste Schwall Wasser.

»Stopp, aufhören! Ich sag alles.«

Noch mehr Wasser.

»Aufhören!« Er japste.

Tom stellte den Eimer ab, ließ das nasse Handtuch, wo es war. »Wo ist Elli Brinkmann?«

»In Sicherheit, sie ist in Sicherheit.« Gabler stöhnte die Worte mehr, als dass er sie aussprach.

Tom zog ihm das Handtuch vom Kopf und ging wieder zum Tisch. »Was heißt das?«

Tom saß regungslos an einem Tisch im hinteren Eck der Vinothek, als Marie am frühen Morgen, ebenfalls durch den Hintereingang, hereinkam. Ununterbrochen hatte er die aufgereihten Flaschen hinter der Theke angestarrt, ohne sie wahrzunehmen. Zum ersten Mal in seinem Leben hatte er stundenlang auf einem Fleck gesessen, nichts gedacht, nur Schmerz gefühlt. Es war anders als damals bei der Tragödie mit seiner Familie, da hatte er handeln müssen. Das hatte ihn anfangs wenigstens abgelenkt. Heute wie damals hatte er einen geliebten Menschen verloren.

»Was machst du denn hier? Wie sieht es denn bei Gabler aus? Alles nass!«, flüsterte Marie überrascht, als sie in den Gastraum trat und ihn entdeckte. Tom antwortete nicht. »Was ist los? Tom?« Marie setzte sich ihm gegenüber an den Tisch.

Tom sah auf. Allein schon diese kleine Kopfbewegung ließ einen schmerzhaften Blitz durch seinen Kopf schießen. Er fühlte sich steinalt. Innerlich leer wie der Wassereimer, den er Gabler am Ende vor Wut und Enttäuschung über dem Kopf ausgegossen hatte. »Elli gehört zu ihnen.« Mehr sagte er ihr nicht.

»Was? Wie meinst du das?« Marie wusste nicht, wie sie die paar Worte einordnen sollte. Bauer hockte wie ein Häufchen Elend im Dunkeln am Tisch. »Könntest du mir bitte sagen, was du meinst.« Es war keine Frage, es war eine Aufforderung.

»Wie ich es gesagt habe. Elli ist nicht entführt worden. Sie ist nicht verschwunden. Sie ist Teil eines Komplotts. Sie hat mich ... uns ausgehorcht. Jetzt ist sie weg.« Er schluckte. »Weg, als Druckmittel. Damit wir aufhören zu schnüffeln.« Aus blutunterlaufenen Augen sah er sie an. Augenringe wie nach einem Boxkampf. »Es war ein abgekartetes Spiel. Ich Idiot bin darauf reingefallen, weil ich geglaubt habe, ich könnte noch mal eine Frau lieben.« Tränen liefen ihm über die Wangen.

Marie versuchte, seinen Worten zu folgen. »Ich mach uns einen Kaffee. Erzähl mir alles.« Toms Widerspruch wartete sie erst gar nicht ab.

Beim zweiten Kaffee tippte Marie wild auf ihrem Handy herum. Chiara und Jakob mussten unbedingt kommen. Sie mussten helfen. Sie brauchte Rat. Die Vorhänge an den Fenstern zum Stadtplatz hatte sie zugezogen, damit sie keiner im Gastraum sitzen sehen konnte. Mehrmals hatte sie geprüft, ob die Türen vorne und hinten wirklich abgeschlossen waren. Jakob und Chiara würden hinten anklopfen.

Nach einer Stunde tauchten Chiara und Jakob auf. Es dauerte eine weitere halbe Stunde, sie von all dem in Kenntnis zu setzen, was Tom herausgefunden hatte. Nachdem Gabler über Elli gesprochen hatte, hatte Tom ihn weiter befragt. Ohne weitere Gegenwehr hatte er ausgeplaudert, was seine Auftraggeber in Sterzing planten. Offenbar spekulierte er auf seine Freilassung, wenn er auspackte. Tom war nach Hause gegangen, kurz bevor die beiden eintrafen. Er würde sich melden, hatte er gesagt. Marie hoffte darauf. Sie würden Tom noch brauchen, sonst würde es eine Katastrophe geben. Gabler hatte von einem geplanten Sprengstoffanschlag berichtet. Details kannte er nicht. Das hatte er angesichts seiner Lage glaubhaft versichert.

Marie sah in die kleine Runde. »Was machen wir?«

»Zur Polizei gehen«, sagte Jakob sofort und suchte Blickkontakt mit Chiara. Die schien das alles noch immer nicht richtig sortiert zu haben.

»Chiara, was denkst du?« Marie riss sie aus ihren Gedanken.

»Fuck. Das denk ich.«

»Mehr hast du nicht zu sagen?«

»Das ist großer Mist, was ihr hier abzieht.« Ihr Blick wanderte von Marie zu Jakob und zurück. »Wenn das wirklich stimmt, müssen wir das verhindern. Nur so kommen wir aus der Sache wieder raus.« Das war ein schmaler Grat, das war ihr bewusst, aber wie sollte sie ihren Vorgesetzten das alles hier erklären? Besser wäre es, wenn sie so viele Ergebnisse wie möglich liefern könnten, nicht nur einen pudelnassen Gabler. Noch war ja nichts passiert.

Jakob räusperte sich. »Hört mal, mir ist das alles eine Nummer zu groß, ich will aussteigen.« Er sah dabei nicht zufrieden mit sich aus. »Das ist uns schon vor Tagen über den Kopf gewachsen. Wir haben es nur nicht bemerkt.«

Marie schlug vor, alles noch einmal durchzuspielen, alle Aussagen von Gabler abzuklopfen. Was aus ihm werden sollte, darüber hatten sie noch gar nicht gesprochen. Wenn sie ihn freiließen, würde er seine Leute warnen und abtauchen. Wenn sie ihn hier festhielten – was dann? Eine ganze weitere Stunde debattierten sie. Am Ende blieb Chiara bei einem »Fuck« und Jakob wollte weiterhin aussteigen.

Ein Schlüssel klimperte an der Hintertür. Marie ging nachsehen. Langsam. Nach ein paar Minuten kam sie mit Tom zurück. Er hatte Luna dabei, die alle aufgeregt begrüßte. Tom hatte geduscht, sich rasiert und umgezogen. Er sah jetzt frischer aus.

Er sah nicht nur so aus, er war auch voller Tatendrang. »Wir müssen diesen Wahnsinn stoppen.« Er setzte sich zu ihnen an den Tisch. »Morgen Abend soll das alles passieren. Das hat Gabler gesagt. Bis dahin müssen wir zusehen, das zu verhindern. Wenn wir absolut sicher sind, schalten wir die Polizei ein. Anonym. Vorher würden wir einen Mordsärger riskieren.«

»Was machen wir mit Gabler?«, fragte Marie.

»Den lassen wir hier. Der hält noch ein bisschen durch. Morgen schauen wir mal, ob wir ihn freilassen oder der Polizei einen Tipp geben.«

Marie war überrascht. Tom hatte das Ruder übernommen. Der Mann, der vor wenigen Stunden hier als Wrack am Tisch gesessen hatte. Jetzt war er entschlossen, denen das Handwerk zu legen, die ihm das angetan hatten.

»Wer aussteigen will«, er sah Jakob an, »der soll das tun.« An Chiara gerichtet: »Ich verstehe, wenn du deinen Job nicht aufs Spiel setzen willst. Aber wir brauchen dich. Unbedingt.«

Jakob schien nach Worten zu suchen. »Ich helfe von zu Hause aus, also online – wenn das geht.«

»Ich bin dabei.« Chiara sagte das jetzt aus voller Überzeugung. Sie hatte alle Möglichkeiten durchgespielt, auch die Konsequenzen, die ihr ohne Zweifel drohten. Aber ihr war klar geworden, dass sie ohne Schaden wahrscheinlich sowieso nicht aus dieser Sache herauskäme. So konnte sie wenigstens ihre Freunde im Blick behalten. »Sobald es brenzlig wird, rufe ich die Kollegen an, das ist meine Bedingung.«

Tom sah Marie an. »Du hast lange nichts gesagt.«

Marie nickte nur. »Natürlich bin ich dabei.«

»Das wird die Story deines Lebens, vergiss das nicht.«

Sie nickte wieder. »Findet ihr es nicht krass? Ich ziehe los, um eine Story über Menschen zu schreiben, die vor sechzig Jahren Anschläge verübt haben. Wir stoßen auf Menschen, die jetzt und hier Anschläge verüben wollen. Nicht, weil sie für ihre Freiheit kämpfen, sondern weil sie Terroristen sind.«

»Terror ist immer, was andere daraus machen«, erwiderte Tom. Gabler hatte ihm von einer Organisation erzählt, die sich seit Jahrzehnten im Verborgenen in die Politik und die Wirtschaft einmischte. Seit zwölf Jahren arbeitete er für diese Gruppe, die er nicht einmal richtig kannte. Nach dem Aus für SISMI* hatten sie ihn übernommen. Wie auch immer sie es anstellten, er bekam weiterhin sein Geld vom Staat, dabei war er eigentlich vor zwölf Jahren aus dem Dienst ausgeschieden. Zumindest offiziell.

Bevor Tom sich auf den Weg zurück zur Vinothek gemacht hatte, hatte er mit dem früheren Kollegen telefoniert, der nicht auf seine E-Mail reagiert hatte. Wie sich herausstellte, hatte er diese wegen einer Viruswarnung nicht geöffnet. Er hatte einen Vergleich gezogen mit der Geheimloge P2, Propaganda Due. Diese Vereinigung mit Hunderten Mitgliedern bis hoch in die Spitzen von Politik, Justiz und Militär war in den 1980ern aufgeflogen und aufgelöst worden. Außerdem habe es in den Jahren danach immer wieder kleinere Nachfolger gegeben. So hatte sich Tom das alles nach und nach zusammengereimt. Das alles berichtete er jetzt der kleinen Runde in der Vinothek.

Chiara verstand als Erste: »Da sitzen also Menschen mit Einfluss und bestimmen, was in Italien passiert?«

»Sie greifen hier und da mal ein, vielleicht beschreibt es das besser. Das reicht weit zurück. Nach dem Zweiten Weltkrieg zum Beispiel hatte der Westen große Angst vor den Sowjets. Also hat man viel unternommen, damit die Kommunisten nicht zu groß wurden. Sogar noch Jahrzehnte später«, erklärte Tom. »In ganz Westeuropa bauten CIA und NATO sogar Geheimarmeen auf. In Italien hieß diese Truppe Gladio*«, erzählte Tom weiter. »Oder nimm die Entführung und den Mord am früheren Ministerpräsidenten Aldo Moro*, das war Ende der 1970er.« Auch das hatte ihm sein Kollege erzählt, der viele Jahre als Korrespondent in Italien gearbeitet hatte. »Bis heute gibt es Gerüchte, dass der Staat da entweder seine Hände direkt mit im Spiel hatte oder zumindest verhindert hat, dass er freikommen konnte.«

Chiara hörte gebannt zu.

»Bei der Entführung hatte es eine wilde Schießerei gegeben. Später sind Patronen, die man vor Ort sichergestellt hatte, wohl einfach so verschwunden. Die waren angeblich mit einem speziellen Lack überzogen, wie sonst nur Munition der NATO, also von Spezialeinheiten.«

Chiara verschluckte sich an ihrem Espresso. »Sag das noch mal.«

»Was?« Tom sah sie an.

»Das mit der Munition.«

»Ich habe jede Menge recherchiert heute früh. Die Patronen waren quasi markiert, sagt man. Von über neunzig waren hinterher nicht mehr alle da.«

Chiara sah Marie an: »Wie beim Kerschbaumer.« Und an Tom gerichtet: »Der alte Mann, der in Gossensass neulich erschossen worden ist. Einer von der Spurensicherung hat gesagt, beide Patronen waren markiert, und auf einmal waren die Hülsen weg.« Sie schüttelte den Kopf. »Jetzt sind sie wieder da: nicht mehr markiert. Alle tun unschuldig.«

Tom kritzelte etwas auf einen Block, den er aus der Jackentasche gezogen hatte. Marie konnte es nicht entziffern.

»Leute, vielleicht hängt der Mord mit ihm hier …«, sie deutete Richtung Gabler im Nebenzimmer, »… vielleicht hängt das mit dem zusammen. Wir müssen den Maler finden«, sagte Marie, während Tom aufstand. »Der hat doch gesagt, dass dieser Kerschbaumer etwas mit den Zetteln an mich zu tun hatte.«

»Ich versteh das nicht, woher wussten die von den Zetteln an Marie?« Chiara sah Tom an.

»Das klären wir jetzt«, sagte Tom und ging in den Büroraum. Das Trio am Tisch sah zur Tür. Es war mucksmäuschenstill. Alle lauschten. Nach einigen Minuten kehrte Tom zurück. Er ging hinter die Theke und begann damit, einen überbackenen Toast zuzubereiten. Als er die erstaunten Gesichter sah, sagte er: »Hunger beschleunigt vieles.«

Ein paar Minuten später erlöste er die gespannte Runde. »Über Herbert, der diesen Gabler um Hilfe gebeten hatte, wussten sie von diesen Zetteln. Herbert hatte etwas von großer Story, Geheimnis und Botschaft erzählt. Sie haben daraufhin Marie beobachtet und diesen Maler gesehen, der noch einen Zettel bei Marie eingeworfen hat.«

»Das muss der verschlüsselte gewesen sein, dieser zweite Zettel«, kombinierte Marie.

Tom fuhr fort: »Der Maler hat sie, ohne es zu bemerken, zu dem alten Mann nach Gossensass geführt. Eigentlich sollte der nur befragt werden. Das ist wohl aus dem Ruder gelaufen.« Tom machte eine Pause und blickte in die Runde. »Sie wussten nicht, dass Marie wegen der Ereignisse vor sechzig Jahren recherchierte. Sie haben das schlicht und ergreifend falsch verstanden.« Er sah Marie an. »Sie dachten, du kommst ihnen auf die Schliche.«

»Scheiße«, murmelte Marie.

»Wer den Alten erschossen hat, weiß Gabler nicht. Der ist wohl nur eine Art Mittelsmann«, erklärte Tom weiter.

»Glaubst du ihm?«, wollte Marie wissen.

»Geh rüber und schau ihn dir an«, Tom sagte das ohne Stolz. Sein nächtliches Verhör hatte er immer noch nicht mit sich selbst ausgemacht. »Der hat keinen Grund mehr zu lügen. Der hat nur noch Hoffnung, dass wir ihn laufen lassen.«

Chiara fasste zusammen: »Damit wäre der Mord praktisch aufgeklärt.«

»Zumindest kennst du jetzt das Motiv. Du weißt, was und wer dahintersteckt.« Wieder sah Tom in die Runde. *Was würde noch auf sie zukommen?* »Vorschlag. Wir gehen jetzt alle heim und ruhen uns ein wenig aus. Heute Abend, wenn es dunkel ist, treffen wir uns wieder hier. Ich versorge Gabler. Rein kommt hier außer Marie und mir keiner, es gibt nur die beiden Schlüssel.«

Fischer war unruhig. Mittags war er weiter Richtung Norden gefahren. Nun saß er im Weißen Rössl in Kaltern und versuchte abermals, Gabler zu erreichen. Weil das Wetter so schön war, hatte er sich auf die Terrasse gesetzt. Gleich fünf. Vor einer Stunde hatte er sich mit Gabler kurzschließen wollen. Ein Routineanruf, der nur anhand von zwei oder drei Codewörtern klären sollte, ob alles nach Plan lief.

Tat es das? Fischer spielte im Geiste die Möglichkeiten durch. Er hatte die größten und wichtigsten Nachrichtenseiten im Internet gecheckt und kurz mit seinem Kontakt bei den Carabinieri gechattet. Diesem hatte er ein Fragezeichen geschickt, als Antwort hatte er einen Daumen nach oben bekommen. Unverfänglich für Uneingeweihte, eindeutig für ihn. Es konnte nichts schiefgelaufen sein. Eine Chatnachricht mit einem Blitz als Antwort würde ihn warnen, das war die Verabredung.

Gabler hatte den Termin verpennt, da war er sicher. Typisch für diesen übergewichtigen Schleimer. Gemocht hatte er diesen Typen eh nie. In seinen Augen ein Bürohengst, kein aktiver Teil der Bewegung. Er wischte seine Bedenken beiseite und bestellte bei der netten Kellnerin einen Eisbecher. Nebenan war zwar ein Eisladen mit hervorragendem Eis, er wollte jedoch lieber sitzen bleiben und noch ein wenig die Ruhe genießen.

Mit Einbruch der Dunkelheit würde die Aktion in die letzte Phase gehen. Ein paar Kilometer weiter, am Ende des Kalterer Sees, würden die Kisten in einen Kleintransporter und ein Auto umgeladen. Das alte Militärgelände war ideal, es hatte ihnen mehrmals gute Dienste geleistet. Tagsüber in den Sommermonaten wimmelte es drumherum zwar von Spaziergängern, Joggern und Fahrradfahrern. Abends war meist nichts mehr los. Für den Part brauchte er Gabler sowieso nicht. Selbst den Schlussakt in Mauls und Sterzing würden sie ohne ihn schaffen. Gabler war schließlich nur ein Kontaktmann, ein unauffälliges Ohr zwischen Brenner und Brixen, mehr nicht. Genüsslich löffelte er sein Eis.

»Machen wir das Richtige?«, fragte Marie. Sie hatte sich mit Tom wieder in der Vinothek getroffen. Gleich würden die anderen kommen. Gabler war versorgt. Tom hatte ihm sogar frische Anziehsachen von sich mitgebracht – Ärmel und Hosenbeine waren zwar lang, aber das war egal. Jetzt saß er wieder gut verschnürt im Büroraum.

»Mir fällt kein anderer Weg ein«, antwortete Tom. »Wir müssen nur aufpassen, dass nichts passiert. Wir dürfen auf keinen Fall Menschenleben riskieren.«

Marie nickte.

»Also bleiben wir bei dem Plan. Wir suchen nach Hinweisen auf das Anschlagsziel und melden es rechtzeitig anonym bei der Polizei.« Er wischte über die große Kaffeemaschine, als Maries Handy vibrierte.

»Interessant«, murmelte sie. »Schau mal, was Jakob geschickt hat.«

»Leite es mir weiter.«

Marie sah auf. »Wie bitte?«

Tom hielt ein neues, recht großes Smartphone hoch. »Hat mir Jakob neulich besorgt und eingerichtet.« Er dachte sofort wieder an Elli, die von seiner Idee, sich ein »richtiges« Handy zu besorgen, begeistert gewesen war. *Zumindest hat sie mir das vorgegaukelt.*

Kurz darauf saßen sie wieder an dem Ecktisch und brüteten über Jakobs E-Mail. Er hatte sich noch mal in Gablers Computer eingeloggt und selbst die kleinsten Winkel der Speicherwelt durchleuchtet. Dort war er auf einen E-Mail-Account gestoßen, dessen Zugang er nur mit Mühe hatte knacken können. Das Postfach war komplett leer. Im Papierkorb hatte er den gelöschten Entwurf einer Mail gefunden. Sonst nichts. Den Entwurf hatte er seinen drei Freunden weitergeleitet.

Tom las zum dritten Mal vor: »Rosskopf, Bahn, Gospeneid, Basis, Maut, Damm.« Mit dem Handy in der Hand ging er zu Gabler.

Die Uhr hinter der Theke zeigte 20:19, als ein Klopfen am Hintereingang Marie und Tom hochschrecken ließ. Es war Chiara. »Wo ist Jakob?«, fragte Marie.

»Bleibt lieber im sicheren Zuhause«, sagte sie. »Angeblich hat er etwas entdeckt, das er euch weitergeleitet hat.«

»Hat er«, sagte Marie. »Wir wissen nur nichts damit anzufangen.« Als Chiara Richtung Büroraum blickte, ergänzte Marie: »Der da hat nur gesagt, dass das Vorschläge für mögliche Ziele gewesen wären. Mehr weiß er nicht darüber.«

»Wir glauben ihm das auch«, ergänzte Tom.

Chiara ging wieder und wieder die Liste durch, schüttelte immer wieder den Kopf, murmelte vor sich hin. Wie die anderen auch.

Tom durchbrach das Grübeln: »Wir gehen gemeinsam in einem Brainstorming die Orte durch, vielleicht fällt uns was auf. Was könnte genau gemeint sein, was könnte das genaue Ziel sein?« Er fing an: »Rosskopf. Dazu fällt mir Hausberg, Skigebiet, Wanderberg, Gipfelkreuz, Wahrzeichen ein.« Die beiden Frauen hatten zustimmend genickt.

»Seilbahn«, ergänzte Chiara.

»Hütten und Tourismus«, fügte Marie hinzu.

»Seilbahn«, wiederholte Chiara. »Da ist auch das zweite Wort drin, Bahn.«

»Hätte da dann aber nicht Seilbahn gestanden?«, warf Tom ein. »Wir«, er sah Marie an, »waren eben eher bei Bahn wie Zug. Also Eisenbahn.«

»Hat was«, sagte Chiara. Sie machte weiter: »Also Bahn. Eisenbahn. Güterzüge, Eisbahn, Rodelbahn.«

»Die gibt es im Winter vom Rosskopf runter«, warf Marie ein.

»Gospeneid sagt mir nichts«, sagte Tom.

»Da steht ein Sendemast, eine große Antenne.« Marie zeigte hinter sich irgendwohin. Auf die gleiche Art und Weise diskutierten sie noch über die Worte Basis, Maut und Damm. Während ihnen zu Basis nichts einfiel, dachten sie bei Maut an eine Mautstation und bei Damm an den Eisackdamm im Stadtgebiet.

Tom holte hinter dem Tresen einen Edding. Auf die weiße Tischdecke schrieb er die Begriffe. Als er Chiaras Blick sah, sagte er: »Gibt kein Whiteboard. Die Decke ist gerade unser kleinstes Problem.« Nach einer weiteren Stunde Debatte einigten sie sich auf Rosskopf, Gospeneid und Bahn als lohnende Ziele. Tom sah auf seine Uhr – diesmal eine Swatch.

Marie folgte seinem Blick. »Kinderuhr?«

»Im Gegenteil: Swatch – die Rettung der Schweizer Uhrenindustrie«, er grinste matt. »Es ist spät, morgen wird ein langer Tag. Gehen wir heim, grübeln noch ein bisschen, morgen treffen wir uns um zehn Uhr hier und machen einen Plan.«

Samstag, 13. April

»Wo ist Chiara?« Marie sah sich in der Vinothek um, die seit fast einer Woche verwaist war. Ein trauriger Anblick. Spätestens morgen Abend mussten sie sich überlegen, was sie mit Gabler anstellen sollten, denn am Montag würden hier wieder Menschen verköstigt werden.

»Die hat ihr Mountainbike mitgebracht und ist auf dem Weg zu dieser Antenne.« Tom sah auf die bekritzelte Tischdecke. »Sie meinte, das wäre unauffälliger.«

»Ok.« Marie stand hinter dem Tresen und ließ zwei Kaffee aus der zischenden Höllenmaschine. Mit einem feuchten Lappen wischte sie einige Spritzer von dem immer auf Hochglanz polierten Edelstahl. Herbert legte da sehr viel Wert darauf. »Sie weiß bestimmt, auf was sie achten muss.«

»Ich bin nicht mal sicher, dass wir so früh etwas finden. Oder würdest du tagsüber an einem Frühlingstag irgendwo Sprengsätze anbringen?«

»Kommt darauf an, wann sie hochgehen sollen.«

»Gabler sagt, am Abend.« Tom hatte überraschend entspannt mit Gabler geplaudert, als er ihm vorhin Frühstück gebracht hatte. Mit dem Elektroschocker in Bereitschaft hatte er ihn noch auf die Toilette begleitet und anschließend wieder gut verzurrt.

»Mal ehrlich, glaubst du echt, dass wir das hier richtig machen?« Marie rührte in ihrem Kaffee.

»Ich weiß es nicht. Hoffentlich. Ich will es denen zeigen. Wenn wir bis zum Nachmittag nicht weiter sind, schalten wir die Polizei ein.« Er sah auf sein nagelneues Smartphone und wischte vorsichtig darauf herum. »Wenn wir das erfolgreich durchziehen, Marie, hast du den perfekten Stoff für dein Buch. True Crime ist angesagt.«

»Ob es das wert ist?«

»Auf jeden Fall. Die haben uns verarscht, die haben uns ausspioniert, die haben einen alten Mann getötet und dafür gesorgt, dass Herby im Krankenhaus liegt. Die wollten dich umbringen.«

Dir haben sie das Herz gebrochen. Marie war immer noch überrascht von Bauers Engagement. »Vielleicht sollte ich Carlo mal anrufen«, überlegte Marie laut. »Es kann nicht schaden, einen Carabiniere zusätzlich auf unserer Seite zu haben.«

Tom ließ sich das kurz durch den Kopf gehen. »Wenn er mit drinsteckt?«

»Der ist harmlos. Außerdem habe ich *ihn* aufgegabelt, nicht umgekehrt.« Marie erinnerte sich, wie sie ihn damals im Club angesprochen hatte. »Ich verabrede mich für den Nachmittag mit ihm, absagen kann ich immer noch.« Sie tippte mit beiden Daumen eine Nachricht in ihr Handy. Tom beobachtete das beinahe ehrfürchtig und ertappte sich dabei, wie er kurz auf seine Finger gesehen hatte. Da vibrierte ihr Handy. »Mist, Carlo hat Dienst nachher.«

Toms Handy vibrierte nun ebenfalls und lärmte zugleich mit dem schlimmsten Klingelton des Herstellers. »Chiara«, formte er stumm mit seinen Lippen. Viel sprach er nicht, er hörte nur zu, was sie berichtete. »Ok, aha, sehr gut, bis gleich«, mehr bekam Marie, die gespannt lauschte, nicht mit. »Chiara ist da oben an dem Sendemast. Da scheint alles normal.« Er sah noch mal nachdenklich auf ihre Tisch-Notizen. »Sie kommt jetzt wieder zurück.«

»Was machen wir in der Zeit?«

»Lass uns mal hoch zum Rosskopf.«

»Zu Fuß?«

»Mit der Bahn natürlich.« Er stand auf und warf sich seine Lederjacke über. »Auf geht's.« Im Gehen schrieb er Chiara eine Nachricht – mühsam mit einem kreisenden Zeigefinger.

Auf dem Weg nach oben hatten sie eine Gondel für sich allein. Einige Wanderer waren unterwegs, die sich zum Glück verteilten. Sie setzten sich so hin, dass jeder seitlich aus der Gondel schauen konnte. »Was suchen wir?«, wollte Marie wissen.

»Keine Ahnung. Wenn die Bahn das Ziel sein soll, bleiben nur die Pfeiler, eine Gondel oder die Stationen. Also schauen wir mal, ob uns an den Pfeilern etwas auffällt. Die Stationen sind videoüberwacht, außerdem laufen da dauernd Menschen herum. An die Gondeln kommt man nicht ran.«

Bis oben zählten sie mehr als zwanzig Pfeiler. Marie sah Tom ratlos an. »Wie sollen wir denn so viele Pfeiler checken?«

»Weiß nicht. Unten, bevor die Bäume anfangen, sieht es so aus, als käme man einfacher an die Masten ran. Da kreuzt immer wieder ein Fahrweg.« Marie brummte zustimmend. »Wir schauen noch mal nachher beim Runterfahren.«

»An die Pfeiler weiter oben kommt man auch ran.« Marie war die Fahrt hinauf noch einmal im Geiste durchgegangen.

»Ich glaube, da muss man mehr kraxeln. Außerdem kommt man nicht so schnell wieder weg«, entgegnete Tom. »Gabler sagt, dass es heute Abend passieren soll; klingt mir mehr nach einem symbolischen Anschlag. Würden die möglichst viele Menschen treffen wollen, würden sie tagsüber ihren Sprengsatz hochjagen, wenn die Gondeln voll und in Betrieb sind.«

Ein Argument. »Unten an der Talstation wäre das Aufsehen größer.«

»Wir müssen nachher überlegen, wie wir das im Auge behalten können. Lass uns wieder runterfahren«, schlug Tom vor. »Jeder schaut diesmal auf der anderen Seite als beim Hochfahren hinaus. Achte auf die Masten, die nahe an der Straße stehen.«

Unten an der Talstation wurden sie von Chiara erwartet. Ihr Mountainbike hatte sie auf dem Träger an ihrem Auto verstaut. In ihrer schwarzen Cargohose und der Bomberjacke sah sie aus wie eine Soldatin.

Sie mussten sich eingestehen, dass sie nicht weitergekommen waren.

Christian Fischer war keiner, der schnell nervös wurde. Wegen eines verschwundenen Mannes wie Peter Gabler schon gar nicht. Normalerweise. Jetzt, am »Tag des großen Knalls«, wie sie intern das heutige Datum betitelt hatten, fand er Gablers Verschwinden mehr als seltsam. Jetzt drängte die Zeit. Giordano, der Alte, hatte entschieden, dass der erste Teil ihres Plans schon am Nachmittag über die Bühne gehen sollte.

Er loggte sich in den gemeinsamen Mailaccount ein und legte eine neue Nachricht für die Helfer an. »Mauls früher, heute 15 Uhr, Abfahrt 14«, schrieb er. Die Mail speicherte er im Ordner für Entwürfe. Keine Beachtung schenkte er der letzten Log-in-Information. Vor nicht einmal zwei Stunden hatte sich jemand angemeldet. Hätte er es bemerkt, wäre er davon ausgegangen, dass es die »Kollegen« in Trento waren. Denen schickte er eine Kurznachricht mit einem »!«. Ihr Code für eine neue Nachricht. Jetzt hieß es warten.

Tom, Marie und Chiara saßen Gabler gegenüber. Das Tape über dem Mund hatten sie ihm abgenommen, die Hände losgebunden. Sie hatten ihm eine Pizza mitgebracht, dazu eine Flasche Cola. Die drei ließen ihn keine Sekunde aus den Augen, während er die Pizza verschlang. Dabei war er noch mit den Beinen am Stuhl fixiert, um seinen Bauch und die Stuhllehne hatten sie bestimmt drei Meter Paketband geklebt.

»Sie müssen doch noch mehr wissen als diese paar Orte und dass es heute Abend passieren soll. Wie lange zuvor wird so eine Bombe angebracht?« Chiara redete seit einer Viertelstunde auf Gabler ein. Bombardierte ihn mit Fragen.

Meist schüttelte er nur den Kopf. »Mehr weiß ich nicht. Wirklich. Die Organisation arbeitet mit so vielen Helfern auf allen möglichen Ebenen, damit nicht jeder alles weiß. Ich war nie an Operationen beteiligt. Diese Orte habe nicht ich denen vorgeschlagen, ich habe sie nur weitergeleitet.«

Tom nickte nachdenklich. Wo sollten sie bloß ansetzen?

»Gibt es Kontakte zur Polizei oder zur Justiz?«, wollte Chiara wissen.

»Bestimmt, genau weiß ich es aber nicht.«

»Ihnen ist klar, dass Sie hier nur freikommen, wenn das alles gut ausgeht«, drohte Tom. »Sobald irgendwer oder irgendetwas zu Schaden kommt, setzen wir Sie vor der Carabinieri-Station ab.«

Marie sah auf ihr Handy, wischte hin und her. Sie gab den beiden anderen ein Zeichen, sie nach draußen zu begleiten. »Jakob hat eine

Idee, ich ruf ihn an.« Sie tippte auf das Display. Aus dem kleinen Lautsprecher war ein Tuten zu hören.

14:05 zeigte die Uhr in dem Mercedes Sprinter, der seit etwa zehn Minuten auf dem Parkplatz der Festung Franzensfeste stand. Gleich nach der Ankunft hatte der Fahrer aus einem anderen Transporter zwei olivgrüne Kisten in den Sprinter geladen. Der Wagen war daraufhin wieder gestartet, zurück Richtung Trento. Drei oder vier Autos waren seitdem auf den Parkplatz gefahren. Darunter ein alter 7er BMW. Niemand nahm Notiz von dem Beifahrer, der ausgestiegen war und sich auf den Beifahrersitz des Sprinters gesetzt hatte. Der Mann schien dem Fahrer etwas auf einer Karte zu zeigen. Anschließend stieg er wieder aus und zündete sich einen Zigarillo an. Er öffnete kurz die Schiebetür des Sprinters und nahm einen Koffer heraus, den er auf die Rückbank eines nebenan parkenden Alfa legte. Das dauerte nicht einmal eine Minute. Kaum war die Wagentür geschlossen, fuhr der Alfa los. Richtung Sterzing. Am Steuer saß Christian Fischer. Der Mann mit dem Zigarillo stieg wieder in den BMW.

Um 14.28 Uhr setzte sich der BMW in Bewegung, er fuhr nach rechts auf die Staatsstraße, der Sprinter folgte ihm. Vorbei am Stausee schlängelte sich der kleine Konvoi Richtung Sterzing. Kurz nach Sachsenklemme verlangsamte der BMW sein Tempo, der Sprinter überholte und fuhr weiter. Der BMW parkte rechts an der Mündung eines kleinen Waldweges. Den Motor ließ der Fahrer laufen.

Genau um 14.49 Uhr hatte der Fahrer des Sprinters die Baustelle Mauls des Brennerbasistunnels erreicht. Viel los war dort an diesem Samstag nicht. In ein oder zwei Jahren würde hier der Tunnel vorangetrieben werden. Jetzt wurden zunächst die Vor- und Hilfstunnel errichtet. Keiner der Arbeiter hatte dem Mann in dem blauen Overall und der dunkelblauen wattierten Arbeitsjacke Beachtung geschenkt, der dort einen Mercedes Sprinter abgestellt hatte. Um 14.52 Uhr stand der Mann wieder an der Straße. Der BMW fuhr an, ließ den Mann im Overall einsteigen und wendete. Mit deutlich mehr Tempo als auf dem Hinweg brauste der BMW Richtung Brixen davon. Der Zugestiegene warnte den Fahrer vor den stationären Blitzern an den Ortseinfahrten. In gut anderthalb Stunden wären sie wieder in Trento. Ihr Partner, der kurz vor ihnen im Alfa nach Sterzing aufgebrochen war, würde am Abend weiter nach Innsbruck fahren.

Um 14.53 Uhr fuhr die 37-jährige Gabriela Rossi mit ihrem zehn Jahre alten Volvo Kombi auf das Maulser Baugelände. Sie war spät dran und parkte gleich vor den Büro- und Wohncontainern. Eigentlich durfte sie da nicht stehen, hatte ihr Mann, der Vorarbeiter Gianni, immer gepredigt. Weil sie ihn schon vor zehn Minuten hatte abholen wollen, leistete sie sich diese Ausnahme. Außerdem stand hier auch noch ein Sprinter, dann würde es wohl nicht so schlimm sein. So konnten sie schnell weiter zum Familienfest in Mezzocorona. Zur Freude ihrer drei Kinder auf dem Rücksitz hupte sie mehrmals, damit Gianni endlich herauskam.

Punkt 15 Uhr erschütterte eine gewaltige Explosion das Wipptal. Der Knall hallte und rollte derart durch das enge Tal, dass es sich anhörte, als hätte es gleich mehrere Explosionen gegeben.

In Sterzing, in der Vinothek, hielten die drei den Atem an. Eigentlich warteten sie auf Jakob, der ihnen seine telefonisch als grandios angekündigte Idee vorführen wollte.

Die drei Männer in dem alten 7er BMW sahen sich kurz an. Der im Fond schlug den beiden anderen anerkennend auf die Schultern. Sie beschleunigten.

Der Vorarbeiter Gianni forderte seine Frau auf, sofort anzuhalten. Sie waren noch gar nicht weit gekommen. Im Auto hatte es sich angefühlt, als wäre der Kofferraum des Kombis explodiert. Wie groß ihr Glück an diesem Samstag war, das sollten sie erst später begreifen.

Auf dem Baugelände waren die Scheiben der Container völlig zersplittert, einige Behausungen hatte die Druckwelle verschoben, ein Container sah aus, als wäre ein Sattelschlepper mit voller Wucht in ihn hineingerast. Davor stand der vollkommen zerfetzte Sprinter, der auf die Seite gekippt war. Flammen loderten aus dem Wrack. Mehrere etwas weiter weg geparkte Autos waren von umherfliegenden Trümmern demoliert worden, zwei davon waren definitiv nur noch Schrott. Die paar Arbeiter, die noch auf dem Gelände gewesen waren, liefen zunächst planlos umher. Zwei ihrer Kollegen, Bauarbeiter aus Süditalien, wurden in Stücke gerissen. Gerade eben hatten sie sich noch den Mund darüber zerrissen, wie ihr Vorarbeiter wohl so eine hübsche Frau abbekommen hatte. Der dreieinhalb Tonnen schwere Sprinter begrub ihre sterblichen Überreste unter sich. Das hatte zu dem Zeitpunkt aber niemand mitbekommen.

In der Vinothek hatten sich Chiara und Marie nach dem Knall sofort auf ihre Handys gestürzt. Tom sah den beiden Frauen zu, wie sie in größter Hektik durch alle möglichen Infoseiten wischten. Er bremste sie: »Da kann noch nichts stehen, der Knall war vor nicht mal fünf Minuten.«

»War das die Bombe?« Marie wischte weiter.

»Wir haben es verkackt«, platzte Chiara heraus. Sie hatte gerade in der dienstlichen Chatgruppe gefragt, was für ein Knall das war.

»Warten wir doch erst mal ab.« Tom versuchte, die Frauen zu beruhigen.

Marie war nicht zu bremsen. »Wir müssen hier raus. Wir müssen nachsehen, was da passiert ist.« Während sie das sagte, zog sie sich ihre Jacke an. »Chiara, kommt mit.«

Tom war einverstanden. »Ich bleib hier bei Gabler.«

In einiger Entfernung hörten sie jede Menge Sirenen. Die Explosion konnte also nicht in Sterzing selbst gewesen sein. Marie und Chiara rannten in südlicher Richtung durch die Stadt zum Feuerwehrhaus. Als sie dort ankamen, stand kein einziges Feuerwehrauto mehr in den Garagen. In der Ferne war rechts der bewaldete Hügel mit dem Sendemast Gospeneid zu erkennen. Da sah nichts nach Explosion aus. Doch etwas weiter entfernt links rasten Einsatzwagen mit blinkenden Blaulichtern über die Brennerstraße.

Sie sprinteten los, während Marie in diese Richtung zeigte: »Da hinten liegen Freienfeld, Mittewald und so.«

»Aber da ist doch nichts«, keuchte Chiara, »also nichts von unserer Liste.« Die beiden Frauen rannten noch ein Stück weiter, in der Hoffnung, irgendetwas sehen zu können. Von rechts schossen mehrere Carabinieri-Wagen an ihnen vorbei. Sie zeigte zum Himmel. Da schwebte ein Hubschrauber.

Maries Handy klingelte. Jakob rief an. Chiara bekam nur die Antworten mit. »Krass. Genau. Das ist es, die Baustelle. Bis gleich.« Sie stopfte das Handy in die Jackentasche und berichtete: »Jakob sagt, auf der Tunnelbaustelle in Mauls war es. Da ist etwas explodiert. Er ist gerade eben dort vorbeigeradelt, also auf dem Radweg, in sicherer Entfernung.«

»Bahn und Basis«, sagte Chiara, sie klang aufgeregt. »Die Baustelle für den Brennerbasistunnel ist dort, für die Eisenbahn. Also war das das Ziel.«

»Es ist doch noch nicht Abend?« Marie packte Chiara am Arm. »Gehen wir zurück zur Bar. Jakob kommt auch dorthin.« Von gehen konnte keine Rede sein, sie liefen. Chiara vorneweg, Marie keuchend hinterher.

Tom hatte das Radio angeschaltet. In den Nachrichten von Südtirol 1 wurde ausführlich über die Explosion spekuliert. *»Noch ist unklar, ob es sich um ein Unglück oder einen Anschlag handelt, wir bleiben dran.«*

»Anschlag«, sagte Chiara, die die ganze Zeit mit ihrem Handy hantiert hatte. »In unserer Dienstgruppe steht, dass da ein Auto oder Lastwagen explodiert ist.«

»Steht da was über Opfer?«, wollte Marie wissen. Chiara schüttelte den Kopf.

Es klopfte, Tom stand auf und ließ Jakob eintreten. Ziemlich abgekämpft ließ dieser sich auf einen Stuhl fallen. »Du bist mit dem Fahrrad hier?«, fragte Marie ungläubig.

»E-Bike, nagelneu«, sagte Jakob, der trotzdem außer Atem war. »Zum Glück. Die Straße ist jetzt dicht, mit dem Auto würde ich da festhängen. Den Zugverkehr haben sie gestoppt.«

»Was willst du uns Sensationelles zeigen?« Marie war ungeduldig.

Jakob hievte seinen Rucksack auf den Tisch. Er nahm ein tellergroßes Teil mit Propellern heraus, dazu eine Fernbedienung. »Voilà.«

Tom stand hinter ihm. »Was ist das?«

»Eine Drohne. Unten ist eine hochauflösende Kamera befestigt, damit können wir die Seilbahnpfeiler überwachen.«

»Zu spät«, seufzte Marie. »Damit kannst du jetzt über der Baustelle schweben und Bilder für die Zeitung machen. Wir sollten diesen Gabler zur Polizei bringen.« Sie blickte in die Runde.

»Und was dann?« Chiara sah sie fragend an. »Du kannst doch da nicht einfach mit einem gefesselten Gefangenen reinspazieren. Die Kollegen quetschen dich aus. Am Ende kriegen wir mächtig Ärger wegen Freiheitsberaubung und Körperverletzung.«

»Setzen wir ihn heute Abend an der Carabinieri-Station in Stange aus. Vorne beim Kreisverkehr, wenn es dunkel ist. Da ist abends nicht viel los. Kurzer Anruf, dann finden sie ihn.« Wirklich überzeugt von ihren eigenen Worten schien Marie nicht zu sein.

»Ich glaub da nicht dran«, sagte Tom plötzlich. »Selbst wenn Gabler nur ein kleines Rädchen ist – er hat gesagt, dass der Anschlag abends verübt werden soll. Es ist aber noch nicht Abend. Wenn wir jetzt nicht weitermachen, haben wir gar keine Chance, etwas zu verhindern.« Er sah noch einmal auf die Kritzeleien und Kringel auf der Tischdecke. »Ich bin dafür, dass wir die paar Stunden, die uns noch bleiben, weitermachen. Bevor es dunkel wird, liefern wir Gabler bei den Carabinieri ab.«

»Jetzt ist da sowieso keiner, die sind alle draußen und abgelenkt.« Chiara hielt inne. »Vielleicht ist es genau das. Die Explosion vorhin war nur eine Ablenkung. Alle schauen zur Baustelle, keiner achtet darauf, was anderswo passiert.« Im Raum war es kurz still – bis auf den Radioreporter von Südtirol 1, der gerade erste Eindrücke vom Chaos schilderte.

Jetzt redeten alle durcheinander. Marie wollte nicht an ein Ablenkungsmanöver glauben. »Dafür ist das doch viel zu groß.«

Tom war unsicher. »Ich stimme Marie zu: Wenn man die Polizei oder die Feuerwehr ablenken will, inszeniert man doch etwas Kleineres oder einem Fehlalarm.«

Jakob sah aus, als würde er sich am liebsten wieder auf sein E-Bike schwingen und nach Brixen abdüsen.

Irgendwann zog Tom einen Schlussstrich. »Wir müssen jetzt entscheiden, wie es weitergeht.« Er blickte in die Runde. »Wir schauen uns noch mal um.«

»Du meinst den Sendemast und die Seilbahn?«, sagte Marie.

»Genau. Diesmal überprüfen Marie und ich die Antenne, Chiara fährt mit der Gondel hoch.«

Jakob hob die Hand. »Und ich?«

»Dir ist eh nicht wohl bei der Geschichte. Mach mit deiner Drohne ein paar Bilder von der Explosionsstelle, dann bist du wenigstens nicht umsonst geradelt.« Tom schien keinen Widerspruch mehr zu dulden.

Marie sah ihn an. *Er hat die Zügel in der Hand und geht voran. Ist das der alte Tom Bauer, so wie er mal war?*

Chiara musste sich beeilen, denn in einer halben Stunde würde die Umlaufbahn Feierabend machen. Einmal hinauf, oben kurz umsehen, wieder hinunter. Das war der Plan. Auf dem Weg nach oben war sie allein. In der Talstation war kaum noch etwas los. Die Wiesen und Stützpfeiler zogen unter ihr vorbei. Sie beobachtete einige Kühe. An einer Weggabelung am Waldrand sah sie zwei Wanderer. Sie schwebte weiter aufwärts.

Nicht weit von ihr entfernt erkundeten Marie und Tom die Gegend um den Sendemast, der auf einem bewaldeten Hügel stand – Sterzing im Talkessel in Sichtweite. Er hatte auf dem Weg zum Auto Luna abgeholt. Sie waren bis zum letzten Weiler vor der Anlage hochgefahren, den Rest gingen sie zu Fuß. Dank Luna wirkten sie wie harmlose Spaziergänger. Vor Ort sahen sie sich um. Sowohl die Anlage selbst als auch das Haus dahinter lagen in absoluter Ruhe. Irgendwo hämmerte ein Specht. »Hier ist absolut nichts«, sagte Marie.

Tom brummte. »Wäre das hier ein gutes Ziel?« Er sah zu Marie hinüber, die ein paar Meter weiter Richtung Haus gegangen war.

»Weiß nicht. Solche Antennen sind immer gute Ziele, oder nicht?«

»Bestimmt. Mit einem Schlag haben alle kein Internet mehr, falls diese Antenne fürs Internet da ist. Oder Telefon oder was auch immer. Schafft zumindest Aufmerksamkeit.«

»Weit ab vom Schuss ist es. Bis hier oben jemand auftaucht, dauert es.« Sie gingen noch einmal um die Sendeanlage herum, soweit das möglich war.

Chiara hatte sich mittlerweile an der Bergstation der Umlaufbahn umgesehen. Viel Zeit blieb ihr nicht, denn sie musste schließlich mit der letzten Gondel wieder hinunter. Zwei Wanderer saßen noch auf einer Bank. Chiara ging zu dem Paar und zeigte ihren Dienstausweis. Die beiden wollten sich jetzt auf den Weg zu den Telfer Almen machen und dann zu ihrem Hotel in Thuins zurück. Absolut unverdächtig. Sollte etwas passieren, die beiden wären auf der anderen Seite des Rosskopfs unterwegs, also sicher. Sie drehte sich um die eigene Achse. Es muss ein Pfeiler sein, nur welcher? Am liebsten hätte sie doch jetzt die Kollegen angerufen. Was sollte sie sagen? Die in der Zentrale würden sie für verrückt halten. Moser und ihr Chef würden sie erst recht nicht mehr ernst nehmen. Den Grundstein dafür hatte sie schließlich selbst neulich mit ihrem barschen Auftritt gelegt. Toms Plan erschien ihr derzeit die bessere Wahl: erst noch einmal umsehen, danach den Notruf oder Gabler selbst absetzen.

Ziemlich die gleichen Gedanken tauschten Marie und Tom aus. Sie hatten beschlossen, zum Auto zurückzukehren. Mit dem Wagen würden sie die Strecke nochmals ein Stück weit hochfahren.

Marie wirkte niedergeschlagen. »Wir drehen uns im Kreis.«

Tom nahm sie kurz in den Arm. »Eine Scheißsituation. Chiara wird es auch so sehen, für die ist das noch viel schlimmer, die kann ihren Job verlieren.«

Marie murmelte etwas, das wie ein »Ja« klang.

Chiaras Gondel nach unten startete. Zunächst schwebte sie über den dichten, steilen Wald. Im Schatten zwischen den Bäumen lagen noch vereinzelte Schneereste. Hier war sie einmal recht waghalsig mit Skiern durch den Tiefschnee abgefahren. Der zweite Teil der Gondelfahrt führte über Wiesen, die schon saftig grün waren. Links und rechts sah sie vereinzelt ein paar Häuser, Scheunen und kleine Stadel, die durch eine Zick-Zack-Straße verbunden waren. Plötzlich stoppte die Gondel schaukelnd. Chiara erstarrte.

Tom sah auf die Uhr. »Chiara fährt jetzt bestimmt wieder runter, gleich ist Betriebsschluss.« Er schloss den Jaguar auf und scheuchte Luna auf die Rückbank.

Marie ließ sich auf den Beifahrersitz fallen. Sie fuhr sich durch die langen Haare. »Also jetzt noch mal hoch, die Straße abfahren«, sagte sie und schnallte sich an. Immer anschnallen, das hatte sie sich nach Herberts Unfall vorgenommen. »Wie es wohl Herby geht, hast du ihm was gesagt?«

»Seine Schwester sagt, er nörgelt schon. Also besser.« Als Tom gerade nach links auf die Straße einbiegen wollte, raste ein Geländewagen vorbei. Tom musste hart bremsen.

»Hinterher!«, feuerte Marie ihn an.

Tom gab Gas. Noch sah er den schwarzen SUV vor sich im Wald, doch schon machte die Straße einen scharfen Linksknick. Tom beschleunigte noch mehr. Ganz knapp vor der Kurve bremste er ab. Als sie wieder freie Sicht hatten, war der Wagen weg. Kurz darauf zweigte eine Straße rechts ab; wohin sie führte, wussten beide nicht. Weiter geradeaus würden sie wieder an der Sendeanlage vorbeikommen. Tom fuhr in diese Richtung.

Chiara hatte mittlerweile die Talstation erreicht. Die Gondel hatte nach einer kurzen Pause ihre Fahrt fortgesetzt. Nach einer Schrecksekunde hatte Chiara die Standzeit genutzt, um sich genauer umzusehen und Fotos von allen Stützpfeilern in der Nähe zu machen. An einem der Tische vor der Pizzeria Biwak an der Talstation scrollte sie durch die Bilder. Insgesamt drei Pfeiler standen in jenem Bereich, der oberste war am schwersten zu erreichen. Die Wiese war dort recht steil, auch sah sie beim Zoomen einen kleinen Weidezaun zwischen Gestrüpp. Der Pfeiler schied ihrer Meinung nach aus. Blieben auf dem Abschnitt also zwei Stützen: eine fast direkt an der Straße, die andere in Talrichtung vielleicht fünfzig Meter entfernt über die Wiese zu erreichen. Sie sah auf die Handyuhr. Gleich müssten Tom und Marie wie verabredet eintreffen. Sie versuchte Jakob zu erreichen, diesen komischen Kauz. Er ging nicht dran, vermutlich schwebte seine Drohne gerade über den Explosionstrümmern der Baustelle oder er war nach Brixen weitergeradelt.

Tom und Marie fuhren an der Sendeanlage vorbei – schwungvoll durch eine Hufeisenkurve. Rechter Hand passierten sie die Antenne. Kein Jeep. Kurz danach, ebenfalls rechts der Straße, das Haus. Kein Jeep. Tom fuhr noch ein Stück weiter, hielt schließlich an. Marie wischte mit ihrem Finger über ihr Handy, spreizte dann Daumen und Zeigefinger, wohl um eine Karte zu vergrößern. »Am Ende stehen noch Häuser, wahrscheinlich gehört der Geländewagen dorthin.«

»Bestimmt. Wenn jemand was anstellen will, fährt er langsamer, um nicht aufzufallen. So fahren nur Einheimische.«

»Korrekt. Wenn sie noch ihren Führerschein haben. Zurück zum Rosskopf oder sollen wir noch nachsehen, ob der Wagen wirklich bei den Häusern steht?«

»Keine Zeit.« Tom wendete etwas umständlich den unhandlichen Jaguar und fuhr zurück nach Sterzing.

Eine Viertelstunde später saßen sie bei Chiara am Tisch. Sie tauschten ihre Eindrücke aus. Chiara zeigte ihnen die Fotos. Marie wischte und fingerspreizte über das Display, murmelte ab und zu etwas, zeigte Tom den einen oder anderen Ausschnitt. Die noch unausgesprochene Frage »Und jetzt?« konnte gerade keiner von ihnen beantworten. So langsam mussten sie das aber.

Marie machte den Anfang. »Lasst uns zu Gabler gehen. Kurz noch mal mit ihm reden. Ich ruf auch die Polizei an.« Tom sah Chiara an. Beide nickten schließlich.

Der junge Mann mit dem dünnen Bart sah auf seine Uhr. Gleich sechs. Langsam dämmerte es. Vor allem hier am Berg wurde es abends schnell dunkel und kalt. Er zog den Reißverschluss seiner Jacke ganz nach oben. Dabei klemmte er sich einige Barthaare ein. Jakob hatte sich am Waldrand niedergelassen. Von der Straße war er ein Stück nach rechts einem kleinen Wirtschaftspfad, eher einer Traktorspur, gefolgt. Da hatte er sich auf eine Bank gesetzt. Von dort hatte er freien Blick auf drei Stützpfeiler und die schmale Straße. Hier würde ihn niemand entdecken. Er selbst könnte von seinem Platz aus jeden sehen, der sich ihm nähern würde. Umständlich stellte er den großen Rucksack vor sich auf den Boden. Nach und nach holte er sein Equipment heraus und breitete es vorsichtig vor sich auf der Wiese aus. Er sah sich noch mal gründlich um und legte sich einen Plan zurecht. Es kam auf den richtigen Zeitpunkt an. Auf keinen Fall durfte er seine Aktion zu früh starten. Ihm blieben höchstens zwanzig Minuten, eher weniger. Also lehnte er sich zurück und ließ seinen Blick über den Hang und den Sterzinger Talkessel schweifen. Ab und zu lauschte er gespannt – nichts war zu hören. Jakob war allein.

Gabler war mehr als nur ein Häufchen Elend, als sie ihn erneut befragten. Er schwor auf alles, was ihm angeblich heilig war, dass er ihnen alles gesagt hatte. Weder kannte er das Ziel noch die Uhrzeit. »Am Abend«, sagte er mehrmals. »Ich weiß nur, dass es abends passieren soll.« Die Explosion auf der Baustelle irritierte ihn. Eine Erklärung hatte er dafür nicht.

Marie startete einen letzten Versuch: »Gabler, wenn uns das hier um die Ohren fliegt ... Sie sind auf jeden Fall dran. Wenn Sie uns helfen, kommen Sie vielleicht davon. Ihnen ist doch klar, dass wir Sie auf jeden Fall der Polizei übergeben, wenn noch mal was explodiert.«

»Mensch, mach endlich dein Maul auf!«, fuhr Tom ihn an.

Gabler schwieg. In sich zusammengesackt saß er auf seinem Stuhl. Die Fesseln hatten sich in seine Gelenke geschnitten. Sein Gesicht war grau, die Augenringe dick wie frittierte Zwiebelringe und die Wangen eingefallen, was bei seinem runden Pausbackengesicht eine Leistung war.

Tom schnaufte mehrfach hörbar. Er nickte Chiara zu, die ihr Handy nahm und nach vorne in den Schankraum ging. Jetzt würde sie ihre Kollegen anrufen.

Ein leises Surren war zu hören, als Jakob seine Drohne startete. Er checkte die Windrichtung, die Steuerung, die Kameraverbindung. Das Bild war etwas verrauscht, aber noch klar genug. »Perfekt.« Zunächst steuerte er die Drohne den Wiesenhang hinab, bis zum letzten für ihn sichtbaren Pfeiler. Dahinter fiel die Wiese steil ab. Er korrigierte etwas den Sitz der Brille mit dem Monitorbild, mit der er aussah wie eine Mischung aus Kampfschwimmer und Batman. Er ließ die Drohne mehrmals um den Stützpfeiler kreisen, ohne etwas Verdächtiges zu bemerken. Mit etwas Abstand sah er sich den Pfeiler der Länge nach an. In aller Ruhe, obwohl er wusste, dass seine Akkukapazität begrenzt war.

Er steuerte das Fluggerät die Wiese wieder aufwärts in seine Richtung. Dann zum nächsten Pfeiler – dort drehte er ebenfalls eine Runde. Erst mit Abstand. Wieder ließ er das Fluggerät neben dem Stahlgebilde nach oben schweben. Er sah auf die Uhr – noch genug Zeit für die Akkuladung. Surrend näherte sich ihm die Drohne wieder. Er peilte den Pfeiler an, der ihm am nächsten stand. Alles lief reibungslos. Er liebte diese Technik. Nun steuerte er den Pfeiler an, den er von seiner Position aus nur noch erahnen konnte. Dafür musste die Drohne über eine kleine Baumgruppe fliegen.

Was die anderen wohl gerade machten? Diese Woche war mit Sicherheit die spannendste seines Lebens. Endlich einmal hatte er, der Nerd, etwas beitragen können. Behutsam steuerte er die Drohne wieder über die Baumgruppe zurück.

Gerade als er sie wieder nach links in seine Richtung lenken wollte, sah er etwas auf dem Monitor. Am untersten Pfeiler, den er zuerst abgecheckt hatte – war da nicht jemand? Fünfzehn Minuten Flugzeit blieben ihm noch, schätzte er. Zum Glück hatte er nicht die normale Drohne gekauft, sondern den doppelten Preis bezahlt, für die mit Flüstermodus. Einen Monatslohn hatte ihn das gekostet. Diesmal steuerte er das Fluggerät sehr weit links den Hang hinunter, nicht wie beim ersten Durchgang direkt unter dem Stahlseil der Bahn entlang, sondern nah an den Bäumen. *Steht da jemand?* Jakob hielt den Atem an. *Bloß jetzt nicht abstürzen.* Seine Finger krampften sich um die Steuerung. *Abstand halten, sonst hört der noch die Drohne.* Es war auf jeden Fall ein Mann, das konnte er erkennen. Mehr nicht. Er musste näher ran. Wie war der Typ dahin gekommen? Er hielt die Drohne ruhig in der Luft, das digitale Auge starr in Richtung Pfeiler gerichtet. Er zoomte das Kamerabild etwas heran, es wurde schnell sehr pixelig. *Irgendetwas fummelt der da.*

»Siri, Marie anrufen.« Zu leise, er hatte vor Anspannung bloß geflüstert. Lauter. Er hörte in seinem Ohrstöpsel das Wählzeichen.

Kurz zuvor hatte Chiara Marie und Tom zu sich in die Wirtsstube gerufen. Sie sah wütend aus. »Mein Chef sagt, ich soll mal die Füße stillhalten. Der wollte nichts von unserer Vermutung hören. Ich bilde mir da was ein, meinte er. Mit Mauls hätten sie schon genug zu tun.« Sie pfefferte einen Stapel Bierdeckel in die Ecke. »Ich fass es nicht. Der nimmt mich nicht mal ernst, wenn ich sage, dass gleich was passiert.«

»Was hat er denn genau gesagt? Will er gar nichts unternehmen?«, fragte Tom.

»Ich habe erzählt, dass es Hinweise auf einen zweiten Anschlag gibt. Er meinte, ich klänge überdreht, außerdem hätte ich doch frei. Die glauben, ich drehe durch.«

Marie schüttelte den Kopf. »Das gibt's doch nicht. Der kann doch nicht einfach so über den Anruf einer Kollegin hinweggehen.«

»Ich konnte ja nicht sagen, wo das passieren soll. Oder wie ich darauf überhaupt gekommen bin.« Chiara ging in Gedanken das Gespräch noch einmal durch. Hatte sie sich vielleicht wirr oder bescheuert ausgedrückt? Da klingelte Maries Handy.

Nach dem zweiten Klingeln ging Marie ran. Jakob flüsterte aufgeregt in ihr Ohr: »Da ist jemand, ich sehe ihn genau. Was soll ich tun?«

»Wer ist wo? Und wo bist du?«, wollte Marie wissen. Mit den Lippen formte sie »Jakob« und »Rosskopf« zu Chiara und Tom, die sie gespannt ansahen. Kurz erklärte er ihr, wo er war und was er sah. »Ich stell dich auf laut«, sagte Marie. Er wiederholte, was er ihr gesagt hatte. »Ich kann noch höchstens zehn Minuten in der Luft bleiben. Vielleicht weniger.«

»Geh näher ran«, hörte er Tom blechern aus dem Hintergrund sagen.

»So hört er doch die Drohne!« Jakob zwang sich, sich die Konsequenzen einmal nicht allzu düster auszumalen. Eine gefühlte Ewigkeit später: »Ich flieg näher.« Gleichzeitig zoomte er das Kamerabild, was der Qualität nicht guttat, zumal es bereits recht dunkel war, zumindest für das Kameraauge. »Fuck, ein Typ in Lederjacke, der schraubt da rum, direkt am Pfeiler. Fuck.« Er war deutlich lauter geworden.

»Was siehst du? Sag! Los!«, rief Marie.

»Na, ein Typ, der da am Pfeiler hantiert, ein kleines Kästchen macht er fest. Darüber sehe ich ein dickeres, größeres Paket. Mist.« Stille.

»Jakob! Hallo! Brenner, was ist?« Marie rief laut in ihr Handy, das auf dem Tisch vor ihnen lag.

Jakob sprach weiter: »Er hat etwas gemerkt. Er sieht sich um.«

»Ruhig, Brenner«, sagte Marie bemüht gelassen. »Selbst wenn er die Drohne sieht, er weiß nicht, wo du bist.«

Warum war Marie immer so cool? »Moment. Er sieht mich, also die Drohne, er schaut sich um, jetzt schaut er genau in die Kamera.«

Tom winkte den beiden Frauen zu – Jacken an, wir fahren da hin, hieß das. Luna ließ er in der Vinothek, was ihr gar nicht gefiel.

»Brenner, wir kommen, ich melde mich gleich wieder bei dir«, rief Marie in ihr Handy.

»Ich lauf hoch«, rief Chiara.

»Zu weit«, antwortete Marie im Laufen. Zu Tom, der in seiner Jackentasche nach seinem Autoschlüssel kramte: »Bei der Take-away-Pizzeria müssen wir die Lahnstraße hoch, steil, hinter der Autobahn rechts.« Keine zwei Minuten später saßen sie alle drei im Auto. »Da kommt gleich die schmale Straße, die verläuft zuerst parallel zur Autobahn. Am Abzweig Raminges, bei der Haltestelle, da warten wir. Da muss er runterkommen.«

Tom presste ein »okay« hervor, mehr war nicht drin nach dem Spurt durch die Stadt. Marie hatte Jakob wieder angerufen und auf laut gestellt. »Wir kommen! Was macht er?«

»Der fummelt noch rum, hektisch.« Jakob fasste einen Entschluss. »Ich greif ihn an.«

»Was? Nein, Brenner, lass das, du bist verrückt!«, plärrte Marie ihm ins Ohr.

Im Tiefflug steuerte er die Drohne jetzt auf den Mann zu. Mit maximalem Tempo flog er an dem Typ in der Lederjacke vorbei. Der sah überrascht auf und fuchtelte, als würde er von einem Raben attackiert, der seine Brut verteidigt. Vielleicht vier Minuten hatte er noch. Oder mehr? Oder weniger? Er hatte den Überblick verloren. Er ließ die Drohne den Stützpfeiler umkreisen, um ein möglichst genaues Kamerabild für die Aufzeichnung zu bekommen. Es könnte ein Beweismittel werden. So ein Bild von der Tat würde sich auch in der Zeitung gut machen. »Adieu Grafiken«, sagte er.

»Was sagst du?«, kam es sofort von Marie.

»Ach nichts. Attacke!« Jakob ließ die Drohne wieder mit voller Geschwindigkeit auf den Mann zufliegen. Der sah sich immer wieder hektisch um. Mit seiner Fummelei an dem Pfeiler schien er fertig zu sein. »Ich glaub, der haut gleich ab. Was soll ich tun?«

»Wir stehen unten an der Gabelung. Wenn er runterfährt, haben wir ihn«, sagte Marie.

»Ich sehe kein Auto. Keine Ahnung, wie er hier hingekommen ist.« Jakob überlegte. »Mein Akku ist gleich leer. Dann kann ich ihn nicht mehr verfolgen.« Er drückte einen Knopf auf der Fernsteuerung. »Ich hole die Drohne zurück und tausche schnell den Akku.« Von allein kehrte die Drohne zu ihm zurück und landete punktgenau da, wo sie gestartet war. Jakob sah in der Ferne, wie die Gestalt über die steile Wiese nach unten rannte. »Er verschwindet. Fuck. Melde mich gleich wieder.« Er legte auf.

»Los, fahr ihm entgegen«, sagte Marie. Tom startete, fuhr aber noch nicht los.

Chiara saß hinten und tippte etwas. Sie rief jemand an, sie fluchte. »Mist, in der Station Sterzing geht keiner ran.« Sie tippte. »Ratschings ist besetzt.«

»Die werden alle mit der Explosion heute Nachmittag zu tun haben«, warf Tom ein. Er hatte sich wie Marie zu Chiara umgedreht, die wieder wählte.

»Notruf«, sagte sie zur Erklärung. Sie hob die Hand, als würde sie um Ruhe bitten. Dabei sagte ja keiner was. Jetzt kam sie durch. Schnell und präzise schilderte sie auf Italienisch, was los war. »Bitte, bitte, lass die das ernst nehmen«, sagte sie, nachdem sie aufgelegt hatte. Danach sprach sie noch Pettone auf die Mailbox.

»Was jetzt?«, fragte Tom. Langsam ließ er den Jaguar über die schmale Straße rollen. »Wenn Jakob kein Auto oder Motorrad gesehen hat, kommt der zu Fuß runter. Wenn ich weiterfahre, sieht er uns. Oder kommt über die Wiesen hinter uns auf der Straße raus.«

»Jakob hat er schon bemerkt«, sagte Chiara. »Wenn das Ding keinen Zeitzünder hat, wird er den Pfeiler hochjagen, sobald er weit genug weg ist.«

»Zum Glück fährt die Bahn nicht mehr, keine Gefahr«, sagte Marie.

»Bis auf die Autobahn ...« Tom deutete nach links, wo Autos und Lastwagen mit Tempo 100 vorbeirauschten. »Da hängt eine Gondel direkt über der Autobahn.«

Jakob rief wieder bei Marie an. »Die Drohne ist wieder in der Luft. Keine Spur von dem Typ. Suche gerade alles ab.« Hatte sich der Lederjackenmann versteckt? Leicht möglich, hier und da standen dort noch Bäume und dichtere Büsche. Oder versteckte er sich in einem der Stadel oder Scheunen? »Ich find ihn nicht!«, schrie Jakob verzweifelt in sein Headset. Seine Augen brannten vom konzentrierten Blick in die 3-D-Brille. Plötzlich war die Verbindung weg. Er versuchte, Marie wieder zu erreichen. Mailbox.

»Wir müssen die Autobahn dichtmachen«, hatte Marie kurz vorher gesagt, als Jakob gerade irgendetwas von Scheunen erzählte.

»Sollen wir uns etwa mit Warnweste auf die Autobahn stellen?«, fragte Chiara.

Tom schlug aufs Lenkrad. »Immerhin ist da noch dieses Betonteil über der Autobahn. Diese Galerie.«

»Weißt du was passiert, wenn da eine Gondel draufkracht, während drunter die Autos rasen?«

»Stimmt, das kann eine Massenkarambolage geben, wenn alle in Panik bremsen oder ausweichen.« Tom schlug wieder aufs Lenkrad. »Wer weiß, wenn die Gondel schräg runterkracht, kippt sie womöglich auf die Autobahn, so breit ist die Galerie nicht.«

»Ich habe eine Idee.« Marie wischte über ihr Handy.

Keine zehn Minuten später erschütterte zum zweiten Mal an diesem Tag eine Explosion das Wipptal. Erst erhellte ein Blitz die Wiesen oberhalb der Talstation. Kurz darauf folgte ein heftiger Knall. Wie bei einem Gewitter schien der Donner noch nachzurollen.

In der Altstadt erzitterten Fensterscheiben. Gegenüber der Talstation, wo die kleine Brücke über den Eisack führte, verriss die 18-jährige Fahranfängerin Clarissa Neumayr vor Schreck das Steuer ihres erst vier Wochen alten Golfs. Sie krachte in das Brückengeländer. Sie blieb zwar unverletzt, bekam aber den Airbag mit voller Wucht ins Gesicht, ihre neue Brille splitterte und hinterließ eine blutende

Wunde. In einem Geschäft heulte eine Alarmanlage los. Kurz danach war es gespenstisch still.

Im Jaguar war es ruhig, man konnte das Klacken der altmodischen Uhr im Holz-Armaturenbrett hören. Alle drei hielten die Luft an. Marie hatte nur kurz aufgeschrien. Vor ihren Augen war das tonnenschwere Stahlseil aus seiner Führung gesprungen. Eine Gondel war praktisch genau vor ihnen laut krachend auf die Betondecke gestürzt, die Trümmer fielen bis auf die Autobahn. Das Geräusch würde Marie nie vergessen. Chiara hatte nur »Scheiße« gerufen. In der Ferne waren Sirenen zu hören.

Trotzdem klatschten sich die drei in dem alten Jaguar ab. Maries Handy klingelte. Jakob. »Wie geht's dir?«, fragte Marie sofort.

»Alles gut, mein Ohr fiept, eine Höllenexplosion. Der Stützpfeiler ist Schrott. Ich glaube, dass das Stahlseil runtergerauscht ist.« Er atmete laut hörbar. Offenbar, um sich zu beruhigen. »Ist bei euch was passiert?«, fragte er vorsichtig.

Marie berichtete ihm kurz, was in den Minuten vor der Explosion geschehen war. Jakob hörte gebannt zu. Marie hatte einen Bekannten angerufen, Heiner Feuer, den Chef des Radiosenders Südtirol 1. Nach zwei knappen Einleitungssätzen hatte sie ihm gesagt, ihn eher angeschrien: »Ihr müsst durchsagen, dass sich die Menschen von der Talstation am Rosskopf fernhalten sollen. Sagt sofort durch, dass auf der Autobahn alle anhalten müssen. Sofort. Da geht gleich eine Bombe hoch. Bitte. Sofort!« Der Radiomann hatte nicht lange gezögert und in der nächsten Sekunde im Studio angerufen. Keine Minute später – ohne Rücksprache mit der Polizei – hatte der Sender den dringenden Aufruf durchgesagt.

Wie sie später erfahren sollten, hatte der Lastwagenfahrer Detlef, so stand es auf dem quietschbunten Schild in seinem Führerhaus, die Durchsage gehört. Er war nur drei Fahrminuten vor Sterzing Richtung Süden unterwegs. Geistesgegenwärtig hatte dieser Detlef Faltermayer aus Rosenheim seinen Lastwagen erst abgebremst, um ihn schließlich quer über die Fahrbahnen zu lenken und abzustellen.

Während hinter ihm Autos hupten, hatte er über Funk seine Kollegen südlich aufgefordert, es ebenso zu machen. Bevor es aber dazu kam, entschied der Schichtleiter der Mautstation, der den Aufruf ebenfalls gehört hatte, die Schranken sofort zu schließen. Die letzten Autos waren gerade Richtung Brenner unter der Seilbahn durch, als der Sprengsatz explodierte.

Keine fünf Minuten später wimmelte es von Streifenwagen. Tom musste den Jaguar erst wenden, um Platz zu machen. Jakob meldete sich ein letztes Mal. Aufgeregt. »Der Typ, ich hab ihn gesehen, er versteckt sich in einem Stadel an der Straße auf halber Höhe.« Jakob klang, als würde er gleich ersticken. »Auf halber Höhe. Ich bin gerade mit dem Bike dran vorbei.«

Marie sagte das Chiara, die rannte zu einem der Carabinieri-Kollegen. Sie wedelte mit ihrem Dienstausweis, zeigte abwechselnd zu Tom und Marie und den Berg hoch. Sie redete mit Händen und Füßen.

»Jetzt spricht sie Italienisch«, sagte Marie grinsend zu Tom.

Der Beamte sprach etwas in sein Funkgerät. Sofort rasten mehrere Streifenwagen die enge Straße bergauf.

Keine Minute später kam Jakob bei ihnen an. Marie nahm ihn in den Arm. Über ihnen kreiste jetzt ein Hubschrauber.

Es vergingen bange Minuten. Immer mehr Polizisten tauchten auf. Der Hubschrauber schwebte dicht über dem Wiesenhang. Ein Suchscheinwerfer leuchtete das Gebiet ab. Dabei war es noch gar nicht so dunkel. Chiara sprach mit einem weiteren Uniformierten. Möglicherweise war das der Einsatzleiter.

Marie und Tom standen hinter dem Jaguar. Sie beobachteten die Szenerie: wie präzise die Carabinieri vorgingen. »Was machen wir mit Gabler?«, fragte Marie leise. Tom zuckte mit den Schultern. Chiara kam zu ihnen.

»Wir fahren in die Station. Dort sollen wir warten.«

»Und Gabler?«, wiederholte Marie ihre Frage.

»Den lassen wir erst mal, wo er ist«, antwortete Chiara.

Plötzlich fiel ein Schuss. »Ins Auto, schnell«, rief Chiara.

Noch ein Schuss.

»Fahr los.«

Mit Mühe zirkelte Tom den alten Wagen durch die Reihen geparkter Polizeiwagen mit ihren zuckenden Blaulichtern.

Jakob folgte auf seinem E-Bike.

Sonntag, 14. April

Bis in die frühen Morgenstunden hatten sie in der Polizeiwache ausharren müssen. Erst dann hatten sie erfahren, dass nach einem Schusswechsel ein Mann überwältigt werden konnte. Nachdem Chiara mit ihrem Chef gesprochen und sie alle ihre Aussagen gemacht hatten, durften sie nach Hause. Tom war vorher mit drei Carabinieri in die Vinothek gefahren, um Gabler zu holen. Die Carabinieri wollten die paar Meter nicht zu Fuß gehen.

Gabler und der Bombenleger waren stundenlang von Ermittlern und einem Staatsanwalt verhört worden. Wie auch ein Mann, den man auf dem Parkplatz der Seilbahn festgenommen hatte. Dabei war Carlo Pettone zum Helden des Tages geworden.

Nachdem er Maries Mailboxnachricht abgehört hatte, war er sofort zur Talstation gefahren. Dort hatte er geparkt, weil über die Lahnstraße kein Durchkommen war. Als er auf den kleinen Parkplatz vor der Station eingebogen war, war ihm der Mann aufgefallen. Denn der hatte sich, als er den Einsatzwagen sah, verdächtig in die Jacke gegriffen. So hatte es Pettone zu Protokoll gegeben.

Carlo berichtete Marie später alles in der Polizeistation: »Ich bin dann an dem Typen vorbeigefahren zum Hauptparkplatz. Da habe ich geparkt. Dann bin ich rechts um die Talstation herum und habe mich von hinten an ihn herangeschlichen. Der hat die ganze Zeit mit dem Rücken zu mir gestanden, weil er immer auf die Straße starrte. Glaube, dass er auf irgendwen gewartet hat. Vielleicht auf den Bombenleger selbst.« Marie hörte gespannt zu. »Ich habe ihn von hinten am Kragen gepackt, mit der anderen Hand seinen rechten Arm auf den Rücken gedreht und ihm noch das Standbein weggetreten. Am Boden habe ich ihn dann fixiert und ihm seine Waffe abgenommen.« Er sah Marie stolz an.

»Du hast ihn entwaffnet?« Marie winkte Chiara hinzu, die gerade von ihrer zweiten Vernehmung gekommen war.

»Ich habe ihn mit Kabelbindern gefesselt, ihn umgedreht und ›tataaa‹ eine Pistole in seinem Schulterholster gefunden.« Er grinste. »Eine Makarow mit Namensschild.«

»Was?«, fragte Chiara.

»Echt, der hatte seinen Namen auf dem Griffstück eingraviert. Christian Fischer.«

»Ein eitler Verbrecher«, lachte Marie.

»War angezogen wie ein Gockel.«

Carlo musste weiter.

In den Verhören bestätigte Gabler gegenüber dem leitenden Staatsanwalt alles, was er vorher Chiara, Marie und Tom bereits erzählt hatte. Der Bombenleger packte ebenfalls schnell aus, erfuhr Chiara später von ihren Kollegen. Er gestand sogar den Mord am alten Kerschbaumer in Gossensass. Das hatte die Ermittler überrascht, weil sie gar keinen Zusammenhang gesehen hatten, obwohl Marie und Chiara sie ja darauf hingewiesen hatten.

Fischer erwies sich als härterer Brocken. Er wurde am frühen Morgen mit einem Hubschrauber nach Rom geflogen. Dort wurde er von Anti-Terror-Ermittlern in die Mangel genommen. Nach zwölf Stunden Verhör packte auch er endlich aus. Sofort lief daraufhin eine große – zunächst noch geheime – landesweite Großfahndung an.

Mittwoch, 17. April

Für Marie fühlte es sich an wie der erste richtige Frühlingstag. Dabei war es schon die ganze Woche warm und sonnig. Davon hatte weder sie noch Chiara oder Tom etwas mitbekommen. Fast jeden Tag waren sie von der Polizei, der Staatsanwaltschaft oder äußert selbstsicher bis arrogant auftretenden Sonderermittlern befragt worden. Wieder und wieder mussten sie ihre Geschichte erzählen.

Marie hatte man verdonnert, über die Hintergründe erst einmal nichts zu veröffentlichen. Außerdem drohte man ihr und Tom mit Ermittlungen wegen Nötigung, Freiheitsberaubung und Körperverletzung. Chiara war vorübergehend vom Dienst suspendiert worden. Ihr Chef hatte ihr trotzdem gratuliert. Vermutlich, um von seinem kompletten Versagen abzulenken. Moser hatte sie mit einem selbstgebackenen Kuchen überrascht.

Jetzt standen sie in der Sonne und schauten mit einigem Abstand auf einen mittelgroßen Engel aus Marmor. Unter dem kunstvoll eingemeißelten Wappen Südtirols stand:

Alfred Kerschbaumer, gestorben

Darunter in Großbuchstaben:

STOLZ

Marie kullerte eine Träne über die Wange. Sie flüsterte Tom zu: »Ich finde das so umwerfend, dass du diesen Engel bezahlt hast. Wie hast du es geschafft, dass er jetzt schon pünktlich zur Beerdigung hier steht?« Ihre Stimme versagte. Tom nahm sie in den Arm und dachte an Herberts hilfreiche Telefonate.

Der Pfarrer sprach ein kurzes Gebet. Nicht viele waren zu dieser Beerdigung gekommen. Marie erkannte die alte Nachbarin und ihren Sohn, verschämt hatte sie ihnen zugenickt. Eine unscheinbare Frau, das musste die Pflegerin sein, stand ebenfalls etwas abseits. Außerdem waren da noch einige Ältere. Vermutlich Bekannte oder Weggefährten aus Gossensass. »Traurig, wenn am Ende eines Lebens nur so wenige Freunde übrigbleiben«, sagte Marie leise. *Wer würde wohl zu meiner Beerdigung kommen?*

Der Pfarrer ließ seinen Blick über die Trauergäste schweifen.

Chiara bemerkte als Erste, dass sein Blick an einem Punkt hinter ihrem Rücken hängen blieb. Sie drehte sich um, zupfte Marie und Tom am Ärmel.

Marie zückte rasch ihr Handy und startete eine Videoaufnahme. »Für Herby«, flüsterte sie Tom zu.

In Zweierreihe marschierte ein gutes Dutzend Schützen auf. In der traditionellen Uniform mit einer langen weißen Feder am Hut, die im Takt der Schritte wippte. Daneben sah man die Läufe ihrer Paradegewehre. Am Grab angekommen stellten sich die Männer im Halbkreis auf. Die Trauergäste waren überrascht zurückgewichen. Einer der Schützen hielt eine kurze Rede. Auf sein knappes Kommando hin präsentierten die Männer ihre Gewehre und feuerten Alfred Kerschbaumer zu Ehren einen Salut ab, der durch die ganze Stadt hallte – wie ein einziger Schuss.

Am Abend saßen sie in der Vinothek beisammen. Selbst Jakob war gekommen, der noch immer nicht sicher war, ob er stolz sein oder sich noch im Nachhinein fürchten sollte. Herbert hatte noch am Montagmorgen vom Krankenhaus aus entschieden, dass die Vinothek diese Woche noch geschlossen bleiben sollte. So saßen sie also zu viert an dem Tisch, an dem sie ihre Pläne geschmiedet hatten. Marie hatte die vollgekritzelte Tischdecke weggeworfen. Die Gabler-Kammer, wie sie den kleinen Raum nannte, hatte sie gründlich geputzt. In der Vinothek erinnerte nichts mehr an die vergangenen Tage.

Chiara erzählte, was sie von Kollegen über den Stand der Ermittlungen gehört hatte. Fischer, Gabler und der Bombenleger hatten ihre Aussagen mehrfach wiederholt. Es war so, wie sie es sich schon zusammengereimt hatten. »Marie hat mit ihrer Recherche zu der Feuernacht und den Bombenjahren ein Terrornetzwerk aufgeschreckt.« Sie erzählte, dass die Ermittlungen mittlerweile wie eine Mafia-Untersuchung geführt würden. »Diesem Fischer haben sie eine Kronzeugenregelung angeboten«, berichtete sie gerade, als eine Stimme vom Hintereingang sie zusammenzucken ließ.

»Schnell den Fernseher an – ihr vergrabt euch hier und bekommt das Wichtigste gar nicht mit!«

»Herby!«, riefen Marie und Tom gleichzeitig. Chiara und Jakob schmunzelten, als sie den noch immer arg verbeulten Gastwirt sahen, der im Rollstuhl sitzend von seiner Schwester in die Stube geschoben wurde. Marie ging rasch zur Theke und schaltete den Fernseher an, der oben an der Wand hing.

»Wein für alle?« Alle nickten. Fast alle. Jakob fragte nach Aperol.

Im Fernseher lief eine Sondersendung auf RAI Südtirol. Ein Laufband verkündete: Nach Anschlägen Terrornetzwerk ausgehoben. Festnahmen in Trient und bei Florenz. Hausdurchsuchung in Mailand. Spuren führen auch nach Österreich und Deutschland. Ein Nachrichtensprecher las den Laufbandtext parallel etwas ausführlicher vor. Dazu wurden Bilder aus Sterzing gezeigt: der umgestürzte Pfeiler, der verwüstete Baustellenparkplatz mit den zertrümmerten Containern, ein Foto des Fernfahrers Detlef in Adiletten, eines von Tom und sogar von Jakob, der daraufhin puterrot wurde. Während der Nachrichtensprecher mit einem Terrorexperten aus Rom sprach und das Laufband bestimmt zum fünfzehnten Mal dieselben Fakten präsentierte, stieß die kleine Runde am Tisch miteinander an – mehrfach an diesem Abend.

Montag, 22. April

Den Ostermontag hatte Tom deutlich entspannter verbracht, als er noch vor wenigen Tagen erwartet hatte. Johanna hatte ihm mittags sogar ein kleines Ostermenü vorbeigebracht. Sie hatte für ihre eigene Familienfeier und einfach etwas mehr gekocht. Dazu hätte sie ihn auch eingeladen, aber noch weniger als sonst war ihm nach Gesellschaft zumute.

Nun saß Tom mit einem Glas Lagrein an seinem Schreibtisch. Immer wieder entglitten ihm die Gedanken. Wie Blitze an einem Gewitterhimmel zuckten sie durch seinen Kopf: die Explosion, die Aufregung, die Polizeiverhöre, die gespannte Suche nach dem Anschlagsziel. Die Gedanken flogen wie ein Pingpongball weiter zu den Stunden nachts im Hinterzimmer der Vinothek, als er einem hilflosen Mann Gewalt angedroht und auch angetan hatte. Gerade als sich Tom ein neues Glas Wein einschenken wollte, klingelte es an der Tür. Er zuckte zusammen. Die Uhr auf dem Schreibtisch zeigte kurz nach zehn.

Tom drückte den Öffner für die Haustür. *Irgendwann brauche ich mal eine Sprechanlage.* Er wartete in der halb offenen Wohnungstür. Langsame, leise Schritte kamen die Treppe hoch. Elli. Zwei Stufen vor der Wohnungstür blieb sie stehen, sagte nichts, sah ihn nur an. Nur ein paar Sekunden. Tom drückte die Tür wieder zu. Er lehnte sich mit dem Rücken an die alte massive Tür und hörte, wie sie die letzten beiden Stufen nach oben ging. Nichts passierte.

»Tom.« Mehr sagte sie nicht. Sie flüsterte es, als wenn es niemand hören sollte außer ihm.

»Was willst du?« Tom hatte lange mit seiner Frage gezögert. In sein Gedankengewitter mischten sich wieder die Erinnerungen an die Stunden mit ihr, die ihm erst so gutgetan, ihn dann aber jede Nacht wachgehalten hatten. »Verschwinde.«

»Lass mich dir erklären …«, setzte sie an, ohne weiterzusprechen.

»Da gibt es nichts zu erklären.« Tom nahm das Handy, das neben der Tür zusammen mit seinen Schlüsseln in einer antiken Schale aus

Silber lag. Das leise Klimpern der Schlüssel hatte Luna geweckt, die nun gähnend neben ihm stand. Sollte er die Polizei anrufen?

»Ich konnte nicht anders. Wie es zwischen uns war, so war das nicht geplant.«

Luna hatte erkannt, wer da vor der Tür stand. Schwanzwedelnd sah sie zu Tom und wieder zur Tür.

Du bist auch auf sie reingefallen. Obwohl sich alles in ihm sträubte, öffnete er die Tür wieder einen Spalt. »Warum?!« Mehr brachte er nicht heraus, als er Elli nun vor sich sah. Hereinlassen wollte er sie auf keinen Fall. Nicht noch einmal sollte sie in seine Wohnung oder sein Innerstes eindringen.

»Fischer hatte mich in der Hand. Er hat mich erpresst. Ich konnte ...«

»Man kann immer – egal was, egal warum, egal wie.« *Konnte man das wirklich?*

»Dieser Fischer, ich kannte ihn, weil er in der DDR für die Stasi gearbeitet hat, als junger Mann, vor der Wende. Mein Mann und ich, also wir ...« Sie atmete schwer aus. »Wir haben damals im Westen für die DDR gearbeitet, also mein Mann in seiner Bank, Finanzen und so. Sie haben ihm bei seiner Karriere geholfen. Wir waren jung.« Sie machte eine Pause. »Darf ich nicht reinkommen?«

»Nein.«

Sie setzte sich auf die erste Treppenstufe gegenüber der Tür, die zum Speicher führte. »Er hat gedroht, mich auffliegen zu lassen.«

»Das ist 30 Jahre her.«

»Er kam immer wieder damit an. All die Jahre. Ich hätte alles verloren, was ich mir in den letzten Jahren aufgebaut habe. Die Altersvorsorge der Bank. Vielleicht Gefängnis. Ich habe doch ein normales Leben geführt. Immer wieder wollte er was, es ging um kleine Gefälligkeiten. Damit, also mit diesem letzten Gefallen, sollte ich frei sein. Das hatte Fischer versprochen.« Sie schluchzte. »Ich sollte dich nur kennenlernen und im Auge behalten. Und die Kleine, diese Marie.« Mit dem Ärmel ihrer Jacke wischte sie sich über die Augen. »Ich konnte doch nicht ahnen, dass ich mich in dich verliebe.« Wieder schluchzte sie.

War das echt? Meinte sie das ernst? Oder war sie noch immer die klebrige Honigfalle? Tom war unsicher. Dieser letzte Satz. Dieses letzte Wort: Verliebe. Es hallte in seinem Ohr nach, waberte durch seinen Körper, drehte ihm den Magen um. *Was jetzt?*

Langsam drückte Tom die Tür zu.

Irgendwann im Mai

»Ich weiß gar nicht, ob ich das schaffe.« Marie sah Tom an. Sie saßen an seinem Küchentisch. »Ich meine, wie stell ich es an, darüber ein Buch zu schreiben?«

»Such den roten Faden und fang einfach an.« Er schmunzelte. »Das war doch dein großes Ziel. Also verlier es nicht aus den Augen.«

»Puh, ich bin urlaubsreif, weißt du das?« Sie lachte. Für den »Boten« hatte sie eine ganze Serie über die Geschehnisse geschrieben, sogar eine Zeitung in Deutschland hatte um Erlaubnis gebeten, sie abzudrucken. Immer wieder hatte es neue aktuelle Entwicklungen gegeben. Die Ermittlungen hatten weite Kreise gezogen. Mehrere hohe Beamte im Innen- und im Verteidigungsministerium, bei der Staatspolizei und bei den Carabinieri waren festgenommen worden. Sie sollten jahrelang mit diesem »Mailänder Zirkel«, wie die Presse die Männerrunde nannte, gemeinsame Sache gemacht haben. Darunter Major Celloni aus Brixen, der sich nachweislich mehrere Male mit Fischer getroffen hatte. »Das war bestimmt der Typ aus Mailand, der mich fast überfahren hat«, erinnerte sich Marie. Celloni hatte die Treffen zugegeben, ebenso den Vorwurf, er habe die Ermittlungen im Fall Kerschbaumer absichtlich verzögert. Unklar blieb, ob noch weitere Beamte in die Sache verstrickt waren. »Ich habe meinen Führerschein wieder«, lachte Marie. »Wie ich vermutet hatte: Die haben mir aufgelauert und den Test manipuliert. Dieses Netzwerk hatte überall seine Finger im Spiel.«

Gefasst wurde auch Elli, die Elisabeth Frankbauer hieß. In Deutschland, in Bad Nauheim bei Frankfurt, ging sie der Polizei ins Netz. In Vernehmungen durch das hessische Landeskriminalamt sprach sie wiederholt von »Missverständnis« oder »Irrtum«. Tom erzählte niemandem etwas von ihrem Geständnis in seinem Hausflur. Über ihre Auslieferung nach Italien war noch nicht entschieden worden.

»Gladio reloaded« hatte eine Zeitung einen Kommentar betitelt. In vielen Zeitungen wurden Parallelen gesucht oder gezogen zu diesem Netzwerk, das mithilfe der CIA in der Nachkriegszeit aufgebaut worden war. Immer wieder wurde an die Strategie der Spannung erinnert. Die italienischen Zeitungen überboten sich mit Spekulationen und historischen Vergleichen. Der Oberstaatsanwalt war sicher, dass es das Ziel der Anschläge war, die Provinz zu schwächen und der kriselnden Regierung in Rom mehr Macht gegenüber Südtirol zu verleihen. Schnell hätten die Menschen nach »mehr Staat« gerufen, hatte der »Reloaded-Kommentator« erklärt. Schätzungsweise mehr als 200 Menschen verloren wegen dieser Strategie der Spannung in den 1960er- und 1970er-Jahren ihr Leben bei Anschlägen meist rechter Gruppen, die von Teilen des Staates gedeckt und der Linken in die Schuhe geschoben worden waren.

Jakob erntete ein riesiges Lob für seinen Einsatz. Die Bilder, die er mit der Drohne gemacht hatte, gingen um die Welt. Von den Einnahmen kaufte er sich gleich eine noch bessere Drohne, drei Ersatzakkus und einen neuen Computer. Durch die Redaktion schlurfte er nicht mehr zu seinem Arbeitsplatz hin, er schwebte förmlich wie eine Drohne. So hatte es Marie Tom scherzend erzählt.

Nicht mehr aufgetaucht war der Maler. Dieser mysteriöse Tippgeber. Herbert hatte Marie und Tom ein altes Foto gezeigt. Ein Jugendbild seiner Mutter. Er hatte es auf der Suche nach Infos für Marie in der alten Kiste gefunden. Dabei hatte er auf einen drahtigen, schmalen Jungen getippt. »Ich bin sicher, so sicher wie nie, dass das dieser Maler ist. Sein Blick kam mir immer so bekannt vor. Da fiel mir dieses Foto wieder ein.« Marie und Tom hatten sich das Bild genauer angesehen, waren sich aber nicht ganz so sicher. »Könnte er sein«, lautete ihre Einschätzung.

Marie hatte in den letzten Wochen mehrere Interviews gegeben, sie war sogar in Talkshows eingeladen worden. In einer war ein Freiheitskämpfer zu Gast gewesen. Ein stattlicher Mann von ebenso stattlichen 85 Jahren. Nie zuvor hatte Marie eine solche Ausstrahlung gespürt. Was sie in der letzten Zeit zusammen mit Tom Bauer erfahren, recherchiert und mitgemacht hatte, das hatte dieser Mann über Jahre erlebt. Wofür? Für sein Volk, für die Freiheit. In ihr blieben Zweifel zurück. Immerhin waren Menschen gestorben, unschuldige Menschen. Viele, die nur zur falschen Zeit am falschen Ort waren. Das tue ihm entsetzlich leid, hatte der Aktivist gesagt. Jeder Tote, egal ob Südtiroler oder Italiener, sei einer zu viel gewesen.

Auf die Frage der Moderatorin, ob er sich als Terrorist bezeichnen würde, hatte der Mann erst nicht geantwortet, dann aber gesagt: »Damals nicht, auf keinen Fall. Wir haben keine andere Chance gesehen. Wir hatten keine Zukunft. Heute …« Er hatte nicht weitergesprochen.

Da war Marie eingefallen, was Tom gesagt hatte: Terror ist immer, was andere daraus machen. *War es so?* Marie fiel dazu keine Antwort ein. Sie nahm sich vor, darüber mal mit Tom zu philosophieren.

»Weißt du was?«, sagte Tom. »Schreib einen Roman über eine junge Reporterin, die einen alten Journalisten so lange nervt, bis beide das Abenteuer ihres Lebens erleben.«

»Das glaubt kein Mensch.«

Beide lachten.

Beide hatten aber auch noch lange, schlaflose Nächte – wegen der erfahrenen Todesangst, den Explosionen, den vielen wirren Fäden in einer noch wirreren Welt aus Gewalt und Terror. Einer von beiden noch zusätzlich wegen Liebeskummer.

Das Bild seiner Familie stellte Tom deshalb nun auf seinen Nachttisch.

ENDE

Dank

»Wie bist du auf die Idee gekommen?« Ich weiß gar nicht, wie oft ich diese Frage nun schon gehört habe. Angefangen hatte alles mit einem einfachen Wanderwegweiser irgendwo im Villnößtal. Wie üblich zweisprachig, aber die italienischen Namen waren zerkratzt worden. Quasi mühsam ausradiert. Warum? Bis dahin hatte ich die Zweisprachigkeit als gegeben hingenommen. Die Geschichte Südtirols gehört eben nicht zum Standardrepertoire deutscher Geschichtslehrer – zu dem der italienischen auch nicht, wie ich mittlerweile weiß.

Also recherchierte ich noch am selben Abend auf der Hotelterrasse sitzend. Ich las über den Ersten und Zweiten Weltkrieg und ihre Folgen für Südtirol. Ich stieß auf Berichte über große Armut, die Italianisierung unter Ettore Tolomei, die Option – und den Kampf und den Widerstand gegen all das. Auch die späteren »Bombenjahre« interessierten mich besonders. Bald schon nervte ich jeden, den ich traf, mit meinen Fragen dazu.

Viele Ältere aber, also die, die etwas zu sagen haben müssten, wurden plötzlich wortkarg. Die Gastgeberin in einer meiner Unterkünfte erzählte mir hingegen etwas mehr. Danke, Silke, du warst die Erste. Ich war gefesselt von dieser Zeit. Dazu finden sich übrigens packende Zeitzeugenbücher im Athesia-Verlagsprogramm.

Wie es bei Recherchen so ist, man stößt auf immer mehr. Ich landete irgendwann bei dem Geheimbund Propaganda Due*, der Anfang der 1980er-Jahre aufflog. Gladio* und die Entführung und Ermordung von Aldo Moro* folgten. Ein guter Ansatz, wie ich fand, um daraus eine Geschichte zu stricken.

Bedanken möchte ich mich bei allen, die mir geholfen haben, dass aus der Recherche und dem Stricken letztlich dieses Buch geworden ist. Bei Dr. Ingrid Marmsoler vom Athesia-Verlag, die an die Geschichte und an mich geglaubt hat. Bei Elke Wasmund, die unermüdlich mit mir am Manuskript gearbeitet hat. Natürlich auch bei Sabine Schmid, die mit scharfen Augen mit am Text gedrechselt hat. Natürlich bei allen Südtirolerinnen und Südtirolern, die meine manchmal nervigen Fragen (Wie war das damals? Kennst du jemand, der damals geholfen hat?) beantwortet haben. Die meisten wollten nicht namentlich erwähnt werden. Das gilt auch für den Carabiniere, der mir vieles über Ermittlungen und Behördenstrukturen erklärt hat. Danke an Zoë Beck für einen wichtigen Anstoß. Danke an Heiner Feuer von Südtirol 1 – der nicht nur ein engagierter Radiomann und Visionär ist, sondern mittlerweile auch ein Freund. Danke auch an euch, ihr wundervollen Testleser.

Danke, Sarah, dass du es klaglos erduldest, wenn ich viele Wochen im Jahr in Südtirol bin. Oder wenn ich mich schreibend, lesend oder recherchierend aus dem Hier und Jetzt verabschiedet habe.

Wichtig ist: Das alles ist nur eine Geschichte, alles ist frei erfunden. Wer sich wiedererkennt, der darf schmunzeln, aber er (oder sie) war nicht persönlich gemeint. Mögliche Namensgleichheiten sind ebenfalls rein zufällig, im kleinen Südtirol auch nahezu unvermeidbar. Als Autor erfindet man auch manchmal Häuser, Straßen oder steile Abhänge, damit die Geschichte passt. Auch passt man die Strukturen und Abläufe der Behörden an die eigenen Bedürfnisse an.

Mehr Infos zum Buch und über mich sowie Termine und Ankündigungen finden Sie auf **www.holgeraugust.de**. Dort, aber auch auf Facebook und Instagram können wir gerne über das Buch oder über Südtirol »plaudern«.

Glossar

Aldo Moro

Politiker der italienischen Partei Democrazia Cristiana. Von 1963 bis 1968 und von 1974 bis 1976 war er Ministerpräsident Italiens. Im März 1978 wurde Moro von den Roten Brigaden, einer kommunistischen Terrororganisation, entführt. Die Terroristen forderten die Freilassung inhaftierter Gesinnungsgenossen, was der Ministerrat in Rom ablehnte. Nach 55 Tagen wurde Moros Leiche in einem geparkten Auto mitten in Rom gefunden. Um den Fall ranken sich bis heute zahlreiche Verschwörungstheorien, etwa was die Rolle von Geheimdiensten bei der Entführung betrifft. Auch gab es Vorwürfe, Verhandlungen seien absichtlich nicht geführt worden, um eine antikommunistische Spannung aufzubauen.

Arbeiterkaue

Im Bergbau früherer Jahre war eine Kaue bloß ein Überbau über einem Bergwerksschacht. Später dann, wie am Schneeberg, wurden auch andere Gebäude als Kauen bezeichnet. Bei dem Brand der Arbeiterkaue 1967 konnten die 80 Bergleute ihr Hab und Gut zwar retten, aber dennoch brannte alles nieder. In dem Gebäude waren nicht nur die Bergleute untergebracht, es beherbergte auch einen Laden, einen Speisesaal, eine Küche, Bäder, einen Freizeitraum und einen Kompressorraum.

Buch (Seite 19)

Siegfried Steger, »Die Puschtra Buibm – Flucht ohne Heimkehr«, Edition AROB 2013, ISBN 978-88-88396-16-3

Geheimloge P2 / Propaganda Due

Propaganda Due ist eine politische Geheimorganisation, die in den 1970er-Jahren aus einer italienischen Freimaurerloge entstanden ist. 1982 wurde sie aufgelöst. Kurz zuvor war dieses konspirative Netzwerk aus hochrangigen Politikern, Militärs, Geheimdienstlern, Wirtschaftsführern und der Mafia aufgeflogen. Unter anderem soll der Geheimbund einen Staatsstreich geplant haben, auch wurde vermutet (teils auch gerichtlich bestätigt), dass P2 hinter inszenierten Terroranschlägen in den 1970er-Jahren steckte.

Gladio

Eine sogenannte Stay-behind-Organisation in Italien. Gegründet in den 1950er-Jahren, um im Falle eines sowjetischen Einmarsches hinter der Front Guerilla-Operationen durchführen zu können. Dafür wurden nicht nur Kämpfer ausgebildet, sondern auch Waffenlager im Wald angelegt. Maßgeblich beteiligt war die CIA, auch der italienische Geheimdienst. Ab Mitte der 1960er-Jahre war Gladio (wie ähnliche Gruppen in anderen EU-Ländern auch) in die NATO integriert. In den 1990er-Jahren deckte ein hartnäckiger Untersuchungsrichter Gladio auf. In Archiven des Geheimdienstes SISMI stieß er auf entsprechende Unterlagen.

MfS

Ministerium für Staatssicherheit der DDR. Die »Stasi« war in der früheren DDR als Instrument der Sozialistischen Einheitspartei Deutschlands (SED) gleichzeitig Geheimdienst und Geheimpolizei. Mehr als 90.000 hauptamtlichen Mitarbeitern standen zeitweise deutlich mehr als 100.000 inoffizielle Mitarbeiter (IM, »Stasi-Spitzel«) zur Seite.

Puschtra Buibm

Pusterer Buben – je nach Mundart auch Pusterer Buam genannt. Vier junge Männer aus dem Pustertal, Sepp Forer, Heinrich Oberlechner, Siegfried Steger und Heinrich Oberleitner, die unter anderem Anschläge auf Strommasten verübt haben, auch gezielt Anschläge auf italienische Sicherheitskräfte. Sie fanden Schutz vor Strafverfolgung in Österreich und Deutschland, kehrten aber in den 1960er-Jahren immer wieder für Anschläge zurück in die Heimat. Dabei wurden sie von der heimischen Bevölkerung versteckt und versorgt. In Abwesenheit wurden sie zu lebenslangen Freiheitsstrafen verurteilt.

Erst 2021 wurde Heinrich Oberlechner begnadigt. Dann erst konnte er wieder offiziell in seine Heimat einreisen, die er 1968 verlassen hatte.

RIS

Reparto Investigazioni Scientifiche: Insgesamt gibt es in Italien vier dieser wissenschaftlichen Einrichtungen der Carabinieri. In Parma werden Spuren und Beweismittel aus Südtirol untersucht.

SISMI

Bis 2007 war der Servizio per le Informazioni e la Sicurezza Militare der militärische Nachrichten- und Sicherheitsdienst Italiens. Sitz war Rom. Ersetzt wurde SISMI im August 2007 durch den zivilen Auslandsnachrichtendienst.

SVP

Südtiroler Volkspartei. Gegründet nach dem Zweiten Weltkrieg. Sie versteht sich als christdemokratisch orientierte Sammelpartei der deutsch- und ladinischsprachigen Südtiroler.

Tribulaun

Mächtiger Berg am »Ende« des Pflerschtals in den Stubaier Alpen. Mit seinen 3097 m Höhe liegt er direkt an der Grenze Südtirol/Österreich.

Walsche / Welsche

Umgangssprachlich (meist abwertender Begriff) für Italiener. Vermutlich einst eine germanische Bezeichnung für Römer.

Weitere Spannung in unserem Verlag

ISBN 978-88-6839-718-0

ISBN 978-88-6839-191-1

ISBN 978-88-6839-652-7

ISBN 978-88-6839-163-8

ISBN 978-88-6839-655-8

ISBN 978-88-6839-049-5

ISBN 978-88-6839-653-4

ISBN 978-88-6839-503-2

ISBN 978-88-6839-571-1

ISBN 978-88-6839-699-2

ISBN 978-88-6839-775-3

ISBN 978-88-6839-349-6

ISBN 978-88-6839-384-7

ISBN 978-88-6839-537-7

ISBN 978-88-6839-659-6

ISBN 978-88-6839-567-4

ISBN 978-88-6839-624-4

ISBN 978-88-6839-626-8

Bibliografische Information der Deutschen Nationalbibliothek
Die Deutsche Nationalbibliothek verzeichnet diese Publikation in der Deutschen Nationalbibliografie; detaillierte bibliografische Daten sind im Internet abrufbar: http://dnb.d-nb.de

1. Auflage 2024

Korrektorat: Sabine Schmid, textdrexlerei
Umschlaggestaltung: Nele Schütz Design, Memmingen, unter Verwendung von Athesia-Tappeiner Verlag (Sterzing) und Shutterstock/Media Whale Stock
Kartografie U2: geomarketing, www.geo-marketing.eu
Autorenfoto: Holger J. August
Design & Layout: Athesia-Tappeiner Verlag
Druck: Finidr, Tschechien
Papier: Umschlag Symbol Card, Innenteil Munken Print White

Gesamtkatalog unter
www.athesia-tappeiner.com

Fragen und Hinweise bitte an
buchverlag@athesia.it

ISBN 978-88-6839-748-7
ISBN 978-88-6839-749-4 (e-Book)

FSC
www.fsc.org
MIX
Aus verantwortungsvollen Quellen
FSC® C014138

Bildbeschreibung Umschlag
Der Zwölferturm in Sterzing

Dieses Buch wurde der Umwelt zuliebe nicht mit einer Schutzfolie eingeschweißt.